Cocky BASTARD

Première publication par EverAfter Romance, 2015

Titre original : Cocky Bastard

Couverture : Ariane Galateau
Photos de couverture : © GettyImages / Geber 86

Pour la présente édition :

34-36, rue La Pérouse
75116 Paris
www.hugoetcie.fr
Collection dirigée par Hugues de SaintVincent
Ouvrage dirigé par Sylvie Gand

ISBN : 9782755629668
Dépôt légal : mars 2017
Imprimé en France
par CPI Brodard & Taupin - N° d'impression : 3020427

NEW ROMANCE®

Penelope Ward et Vi Keeland

Cocky BASTARD

Roman

Traduit de l'américain
par Fabienne Vidallet

Hugo Roman

À nos maris,
les vrais salauds arrogants

Chapitre 1

AUBREY

Je me demande quel effet produirait la vibration entre mes jambes.

Les rayons du soleil se réverbèrent sur le métal chromé d'une Harley Davidson garée à quelques pas de là et qui brille sous la chaleur étouffante de la mi-journée. J'attends que la chanson de Maroon Five qui passe à la radio se termine, et je fouille mon sac à main à la recherche de mon téléphone portable, sans quitter la bécane des yeux. Je ne sais pas pourquoi ce jouet de mec me fascine. C'est une moto banale, d'un noir profond avec des touches de gris métallisé et des sacoches en cuir usé sur lesquelles sont gravés un crâne et les initiales *C. B.*

Quel plaisir me procurerait-elle si je l'enfourchais ? J'imagine le vent s'engouffrant dans mes longs cheveux, agrippée à la taille d'un homme qui porterait un surnom de dur à cuire, le moteur ronronnant entre mes cuisses moulées dans mon jean. Horse? Drifter? Guns? Non. Prez. Mon biker imaginaire s'appellerait forcément « Prez », et il ressemblerait à Charlie Hunnam.

Je baisse les yeux vers mon iPhone: une demi-douzaine de messages de Harrison m'attendent. Je souris pour moi-même. Je suis certaine qu'aucun Harrison au monde n'a jamais conduit une Harley. Je balance mon portable dans mon sac, je coupe le moteur de ma BMW pleine à craquer et je jette un coup d'œil sur la banquette arrière. Ma voiture est spacieuse, mais les cartons entassés jusqu'au plafond lui donnent l'air minuscule.

Un autocar rempli de voyageurs s'immobilise devant l'arrêt de bus. *Génial.* J'ai tout intérêt à déjeuner maintenant, sinon je vais rester coincée là pendant des heures. J'ai quitté Chicago pour me rendre à Temecula, en Californie, il y a une dizaine d'heures, et je suis en plein milieu du Nebraska, avec encore une vingtaine d'heures de route devant moi.

Après avoir poireauté un quart d'heure pour un Pepsi et du poulet frit que j'ai prévu de manger au volant, je passe à la boutique de souvenirs. Je suis crevée et je n'ai pas vraiment envie de me taper les cinq heures de route qui m'attendent avant de m'arrêter pour la nuit. Je décide donc, en bâillant, de traîner un peu. J'observe les babioles et je finis par agiter machinalement une figurine à l'effigie de Barack Obama. La tête se balance et je reste les yeux rivés sur son sourire un peu effrayant.

— Achetez-le. Vous en mourez d'envie, dit soudain une voix rauque et profonde derrière moi.

Je sursaute, surprise, et le jouet m'échappe. Il se fracasse sur le sol: sa tête se sépare du corps et se met à rouler.

— Désolée, Madame, commente la caissière sur un ton revêche, mais vous devez payer la casse. Vingt dollars.

— Et merde!

Je pars à la poursuite de la tête. Lorsque je me penche pour la ramasser, la voix se fait de nouveau entendre derrière moi:

— Et dire que certains prétendent qu'il a la tête sur les épaules, dit-elle avec ce que je crois être un accent australien.

— Vous trouvez ça drôle, abruti?

Je pivote tout en disant ça et mes yeux se posent sur le propriétaire de la voix.

Je me fige.

Et. Merde.

— Pas la peine de monter sur vos grands chevaux, réplique-t-il avec un sourire narquois tout en me tendant l'autre moitié du Président. Et je dois bien avouer que je trouve ça plutôt drôle, oui.

Je déglutis. La vue de l'Adonis qui se tient devant moi m'ôte toute capacité à articuler quoi que ce soit. J'ai cependant bien envie d'effacer son sourire arrogant de son visage – son visage aux traits magnifiquement dessinés, à la barbe de trois jours, surmonté par une tignasse de cheveux auburn. *Putain.* Cet homme est ultra sexy. Je ne m'attendais pas à croiser ce genre de spécimen par ici: on est en plein milieu de nulle part, aux États-Unis, pas dans le bush australien.

Je m'éclaircis la voix:

— Pas moi.

— Qu'est-ce que vous êtes coincée ! Détendez-vous. Donnez-moi ça, Princesse, ordonne-t-il en tendant la main. Je vais payer.

Il s'empare des deux moitiés du bibelot avant que j'aie le temps de répondre quoi que ce soit, et je maudis le frisson qui parcourt ma colonne vertébrale lorsque sa main effleure la mienne. Pour couronner le tout, il sent super bon. Évidemment.

Je le suis jusqu'à la caisse tout en cherchant mon porte-monnaie dans le bordel qu'est mon sac à main, mais il est plus rapide que moi et le temps que je le trouve, il a déjà payé.

Il me tend le sac en plastique qui contient le bibelot cassé.

— Il y a de la monnaie dans le sac. Achetez-vous un peu de sens de l'humour.

Oh mon Dieu, cet accent.

Il sort de la boutique et je le suis des yeux, bouche bée.

Quel con.

Et quel cul.

Musclé, pommelé, sexy, moulé dans son jean. Une chose est sûre : j'ai vraiment besoin de baiser. Ce mec m'a quasi insultée et voilà que je mouille comme une folle.

Après avoir passé cinq bonnes minutes à contempler sans les voir les tee-shirts de l'équipe de baseball du Nebraska, je me secoue mentalement. Ma réaction prouve que je suis épuisée : je ne suis pas si susceptible, d'habitude. Il est temps d'oublier ce qui s'est passé et de reprendre ma route. Mon estomac crie famine et il me tarde de manger. Je pioche un morceau de poulet dans le sac tout en sortant. J'arrête brusquement de mâcher lorsque je l'aperçois à quelques pas de ma voiture – assis sur la moto sur laquelle j'ai fantasmé un peu plus tôt.

Je m'approche le plus discrètement possible, en espérant qu'il ne fasse pas attention à moi. Peine perdue. Au lieu de ça, il m'adresse un sourire exagérément large accompagné d'un salut de la main.

Je cherche mes clefs avec frénésie, tout en levant les yeux au ciel.

— Encore vous.

Il ricane.

— Vous vous êtes payé le sens de l'humour ?

— Non, j'ai préféré vous acheter un peu de raffinement.

Il éclate de rire tout en secouant la tête. Puis il se passe la main dans les cheveux, enfile son casque noir et démarre la Harley. Son vrombissement me fait vibrer jusqu'aux tréfonds de moi-même.

J'entre dans ma voiture, dont je claque la portière, sans pouvoir m'empêcher de lui jeter un dernier regard, puisque de toute façon je ne le verrai plus jamais. Il m'adresse un clin d'œil et mon cœur manque un battement. Pitoyable.

Je le regarde manœuvrer dans mon rétroviseur intérieur. Je m'attends à ce qu'il disparaisse à la vitesse de l'éclair, mais après s'être éloigné lentement, il s'immobilise brusquement. Il essaie à plusieurs reprises d'accélérer, mais sans succès. Il finit par arrêter le moteur, puis il ôte son casque et glisse la main dans ses cheveux, agacé, avant de descendre de moto pour comprendre ce qui se passe. Je devrais partir, mais je ne peux pas le lâcher des yeux tandis qu'il bataille pour faire redémarrer la Harley. *Pauvre de lui.*

Je trempe un morceau de poulet frit dans la moutarde au miel avant de le gober : pendant quelques minutes, j'ai l'impression d'être au spectacle. Il finit par dégainer son portable pour passer un coup de fil, tout en faisant les cent pas.

Lorsqu'il raccroche, nos regards se croisent. Prise sur le fait, j'éclate de rire, gênée. Je n'avais pas l'intention de me moquer de lui, c'est sorti tout seul. Il hausse les sourcils et je ne peux pas m'empêcher de pouffer encore plus fort. Il se dirige lentement dans ma direction, le casque sous le bras. Il frappe à la vitre, que j'abaisse.

— Vous trouvez ça drôle, Princesse ?

— Pas vraiment... enfin, peut-être.

— Ravie de voir que vous avez enfin trouvé le sens de l'humour.

Cet accent, mon Dieu, cet accent.

Tellement sexy.

Il passe la tête par la fenêtre et considère les cartons entassés à l'arrière.

— Vous êtes sans abri ? Vous vivez dans votre voiture ?

— Non. Je déménage. Je traverse tout le pays.

— Vous allez où ?

— Temecula.

— En Californie, complète-t-il en hochant la tête. Moi aussi.

Je jette un coup d'œil en direction de sa Harley.

— On dirait plutôt qu'en ce moment vous n'allez nulle part. Je suppose que le destin s'est vengé : ça vous apprendra à me traiter de coincée.

— C'est le cas.

— Le destin s'est vengé ?
— Vous êtes coincée.
— Très drôle.
— Vous savez ce qui est encore meilleur qu'un destin vengeur ? demande-t-il en se penchant davantage vers moi.
Son parfum est enivrant.
— Quoi donc ?
Il agite les sourcils.
— Le karma.
— De quoi est-ce que vous parlez ?
— Venez voir.
Je descends pour le suivre. On contourne ma BM et je découvre que le pneu arrière droit est à plat.
Quoi ? Comment est-ce possible ?
Je pose la main sur mon front tout en lui jetant un coup d'œil : il a l'air très content de lui.
— Vous plaisantez ? Vous saviez que mon pneu était dégonflé depuis le début ?
— Je m'en suis rendu compte quand vous mangiez votre poulet en vous foutant de moi, oui. J'ai résisté très fort à l'envie de rire.
Même si ma vie en dépend, je suis incapable de mettre la roue de secours. Je n'arrive pas à croire que je m'apprête à lui demander de me rendre service.
— Vous savez changer un pneu ?
— Bien sûr. Quel genre d'homme ne sait pas faire ça ?
— Vous voulez bien m'aider ? Je sais que vous n'avez aucune raison de le faire après... notre petite dispute, mais je suis désespérée. Je ne veux pas être coincée ici toute seule pendant la nuit.

— J'ai une question pour vous.

— OK.

Il se frotte le menton.

— À quel point vous avez envie qu'on change ce pneu ?

Je recule un peu.

— Où est-ce que vous voulez en venir ?

— Ne vous emballez pas, chérie. Je ne suis pas en train de vous faire des avances, si c'est à ça que vous pensez. Vous n'êtes pas mon genre.

— C'est quoi votre genre, exactement ?

— Les femmes qui ont un peu plus de personnalité qu'une poignée de porte.

— Charmant.

— De rien.

— Quelles sont vos conditions, alors ?

— Comme votre rire l'a prouvé, vous avez constaté que ma Harley a un problème. Elle a besoin d'une pièce que je ne possède pas. J'ai appelé un dépanneur. Mais le temps m'est compté et, comme vous, je dois me rendre en Californie.

— Vous n'êtes pas en train de suggérer que...

— Si. Tout à fait. Si je change votre pneu, laissez-moi monter avec vous.

— Monter avec moi ?

— Vous monter, oui.

— Qu'est-ce que vous venez de dire ?

— Vous avez des hallucinations auditives.

Je secoue la tête pour chasser les images qui m'assaillent à présent. Est-ce que j'ai entendu de travers à cause de la fatigue ou est-ce qu'il se moque de moi ?

— Je n'ai pas envie de faire des milliers de kilomètres

avec un parfait inconnu.

— C'est vachement plus prudent que de conduire toute seule.

— Pas si vous êtes un tueur en série !

— C'est l'hôpital qui se fout de la charité. C'est vous qui venez de décapiter un Président américain.

Je ne peux pas m'empêcher de rire. Cette situation est totalement absurde.

— Ça alors, Princesse, vous riez à vos propres dépens ?

— Je pense que vous me rendez dingue.

Il me tend la main.

— Alors, c'est d'accord ?

— J'ai pas vraiment le choix, réponds-je en croisant les bras sans lui serrer la main.

— Vous pouvez toujours demander à ce mec de changer votre pneu, constate-t-il en désignant un grand baraqué flippant qui a l'air de nous mater et qui ressemble à la créature de Frankenstein.

J'expire lentement, vaincue.

— OK. D'accord ! Sortez-moi de là.

— J'étais sûr que vous accepteriez. Maintenant, par pitié, dites-moi que vous avez une roue de secours.

— Oui. Mais il faut déplacer des cartons pour l'atteindre.

Il ouvre le coffre et éclate de rire en constatant l'ampleur des dégâts.

— C'est quoi, ce bordel ?

Je le regarde bien en face et réponds sincèrement :

— Toute ma vie.

J'empile les cartons sur le trottoir. Il sort la roue de secours et se met immédiatement au travail.

Tandis qu'il change le pneu, son tee-shirt blanc glisse vers le haut, dévoilant ses tablettes de chocolat bronzées et une fine ligne de poils qui descend sous la taille de son boxer. Une excitation malvenue naît au creux de mes jambes. Histoire de penser à autre chose, je me dirige vers sa moto sur laquelle je m'installe, mains sur les poignées, en imaginant ce que ça ferait de la conduire, vent dans les cheveux. Mais la seule chose que j'arrive à imaginer, c'est lui : il est juste devant moi, ce qui ne m'aide pas des masses.

Il réapparaît de sous ma voiture.

— Attention, gamine. Ce n'est pas un jouet.

Je descends et passe le doigt sur les lettres gravées sur les sacoches.

— Ça veut dire quoi C. B. ?

— Ce sont mes initiales.

— Laissez-moi deviner... Branleur Condescendant ?

— Vous voyez... je vous aurais bien dit comment je m'appelle, mais puisque vous êtes si maline, je vous laisse trouver toute seule.

— Comme vous voulez, Branleur.

Il se rallonge sur le sol.

— Je resserre un peu ces boules... et on peut y aller.

— Ces boules ?

— Je parle des boulons sur la roue, espèce d'obsédée.

— Oh.

Il se remet sur pied d'un bond et lève un pan de son tee-shirt pour s'essuyer le front.

Oh la la.

— Vous avez fait vite. Vous êtes sûr que ça tient bien ?

— Il me manque quelques vis, chérie, comme vous

n'allez pas tarder à vous en apercevoir, mais votre roue, elle, a toutes les siennes, rétorque-t-il en me faisant un clin d'œil, et je remarque soudain sa fossette.

— Il faudra s'arrêter en route pour faire remplacer ce pneu. Celui-là n'est pas censé servir longtemps.

En route. Tout ça est réellement en train de se produire.

— Allons-y, dis-je. C'est moi qui conduis. J'ai besoin de contrôler quelque chose.

— Comme vous voulez.

Je sens toute la tension accumulée dans ma nuque lorsque je déboîte. Je trouve la situation... intéressante, faute d'autre mot. Il ne perd pas de temps et pioche dans mon poulet.

Je lui donne une légère tape sur la main.

— Hé. C'est ma bouffe.

— Moutarde au miel ? Je préfère la sauce barbecue.

Il se lèche le pouce et je m'en veux d'être excitée par ce simple geste. Le voyage s'annonce long.

Il rit en soulevant le sac en plastique de la boutique de souvenirs.

— Vous l'avez ouvert ?

— Non. Pour quoi faire ? C'est juste une figurine cassée.

— Vraiment ? répond-il en mc tendant le sachet.

Tout en tenant le volant d'une main, je sors le jouet, qui est... intact.

— Qu'est-ce que... Comment vous avez fait ?

— Il avait l'air de vous plaire, alors j'ai payé pour celui qui était cassé et je vous en ai acheté un autre. Vous étiez trop occupée à chercher votre porte-monnaie pour vous en rendre compte.

Je ne peux m'empêcher de sourire.

— Dites donc, je ne m'attendais pas à ça. Un vrai sourire. Donnez-la-moi, ordonne-t-il en tendant la main.

J'obéis. Il ôte le papier sur l'adhésif fixé sous le socle et colle la figurine sur le tableau de bord. Obama se met à hocher la tête au moindre mouvement de la voiture.

J'éclate de rire en voyant ce jouet absurde, mais sa gentillesse me fait plaisir. Ce n'est peut-être pas un connard, finalement.

On roule en silence pendant un moment. Il appuie la tête sur le fauteuil et ferme les yeux. Quelque part sur l'autoroute 76, un peu après que le soleil est devenu une boule orange vif illuminant l'horizon, il se tourne vers moi.

Sa voix est ensommeillée.

— Je m'appelle Chance.

Je laisse planer quelques secondes de silence avant de répondre :

— Aubrey.

— Aubrey, répète-t-il dans un souffle, comme s'il examinait mon prénom.

Puis il tourne la tête et referme les yeux.

Chance.

Chapitre 2

— Vous comptez décrocher un jour ?

Il jette un regard entendu sur mon téléphone portable qui vibre, posé sur le tableau de bord. Il sonnait toutes les demi-heures environ, mais la fréquence des appels s'est réduite à dix minutes.

— Non.

L'appareil arrête de vibrer. Je ne lui fournis aucune explication. Il va certainement lâcher l'affaire.

Sauf qu'évidemment, il n'en est rien. Cinq minutes plus tard, le téléphone vibre à nouveau et Chance s'en empare avant que j'aie le temps de réagir.

— C'est Harry, constate-t-il.

Il balance l'appareil entre le pouce et l'index et je le lui arrache.

— Il s'appelle Harrison. Et ce ne sont pas vos affaires.

— La route va être longue, Princesse. Vous savez bien que vous allez finir par m'en parler.

— Croyez-moi, y a pas de risques.

— On verra.

Quelques minutes plus tard, un nouvel appel. Chance se saisit de nouveau de mon portable, sauf que, cette fois-ci, il décroche et le porte à son oreille.

— Allô ?

J'ai l'impression que les yeux vont me sortir du crâne. La voiture fait une embardée et je reste figée sur mon siège, muette comme une carpe.

— Harry. Comment ça va, mon pote ?

La trace d'accent australien devient soudain beaucoup plus prononcée. J'entends la voix de Harrison à l'autre bout du fil, mais je ne parviens pas à distinguer ce qu'il dit. Je jette un coup d'œil à la dérobée au visage arrogant de Chance. Il hausse les épaules, me sourit, et se renfonce dans son siège, particulièrement content de lui. C'est à ce moment-là que je décide que notre petit voyage est terminé. Je larguerai son cul à la prochaine sortie. Son cul parfait et musclé peut bien marcher jusqu'à Trou du Cul, Nebraska, ce n'est pas mon problème.

— Oui, elle est là. Mais on est un peu *occupés* en ce moment.

Cette fois-ci, j'entends parfaitement la réponse. Chance éloigne le combiné de son oreille et Harrison rugit :

— Qui est à l'appareil, putain ?

— Mon nom est Chance. Chance Bateman. Mais mes potes m'appellent Branleur, répond-il sur un ton qui fait certainement palpiter la veine du cou de Harrison.

— Je. Veux. Parler. À. Aubrey.

Chaque mot est une explosion de rage. Je n'en veux plus du tout à Chance d'avoir décroché. Je suis furieuse que Harrison ait le culot d'être en colère contre moi.

— Pas possible, Harry. Elle n'est pas... disponible pour le moment.

Un nouveau chapelet d'injures à l'autre bout du fil.

— Écoute, Harry. Je vais te parler d'homme à homme, parce que t'as l'air d'être un mec bien. Aubrey a évité de décrocher parce qu'elle est polie. En fait, elle ne veut pas te parler.

Je suis en colère contre les deux hommes, à présent. Et pourtant... la façon qu'il a de prononcer mon prénom, en traînant sur la dernière syllabe... Je meurs d'envie de l'étrangler et, en même temps, je n'ai qu'un désir : qu'il le prononce à nouveau. C'est quoi mon problème ? Je suis tellement occupée à me repasser en boucle « Aubrey » avec l'accent australien que je n'entends pas la réponse de Harrison. La façon dont les syllabes roulent sur la langue de ce connard me provoque des papillons dans le ventre. J'imagine ce que ça donnerait s'il me le murmurait à l'oreille de sa voix rauque et, du coup, je perds momentanément la notion du temps.

Chance émet un soupir exagéré et je cille, de retour à la réalité.

— Bon, Harry, faut que t'arrêtes, maintenant. On a une longue route à faire et tes appels incessants mettent notre copine dans tous ses états. Tu vas être gentil et arrêter de nous faire chier, OK ?

Notre copine. La veine dans le cou de Harrison est certainement sur le point d'exploser.

Chance raccroche sans lui laisser le temps de répliquer.

Pendant cinq bonnes minutes, aucun de nous deux ne prononce un seul mot. Il doit attendre ma réaction outragée.

— Vous ne dites rien ?

Je serre le volant tellement fort que mes phalanges sont devenues blanches.

— Je digère.

— Vous digérez ?

Il a l'air amusé.

— Oui. Exactement.

— Ça veut dire quoi ?

— Ça veut dire que je ne dis pas la première chose qui me passe par la tête. Contrairement à *certains*, j'analyse ce que je ressens, et je réponds de manière appropriée.

— Vous filtrez, quoi.

— Pas du tout.

— Bien sûr que si. Si vous êtes furieuse, dites-le. Criez, s'il le faut. Mais ensuite, passez à autre chose et cessez d'être chiante en permanence.

La route est déserte. Je peux donc freiner brutalement et me garer sur le bas-côté. Je traverse trois voies pour m'arrêter sur la bande d'arrêt d'urgence. Il fait nuit et les seules lumières sont celles de mes phares et des rares voitures qui nous dépassent. Je descends, fais le tour du véhicule et me campe à côté de sa portière. J'attends qu'il me rejoigne, les mains sur les hanches.

— Vous avez un sacré culot. Je vous ai sauvé la mise sur l'aire d'autoroute et, pour me remercier, vous vous installez dans ma bagnole, vous mangez la moitié de mon repas, vous changez la station de radio et, pour couronner le tout, vous prenez mes appels !

Il croise les bras.

— Vous ne m'avez pas sauvé la mise, j'ai mangé *un* nugget de poulet, vous avez des goûts de merde en musique et Harry-avec-un-balai-dans-le-cul vous dérangeait.

Je lui lance un regard noir.

Il me lance un regard noir.

Putain de merde. Les phares d'une voiture illuminent ses traits et bim ! 13. Ses yeux ont *exactement* la couleur du numéro 13. J'enlevais le papier sur le crayon *Bleu cadet* dans les paquets de soixante-quatre Crayola avant que la pointe des autres crayons ne soit usée. J'adorais cette couleur, et je ne m'en servais pas uniquement pour colorier le ciel. Pendant un an, tous les visages dans mes cahiers de coloriage étaient de ce bleu magnifique avec une mystérieuse nuance de gris. Je n'ai jamais croisé cette couleur en vrai, et c'est la première fois que je vois des yeux de ce bleu-là.

Je suis à moitié cuite. Et Chance m'achève.

— Aubrey.

Avec l'accent à tomber.

Il fait un pas en avant.

Et merde. Je ne dis pas un mot. Je suis trop occupée à... digérer.

— Je voulais juste vous aider. Harry avait besoin qu'on le remette à sa place. Je ne sais pas qui est ce mec, mais je devine qu'il vous a fait du mal. Et que vous ne voulez plus écouter ses excuses. Il se fout de votre gueule et vous le savez. Laissez-le mariner avec l'idée que vous êtes partie en voyage avec un autre homme. Une femme comme vous, il se doute bien que les mecs vous courent après. Il ne devrait pas avoir besoin qu'on le lui rappelle.

Une femme comme moi ?

J'essaie de garder l'air offensé, mais je ne le suis plus du tout.

— OK. Mais ne touchez plus jamais à mon téléphone.

— Oui, Madame.

Je hoche la tête. J'ai besoin de sentir que j'ai gagné. Je ne peux pas ne plus lui en vouloir juste parce qu'il a une voix sexy et des yeux couleur numéro 13, non ?

— Et si je conduisais un peu ?

Ma vision de nuit n'est pas géniale et je commence à y voir flou.

— D'accord.

Il ouvre la portière du côté passager, attend que je m'installe pour la refermer et contourne la voiture d'un pas vif. Mais avant de s'asseoir à son tour, il se penche pour prendre quelque chose par terre et le glisse dans son sac à dos avant de régler le siège.

— Qu'est-ce que vous avez ramassé ?

— Rien. C'est celui qui conduit qui choisit la musique, dit-il en démarrant.

— Vous avez changé de station de radio toutes les cinq minutes pendant quc je conduisais.

Il hausse les épaules en souriant.

— C'est une nouvelle règle.

Comme je suis assise sur le siège passager, je peux l'observer à loisir. Ses fossettes sont profondes. Et l'ombre qui commence à recouvrir sa mâchoire virile est excitante. *Très excitante.* Je risque de le laisser conduire longtemps.

***

Trois heures plus tard, il est presque minuit quand on décide de s'arrêter pour la nuit. On est arrivés où je l'avais prévu, même si on a perdu du temps pour acheter un nouveau pneu.

— On voudrait une chambre pour la nuit, s'il vous plaît, fait Chance.

— Euh, non : deux chambres.

— Quoi ? Pourquoi pas une chambre avec deux lits jumeaux ?

— Je refuse de partager une chambre avec vous.

Il hausse les épaules.

— Comme vous voulez, dit-il avant de reporter son attention sur la réceptionniste. Elle a peur de ne pas réussir à se retenir de se jeter sur moi.

Il lui fait un clin d'œil et, malgré sa peau sombre, je jurerais que la jeune femme rougit.

Je lève les yeux au ciel, trop fatiguée pour discuter avec lui.

— Est-ce que je peux avoir une chambre orientée à l'ouest, pas au rez-de-chaussée, et qui porte un chiffre pair, s'il vous plaît ? demandé-je à l'employée.

— Est-ce que la mienne peut avoir un lit, une télé et des chiottes, s'il vous plaît ? fait-il avec un sourire moqueur.

— Je vous donne les chambres 217 et 218. Elles sont contigües.

— Parfait. Elle aime être près de moi.

Je ne sais pas si je commence à m'habituer à son sens de l'humour autocentré ou si je suis juste crevée par la route, mais un petit rire m'échappe.

Il a l'air ravi.

La réceptionniste nous tend nos clefs, accompagnées d'un cookie au chocolat tiède. Tandis qu'on se dirige vers l'ascenseur, je lui tends mon biscuit.

— Vous le voulez ? Ça ne me fait pas envie.

— Bien sûr. Je vous mangerai.

— Qu'est-ce que vous venez de dire ?

— J'ai dit que je le mangerai.

J'ai vraiment besoin de dormir. Voire de prendre une douche glacée.

Il porte nos deux sacs et je remarque qu'il s'efface pour me laisser entrer et sortir de l'ascenseur avant lui. Branleur Condescendant est bien élevé.

— Bonne nuit, Princesse.

— Bonne nuit, Branleur.

Heureusement qu'à ce moment-là il n'a pas prononcé mon nom ; dormir à côté de lui est déjà bien assez perturbant comme ça.

Un quart d'heure plus tard, je suis prête à sombrer dans le sommeil. Je respire lentement, allongée sur le matelas moelleux, quand un coup frappé à la porte me fait sursauter.

Je me lève en soupirant, gagne la porte sur la pointe des pieds et jette un coup d'œil par le judas. Pourquoi ces trucs sont-ils toujours aussi haut ? À ma grande surprise, il n'y a personne dans le couloir. J'ai peut-être rêvé.

Un autre coup.

J'allume la lumière. Le bruit ne vient pas de la porte principale, mais de la porte intérieure que je n'ai pas remarquée avant.

La porte qui donne sur la chambre de Chance.

Je déverrouille et entrouvre suffisamment la porte pour voir ce qu'il veut. Il est bien là.

Torse nu.

Il ne porte qu'un boxer gris qui le moule comme une seconde peau.

Il me faut un certain temps pour comprendre ce qu'il veut, même s'il tient une brosse à dents à la main.

— Je croyais qu'on avait décidé que je n'étais pas un tueur en série.

J'ouvre la porte en grand.

Il sourit.

Et merde. Arrête ça. Arrête ça tout de suite.

— J'ai laissé mon dentifrice dans une de mes sacoches, dans la voiture.

Je déglutis.

— Mmmm.

Il penche la tête.

— Je peux vous emprunter le vôtre ?

— Oh. Oui, bien sûr.

Il me contourne et se dirige vers la salle de bain. Je reste où je suis.

— Vous avez beaucoup de trucs de nana, là-dedans, pour une seule nuit, dit-il, la brosse à dents dans la bouche. « Private Collection Tuberose Gardenia ».

C'est le nom de mon parfum Estée Lauder.

Je l'entends se rincer la bouche et cracher. Puis il se gargarise. Vas-y, pas de problème, utilise mon bain de bouche.

Il sort de la salle de bain, dont il éteint la lumière.

— La tubéreuse est une rose ?

Je secoue la tête, troublée par la situation.

— C'est pour ça, murmure-t-il.

— Ça que quoi ?

— J'ai passé la journée à essayer d'identifier votre

parfum. Je pense que c'est la première fois que je sens une tubéreuse.

Il hausse les épaules et se dirige vers sa chambre. Mais il se retourne avant de quitter la pièce :

— Même vos sous-vêtements en dentelle noire sentent la tubéreuse.

Je le dévisage, les yeux écarquillés. J'ai laissé ma culotte et mon soutien-gorge sur le meuble à côté du lavabo.

— Vous... vous...

— Détendez-vous. Je vous taquine. J'ai l'air d'un fétichiste des sous-vêtements ?

Oui.

Non.

Peut-être ?

— Bonne nuit, Aubrey.

Il me fait la grâce d'une fossette avant de disparaître.

Rhaaaa, il a prononcé mon prénom.

Je verrouille la porte et vérifie deux fois qu'elle est bien fermée, sans bien savoir si je fais ça pour ma sécurité ou pour la sienne. J'entends mon prénom en boucle dans ma tête, de plus en plus bas, comme une berceuse apaisante, au fur et à mesure que je sombre dans le sommeil.

Jusqu'à ce qu'on frappe une nouvelle fois à la porte.

Je pense que j'ai dormi trois bonnes secondes avant de me lever pour aller ouvrir. Pour la deuxième fois.

— Vous voulez regarder un film ?

Ma chambre est plongée dans le noir le plus complet ; la sienne est brillamment éclairée. Il me faut un certain temps pour que mes yeux s'y habituent. Et une fois que c'est fait, ils se posent directement sur son caleçon. Et, au lieu de refuser et de lui claquer la porte au nez, je discute. Encore.

— Pas question de regarder un film avec vous si vous êtes en sous-vêtements.

Il baisse les yeux puis les relève.

— Pourquoi ? C'est pas comme si je bandais.

Je suis sidérée par sa réponse inappropriée, mais voilà que je me mets à imaginer à quoi il ressemble dans ce même caleçon *et* avec une érection. Je ne sais plus où poser les yeux. Si je les baisse, je mate son service trois pièces. Si je le regarde bien en face, il va tout de suite comprendre à quoi je pense.

Il rit.

— Je vais m'habiller.

Je ne comprends pas pourquoi j'ai négocié alors que je n'ai aucune envie de regarder un film. Il disparaît et revient une minute plus tard, après avoir enfilé un short. L'élastique de son boxer siglé Calvin Klein dépasse un peu. Et à présent qu'il n'y a plus de caleçon moulant à regarder, je me rends compte que c'est pire en short. En dissimulant ses fesses musclées, il m'oblige à reporter mon attention sur son torse. Et ses abdos ridicules.

— À vous, dit-il.

Je le regarde, perplexe.

— Si je ne peux pas rester en caleçon, alors vous ne pouvez pas garder cette chemise de nuit.

— Pourquoi ?

Il baisse les yeux sur ma poitrine et un délicieux sourire coquin étire ses lèvres.

— Pour rien. Je vous en prie, surtout, gardez-la.

Je baisse les yeux à mon tour. J'ai oublié que je portais une fine chemise de nuit en coton blanc et pas de soutien-gorge. Mes tétons se dressent comme s'ils essayaient de transpercer le tissu.

On se dispute pendant vingt minutes avant de décider de louer un film d'horreur que je n'ai pas envie de voir. Cinq minutes plus tard, après avoir enfilé un sweatshirt, je m'endors sur un des lits jumeaux, Chance assis sur l'autre.

Quand je me réveille le lendemain matin, il a regagné sa chambre et laissé la porte mitoyenne grande ouverte. Je l'entends parler au téléphone et expliquer ce qu'il compte faire de sa journée. Je sais qu'il ment : je suis bien placée pour savoir qu'il n'est pas à Los Angeles.

Chapitre 3

On s'arrête dans un *diner* au bout de la rue pour prendre le petit déjeuner.

— Je voudrais un latte au lait écrémé avec trois cuillerées de vanille, crème allégée et super chaud.

Chance me dévisage, perplexe, puis il se tourne vers la serveuse.

— Vous avez tout noté ? Elle veut deux cuillerées de j'sais pas quoi avec un supplément crème.

Bertha, comme l'indique son badge, n'a pas l'air d'apprécier la plaisanterie.

— On n'a que du café, normal ou déca, répond-elle sur un ton monocorde en brandissant la cafetière.

— Un café noir, alors.

— Deux, renchérit Chance.

Elle nous sert tous les deux.

— Je reviens prendre votre commande.

Chance me regarde en riant, tout en agitant son sachet de sucre.

Je croise les bras.

— Qu'est-ce qui vous fait rire ?

— Vous.

— Comment ça ?

— Vous croyiez vraiment pouvoir commander votre boisson de fille dans un endroit comme celui-là ?

— Mais tout le monde fait des lattes ! Même MacDo !

— Vous aurez un latte et un Happy Meal pour le dîner, promis. Vous aurez même le jouet. Contente ?

Je parcours le menu en secouant la tête. Il n'y a rien pour moi là-dedans.

— C'est tellement gras.

— Mmmm. Du bacon. Un peu de gras de temps en temps ne va pas vous tuer.

— J'ai déjà mangé ma dose de gras du mois... les nuggets d'hier.

— Votre dose du mois ?

— Oui. J'ai droit à un repas gras par mois, dis-je en soupirant. Il n'y a aucun plat diététique. Je ne vois pas quoi prendre.

— Ne vous inquiétez pas, je vais commander pour vous.

— Quoi ? Pas question.

Chance lève le doigt.

— Bertha, ma puce ? On est prêts à passer commande.

Incroyable. Il a même le pouvoir de faire rougir cette serveuse revêche.

— Je vous écoute.

Il pose le doigt sur le menu.

— Pour moi, ce sera la *Crise cardiaque sur un plateau.* Pour elle, des toasts de pain complet sans beurre.

— Tout de suite.

— C'est tout ce à quoi j'ai droit ? Des tartines sans beurre ?

— Non. Vous allez piocher dans mon assiette, mais vous ne le savez pas encore. Ces toasts sont ma façon de vous prouver qu'au fond, vous ne voulez pas ce que vous prétendez vouloir. Et la plupart des choses que vous rejetez sont celles vous voulez le plus en réalité.

— Tiens donc.

— Je lis en vous comme dans un livre ouvert. Plus vous essayez de bien vous comporter, plus vous rêvez de faire des bêtises. Non seulement vous allez manger mon petit déjeuner bien calorique, mais en plus vous allez le déguster noyé sous mon foutre pimenté et vous allez adorer ça.

— Pardon, votre quoi ?

Chance éclate de rire puis ouvre la poche de son blouson, d'où il tire une petite bouteille en plastique qu'il pose sur la table. Un coq est dessiné dessus.

— Mon foutre pimenté. Plus connu sous le nom de sauce Sriracha – une sauce épicée thaïlandaise. Je l'emporte partout avec moi.

Bertha surgit avec une assiette sur laquelle s'entassent des œufs brouillés, des frites maison, des petites saucisses, du bacon, du jambon blanc et de la viande hachée. Elle la pose devant Chance et me tend une petite assiette avec des toasts.

Aussitôt, Chance arrose généreusement son plat de sauce pimentée, puis il se met à manger sans me quitter des yeux.

Je soutiens son regard tout en croquant avec ostentation dans ma tartine, bien résolue à ne rien demander. Mais je dois bien avouer que je suis affamée.

Pour éviter de regarder son assiette, je lève un peu les yeux et je me concentre sur sa casquette de baseball. Il l'a achetée à la boutique de l'hôtel et il la porte à l'envers. Ses cheveux dépassent et ça lui va bien. Un rayon de soleil transperce la fenêtre juste à côté de nous, accentuant de nouveau le bleu numéro 13 de ses yeux.

Merde.

Sa voix me tire de ma rêverie.

— Vous savez que vous le voulez, Aubrey.

Hein ? Il a vu que je le matais ou il parle de la bouffe ?

Il coupe une petite saucisse en deux et m'en tend une moitié tout en m'adressant un sourire sexy.

— Allez. Juste un morceau.

Elle sent délicieusement bon. J'ouvre la bouche, incapable de résister, et je le laisse me nourrir.

— Mmmm.

Je ferme les yeux et mâche lentement la chair juteuse et savoureuse. Lorsque je rouvre les paupières, Chance a les yeux fixés sur mes lèvres.

— Vous en voulez encore ? demande-t-il d'une voix rauque.

J'en salive d'avance.

— Oui.

Cette fois-ci, il attrape un morceau de bacon avec les doigts et le met dans ma bouche. Ça m'agace de l'admettre, mais il a raison pour la sauce : ça va avec tout.

— Encore ?

Je me lèche les lèvres.

— Oui.

Chance me donne trois bouchées supplémentaires. Je laisse échapper un gémissement ; il laisse tomber sa fourchette, qui fait un bruit métallique.

— Bon sang. La bouffe est bonne, mais pas à ce point.

— Comment ça ? demandé-je, la bouche pleine.

— C'est quand la dernière fois que vous avez été sérieusement tringlée ?

— Tringlée ? C'est-à-dire ?

— Baisée, Princesse. Quand est-ce que quelqu'un vous a sautée convenablement pour la dernière fois ?

— C'est quoi le rapport ?

— Je ne vois pas comment vous pouvez réagir comme ça en mangeant, à moins d'être complètement en manque. Le Prince Harry ne vous faisait pas grimper aux rideaux, n'est-ce pas ? ajoute-t-il en agitant les sourcils.

— Ce ne sont pas vos affaires.

— Vous êtes plus rouge que la sauce.

Il se penche vers moi et murmure :

— Aubrey... À quand remonte votre dernier orgasme ?

— Aucune importance.

Son ton devient plus pressant.

— C'était quand ?

— À la fac, je marmonne – *mais pourquoi j'ai répondu ?* –, je n'arrive pas à croire que je vous ai dit ça. Je suis très gênée.

Il expire lentement.

— Inutile. Mais je ne vais pas vous mentir. Je suis choqué. Une femme comme vous devrait coucher avec un homme expérimenté.

— Qu'est-ce que ça peut vous faire ? Vous n'arrêtez pas de répéter « une femme comme moi ». Je ne pensais même pas que vous m'appréciiez.

Chance s'appuie sur sa banquette et regarde par la fenêtre avant de reporter son attention sur moi.

— Même si vous êtes plutôt chiante... je vous apprécie, Aubrey. Vous êtes drôle. Pas dans le genre grosse rigolote, mais drôle quand même. Vous êtes consciencieuse. Vous avez de la repartie. Vous êtes intelligente. Et super mignonne... ajoute-t-il en détournant les yeux comme pour s'empêcher de poursuivre. Qu'est-ce qui s'est passé ?

— Comment ça ?

— Pourquoi est-ce que vous fuyez cet abruti de Harrison ?

J'hésite un instant et il fait signe à Bertha d'approcher.

— On peut avoir un peu plus de café, s'il vous plaît, beauté ?

Je ne sais pas ce qui me prend. C'est peut-être la faute de la sauce. Une partie de moi a envie de tout déballer. Une fois nos tasses remplies, je me confie à lui.

— Harrison est un des associés du cabinet d'avocats dans lequel je travaillais à Chicago. J'étais une collaboratrice. Ma spécialité, ce sont les brevets et les marques déposées. On est sortis ensemble pendant un an et on venait d'emménager ensemble quand j'ai découvert qu'il avait une liaison avec une de ses stagiaires. C'était il y a deux mois. Alors, bon...

— Vous avez déménagé ?

— Oui. Et j'ai démissionné. Harrison a passé la totalité des dernières semaines à essayer de me convaincre que je faisais une erreur, que j'étais en train de foutre ma carrière en l'air parce qu'il envisageait de faire de moi une associée plus vite que je ne pourrais y parvenir toute seule. J'ai tout abandonné et pris le premier job que j'ai trouvé, dans une petite start-up à Temecula. J'ai peur. Je ne connais pas du tout la côte Ouest et je ne suis pas certaine d'avoir pris la bonne décision. Je ne suis même pas sûre de vouloir encore être avocate. Je suis complètement paumée.

Je sens les larmes me monter aux yeux.

Chance me dévisage avec une intensité nouvelle.

— Qu'est-ce qui vous passionne, Princesse ?

Je réfléchis un peu et une seule chose me vient à l'esprit. J'éclate d'un rire un peu nerveux.

— Pas grand-chose, à part... les animaux. J'aime tout ce qui les concerne. Je voulais faire véto, mais mon père était avocat et il a fait pression sur moi pour que je suive ses traces.

— Vous avez l'impression de les comprendre mieux que les humains, hein?

— Parfois, oui.

Il se gratte le menton en souriant.

— Vous trouverez votre voie. J'en suis sûr. Tout ce qui s'est passé à Chicago est trop récent et ça vous empêche d'y voir clair. Le changement de cadre va vous faire du bien. Vous pourrez prendre votre temps, réfléchir, décider ce que vous voulez vraiment puis faire des plans. C'est vous qui contrôlez votre destin – à l'exception des vingt-quatre prochaines heures. Là, c'est moi qui décide. Vous êtes obligée de me supporter, que ça vous plaise ou non, ajoute-t-il en me faisant un clin d'œil assorti d'un sourire machiavélique.

— J'en ai bien l'impression, réponds-je en souriant.

Ce mec commence à me plaire et ça me perturbe. Je ne sais rien de lui.

— À vous. Qui êtes-vous, Chance Bateman ? Ça fait combien de temps que vous êtes aux États-Unis ?

— Je suis né ici. Je suis américain, en fait. J'ai quitté le pays pour l'Australie quand j'avais cinq ans. Mon père avait été recruté comme joueur de foot pour une équipe australienne puis il est devenu entraîneur. J'ai grandi dans ce milieu.

— C'est cool.

— Ça l'a été... mais plus maintenant.

Son visage se ferme.

— C'est-à-dire ?

— C'est une longue histoire.

Mon téléphone sonne, interrompant la conversation. Harrison. *Merde, merde, merde.*

Je tourne l'écran pour que Chance puisse voir qui m'appelle.

Il me l'arrache des mains et décroche.

— Harry ! Petit con !

La voix étouffée de Harrison me parvient :

— Je veux parler à Aubrey.

— Tiens, justement, on parlait de toi. On est en train de prendre notre p'tit déj et figure-toi qu'elle m'a montré une petite saucisse en disant : « Tu vois, le pénis de Harry fait la même taille. »

Harrison est fou furieux.

— Espèce de connard. Dis à Aubrey que si elle fréquente une raclure dans ton genre...

Chance lui raccroche au nez.

— On y va ?

— C'était génial. Je suis prête.

Il lève la main et on fait un *high five.*

— Au revoir, Bertha ! fait Chance avec un clin d'œil.

— Au revoir, beau gosse !

Je lève les yeux au ciel, mais je ne peux pas m'empêcher de rire tout en suivant son joli cul hors du restau.

***

C'est un bel après-midi. Je dis à Chance que j'ai envie de conduire. En toute honnêteté, il faut surtout que j'arrête de fixer ses yeux et sa barbe. L'attraction que je ressens pour lui me perturbe beaucoup. Sans compter que celui qui conduit choisit la musique.

— Michael Bolton ? C'est une blague, Princesse. Vous allez m'obliger à écouter ça ?

— Quoi ? Il chante super bien ! Et sa voix est... chaleureuse... virile !

Chance se met à brailler les paroles de *When a Man Loves a Woman*. Il chante comme une casserole. Le duo improvisé entre Chance et Michael me pousse à changer de radio.

Peu de temps après, on s'arrête pour faire le plein et Chance fait un saut à la boutique pour acheter à manger après avoir rempli le réservoir.

Quand il revient, un grand sac en papier dans les mains, je lui jette un coup d'œil et me fige, la main sur la clef de contact.

Il a de la poudre sous le nez.

Merde ! Est-ce que c'est un camé ? Il est allé sniffer une ligne dans les chiottes ?

— Vous comptez démarrer ou bien ?

Je respire mal, prête à encaisser ce qui va suivre.

— Dites-moi la vérité.

— OK...

— Vous avez pris de la coke ?

Son regard s'assombrit.

— Hein ? demande-t-il, furieux. C'est quoi cette question ?

— Vous avez de la poudre sous le nez !

Il ferme les yeux et explose de rire. Son hilarité dure une bonne minute. Je ne l'ai jamais vu rire comme ça. Il essaie de parler mais il n'y parvient pas, les mains sur son torse. Il finit par se regarder dans le miroir du pare-soleil et s'essuie la poudre avec les doigts.

Puis il me met son doigt sur les lèvres.

— Goûtez.

Je le repousse.

— Pas question !

— Goûtez !

Je passe le bout de la langue sur son doigt avec réticence. Ça a un goût de soda.

— C'est sucré.

Il ouvre le sachet en papier et en sort un Pixy Stick, une paille pleine de sucre, qu'il me lance.

— Votre cocaïne, Madame.

Le soulagement me submerge. Mais je me sens bête.

— Un Pixy Stick ? Vous aimez ces trucs ?

— Je les adore.

— Ce n'est que du sucre. Je n'y ai pas touché depuis que je suis gamine.

— Ils n'avaient plus de Fun Dip, alors je me suis rabattu sur ça. Je n'en reviens pas que vous ayez cru que j'avais sniffé de la coke. Je ne suis pas parfait, loin de là, mais je ne me suis jamais drogué. Jamais.

Il a l'air vraiment blessé.

Je n'ai toujours pas démarré.

— Je suis désolée pour ma conclusion hâtive. C'est juste que... je ne vous connais pas.

— Eh bien, découvrez-moi, répond-il à voix basse.

Un silence plane.

— Pourquoi vous allez en Californie ? finis-je par demander.

— J'habite là-bas.

Je sais ce que je veux savoir, mais je ne comprends pas pourquoi mon cœur bat plus vite.

— Vous étiez au téléphone avec qui, ce matin ?

Ma question le prend par surprise.

— Quoi ?

— J'ai entendu votre conversation. Vous avez menti et prétendu que vous étiez à Los Angeles.

Il met un moment avant de répondre.

— C'est compliqué, Aubrey.

Puis il se renferme et tourne la tête vers la vitre.

— Ouah, super conversation. Je suis bien contente d'avoir posé la question.

Je mets le contact et rejoins l'autoroute. Le silence s'installe un moment. Chance a l'air tendu et il enfourne les bonbons un après l'autre. Au bout d'une demi-heure, je décide de briser la glace.

— Comment vous faites pour avoir un tel corps en mangeant n'importe quoi ?

— Est-ce que ça veut dire que vous me trouvez bien foutu ? Je vous plais ?

— Je n'ai pas dit ça.

— Non, mais vous l'avez sous-entendu.

— Crétin.

— Je baise beaucoup, Aubrey. C'est comme ça que je reste en forme.

— Vraiment ? C'est tout ?

— Non. Je voulais juste voir se répandre sur votre visage cette jolie couleur rose qui apparaît quand vous êtes embarrassée, fait-il, moqueur. Pour répondre à votre question, je fais beaucoup de muscu et je ne mange pas ça tous les jours. Mais quand je voyage, j'oublie toutes les règles de diététique. Il faut manger ce qu'on veut pour ne pas devenir dingue.

— De mon point de vue, vous êtes dingue, alors ça ne marche pas vraiment.

Il me sourit et je lui souris en retour. La tension qui planait entre nous semble enfin disparue.

— Je veux bien un bretzel.

Il m'en tend un puis jette un coup d'œil aux sacs qui s'entassent sur la banquette arrière.

— Qu'est-ce qu'il y a là-dedans ?

— N'y touchez pas.

— Je parie qu'il y a plein de trésors qui pourraient me dire tout ce que je veux savoir sur vous.

Il se retourne et commence à sortir mes affaires.

— Oh, un livre ! *La salope heureuse : le guide des petites amies qui permet d'abandonner enfin ses casseroles et de se reconnecter avec son fabuleux moi intérieur.*

— Reposez ça et ne touchez plus à ce sac !

— D'accord. Mais qu'est-ce que vous cachez de si terrible là-dedans ?

Merde.

Chance continue à fouiller.

— Qu'est-ce que c'est que ça ?

Oh non.

Il brandit mon gode couleur chair.

— Princesse ? C'est une bite en silicone dans un écrin

strassé ? Pas étonnant que ça vous soit égal que Harry ne vous fasse pas grimper aux rideaux. Vous avez pris les choses en main et en...

— Donnez-moi ça !

Il sort le sex-toy de sa boîte.

— Oh... ce machin est pitoyable. On peut faire beaucoup mieux que ça.

— Chance... je ne plaisante pas. Rendez-le-moi.

— Il n'y a pas de honte à avoir. Tout le monde se masturbe.

Les événements qui suivent se déroulent à toute allure. Il agite le gode hors de ma portée tandis que je tente de l'attraper. Un poids lourd nous klaxonne. La voiture s'est déportée et je ne m'en suis pas rendu compte. Et tout d'un coup, je la vois. Elle est au beau milieu de la route, les yeux écarquillés par la frayeur, paralysée, comme une biche prisonnière de la lueur des phares. Je tourne brutalement le volant vers la droite et la voiture file vers le talus. Est-ce que je l'ai tuée ?

Chapitre 4

— Est-ce qu'elle respire ?

Je retiens mon souffle, penchée par-dessus l'épaule de Chance, jusqu'à ce que je voie son petit ventre se soulever. Ses poils sont longs et elle est tachetée comme une vache, mais ses yeux sont globuleux comme ceux d'un crapaud. La pauvre chèvre n'est qu'un bébé. Et je lui ai foncé dessus parce que j'étais occupée à me battre pour un gode.

Au début, je ne pensais pas l'avoir heurtée. Mais je l'ai vue, horrifiée, tomber à la renverse, les quatre fers en l'air, comme dans un mauvais film d'horreur. Et nous voilà tous les deux penchés sur elle en attendant qu'il se passe quelque chose, incertains quant à la conduite à tenir.

Soudain, la chèvre se remet d'un bond sur ses quatre sabots. On sursaute, surpris. Chance étend grand les bras comme pour me protéger d'une bête tueuse.

Le bébé chèvre fait quelques pas prudents puis se dirige droit vers ma BMW, comme si les deux tonnes d'acier n'étaient pas là.

— Oh, le pauvre petit doit avoir un traumatisme crânien. Regardez comme il est perdu.

Je tends les bras vers l'animal blessé, mais Chance m'attrape immédiatement le poignet, m'arrêtant dans mon élan.

— Qu'est-ce que vous faites ?

— Je vais la prendre avec moi. Regardez-la. Elle est blessée. Je l'ai renversée.

Je contourne Chance pour m'agenouiller devant la chèvre, une main tendue en signe de paix.

— Et c'est votre faute.

— Ma faute ?

— Absolument. Si vous ne m'aviez pas distraite, j'aurais fait attention à la route et ça ne serait jamais arrivé.

La chèvre blottit son museau dans ma main.

— Oh la la ! Vous avez vu comme elle est mignonne ?

Je lui tapote le sommet du crâne et elle se rapproche davantage.

— Ce n'est pas ma faute. Si vous n'étiez pas aussi coincée, vous n'auriez pas pété un plomb quand j'ai trouvé votre baguette magique.

Je cesse de flatter la chèvre séance tenante.

— Je ne suis pas coincée !

Chance croise les bras.

— Admettez que vous vous caressez. Je veux vous entendre le dire.

— Pas question.

— Coincée.

— Pervers.

— Un pervers a un comportement sexuel inapproprié ou déviant. C'est votre problème. Vous pensez que c'est mal de se masturber. Alors que c'est parfaitement normal. En fait, l'idée que vous utilisiez cette baguette magique me plaît beaucoup.

Je suis persuadée que mes yeux doivent sortir de ma tête comme ceux de la pauvre chèvre. Un camion nous frôle. Un de ceux avec deux remorques que je trouve flippants. Le vent qu'il soulève me rappelle que nous sommes très près de la route.

— Venez. C'est dangereux ici, fait Chance.

— Qu'est-ce qu'on va faire d'Esméralda ?

— Qui ça ?

— La chèvre.

Je la gratouille derrière l'oreille et elle produit un son grave qui ressemble beaucoup à un « mmmm ».

— Laissez-la partir, répond Chance en désignant le bois derrière lui. Qu'elle retourne d'où elle vient. Elle va très bien.

— Elle ne va pas bien du tout.

— Je pense que si.

— Je suis sûre qu'elle a un traumatisme crânien.

Chance secoue la tête.

— N'importe quoi. Regardez-la.

Il frappe dans ses mains et claque la langue comme s'il appelait un chien.

— Allez ma cocotte, viens là.

Esméralda ne bouge pas d'un pouce, sa tête pressée dans mon giron.

— Laissez-la partir.

— Je ne la retiens pas.

— Pas physiquement. Mais elle a mis son museau dans votre décolleté et le reste entre vos jambes. Personne ne peut abandonner ça de son plein gré.

— C'est bien ce que je disais. Vous êtes un pervers.

Un autre camion nous frôle. Cette fois-ci, il nous klaxonne bruyamment et je tombe à la renverse. Quant à la chèvre, elle fait un pas en avant et s'effondre de nouveau – les quatre fers en l'air. Je n'arrive pas à croire que j'ai abîmé une aussi jolie petite chèvre.

— J'ai raison. Elle est blessée. Pas question de la laisser là.

— Et on est censés faire quoi? L'installer sur la banquette arrière et l'amener chez un véto pour la faire examiner?

***

Deux heures plus tard, on sort de l'autoroute à Sterling, dans le Colorado, pour amener notre passagère à la clinique vétérinaire de la ville. Chance a passé une demi-heure à réarranger mes affaires à l'arrière pour faire de la place pour la chèvre et il n'est pas particulièrement content.

— Flocon de neige?

— Non.

— Ça vient d'un roman pour enfants...

— *Heidi.* Oui, je sais.

— Ah bon?

— Pourquoi? Vous pensez que je ne suis pas cultivé parce que je n'ai pas un balai dans le cul comme Harrison?

— Je n'ai pas dit ça.

— Vraiment ? Alors, pourquoi vous présumez que je ne connais pas ce classique ?

— Je ne sais pas. Vous n'avez pas le look.

— Vous devriez arrêter de mettre les gens dans des cases. Tout le monde ne rentre pas bien dans vos jolis moules.

Le silence a plané un moment, seulement interrompu par la voix féminine du GPS.

— Méchoui.

— Pardon ?

— C'est un chouette nom pour une chèvre, non ?

— Hors de question ! C'est sadique.

Ça fait une heure qu'on se dispute pour lui trouver un nom. J'ai un faible pour les noms issus de la mythologie grecque ou de la littérature classique, alors que Chance veut lui donner le nom d'un des nombreux plats dans lesquels elle pourrait être transformée.

On arrive à la clinique et on se gare juste devant. J'oblige Chance à porter le pauvre animal, même si la porte n'est qu'à quelques mètres. En le voyant avec Esméralda Flocon de neige dans les bras, je le trouve... sexy.

Est-ce que je suis folle ? Parce qu'il est encore plus séduisant quand il porte une chèvre.

À l'intérieur, les femmes de la réception confirment que je ne suis pas la seule à le penser. Leur regard se repaît de ses biceps, qui saillent sous le poids du petit animal. Il est spectaculaire. Je souris. Jusqu'à ce qu'il ouvre la bouche.

— Mon amie a percuté cette pauvre petite chose avec sa BMW pendant qu'elle essayait d'attraper son gode, explique-t-il avec un sourire arrogant et en lui faisant un clin d'œil.

La réceptionniste rougit. J'ai envie de le frapper.

— Je voudrais la faire examiner. Je ne pense pas l'avoir percutée, mais elle a l'air... bizarre.

Chance ricane puis marmonne entre ses dents :

— C'est pas la seule.

Un quart d'heure plus tard, on finit par voir un vétérinaire. Il examine la chèvre comme s'il faisait ça tous les jours. D'une main, il la maintient sur la table d'auscultation, de l'autre, il lui palpe le ventre, vérifie ses yeux et agite ses quatre pattes. J'ai l'impression que c'est très complet.

— Tout est normal. Elle a juste des symptômes de myotonie congénitale et souffre d'un déficit de vitamine B1. Mais ça n'a rien à voir avec l'accident. Je ne vois aucune preuve montrant qu'elle a été percutée. C'est juste l'effondrement.

— L'effondrement ?

Le médecin rit.

— On appelle ça familièrement l'effondrement de la chèvre. C'est un trouble génétique très fréquent par ici. Elles tombent dans les vapes quand elles sont stressées. Tous leurs muscles se tétanisent et elles tombent à la renverse. Ça dure environ dix secondes. Ce n'est pas douloureux, mais c'est impressionnant quand on y assiste pour la première fois.

— Mais... elle est désorientée. Quand elle s'est relevée, elle s'est précipitée vers ma voiture. Et elle n'a pas arrêté de se cogner partout.

— C'est parce qu'elle est aveugle.

— Aveugle ?

— Je pense que c'est à cause de la carence en vitamine B1. C'est hélas un problème de plus en plus courant. C'est dû à une alimentation inadéquate : trop de céréales et pas assez de fibres. Les éleveurs radins essaient d'engraisser les bêtes trop vite. Et l'un des effets secondaires est la cécité.

— Si j'ai bien compris, intervient Chance sur un ton sceptique, on n'a pas percuté la chèvre mais elle s'évanouit quand elle est stressée et elle est aveugle ?

— Exact.

Chance explose de rire. C'est la deuxième fois qu'il est pris d'un fou rire en vingt-quatre heures. Sa poitrine est secouée de spasmes et un son rauque emplit la pièce. Je ne peux pas résister. Je me mets aussi à rire à gorge déployée. On en pleure tous les deux.

— Qu'est-ce qu'on va faire d'elle ? demande Chance au vétérinaire sans cesser de rire.

— Ce que vous voulez.

— On peut la déposer où ?

— Comment ça ?

— Il y a un refuge pour animaux qui pourrait la prendre ?

— Une chèvre ? Je ne pense pas. Mais il y a beaucoup d'éleveurs dans les environs. Je suis certain que l'un d'entre eux acceptera de s'en charger.

— Les mêmes que celui qui lui a donné n'importe quoi à manger pour l'engraisser plus vite et l'a rendue aveugle ?

— Il y a de bons et de mauvais éleveurs, c'est comme tout.

— Et comment on les différencie ?

Il hausse les épaules.

— On ne peut pas.

***

Ça fait déjà dix heures qu'on est dans la voiture. Chance conduit et notre passagère dort profondément sur la banquette arrière. Elle ronfle, même. Je ne savais pas que les chèvres ronflaient.

— On devrait s'arrêter pour la nuit. Ça risque de nous prendre un certain temps avant de trouver un hôtel qui accepte les animaux domestiques.

— Les animaux domestiques ? répète Chance, surpris. Vous croyez vraiment qu'on va trouver un hôtel au milieu de nulle part qui accepte les chèvres ?

— On n'a pas vraiment le choix.

— Elle reste dans la bagnole, Aubrey.

— Pas question, je rétorque en croisant les bras. On ne peut pas la laisser enfermée dans la voiture toute la nuit.

— Et pourquoi pas ?

— Parce que... Et si elle a peur ?

Je suis furieuse qu'il envisage de l'abandonner sans sourciller.

— Elle s'évanouira, répond Chance en riant.

— C'est pas drôle.

— Bien sûr que si. Allez, Aubrey. Détendez-vous. C'est parce que vous êtes coincée qu'on en est là.

Je ne sais pas pourquoi je dis ça : les mots franchissent mes lèvres sans que j'aie le temps de réfléchir :

— Je me masturbe. D'accord ? Vous êtes content de l'entendre ?

Un grand sourire éclaire les traits de Chance.

— En fait, oui, répond-il en haussant les épaules. Moi aussi, Aubrey. Et d'ailleurs, la prochaine fois que je me branlerai, je penserai à vous.

Il n'a pas dit ça? me dis-je, effarée. Et un peu émoustillée. J'ouvre la bouche pour rétorquer, puis je la referme. Avant de la rouvrir.

Chance me jette un coup d'œil avant de reporter son attention sur la route.

— Tiens, tiens, tiens. Aubrey, ma chérie. Ça alors. Ça vous plaît l'idée que je me touche en pensant à votre joli minois.

— Pas du tout.

— Mais si.

— Non.

Bien sûr que si.

À ma grande surprise, Chance n'insiste pas. Il quitte la route et se gare dans un parking devant ce qui ressemble à une version plus hype de Wal-Mart. C'est un immense entrepôt avec une façade en pierres. *Chez Cabela, le plus grand magasin de mode du monde.*

— Pourquoi on s'arrête?

— Je vais acheter du matos. J'en ai pour dix minutes. Restez avec Billy the Kid, histoire d'être sûre que personne ne le vole.

Je suis en train de faire des étirements devant la voiture quand Chance revient, chargé de paquets. Je me suis pliée en deux et m'étire sur la droite.

— C'est quoi, tout ça?

Il ne répond pas tout de suite. Je continue à descendre lentement mon buste à l'équerre puis à le remonter, jambes tendues, puis je finis par le regarder pour comprendre pourquoi il ne dit rien. Il a les yeux rivés sur mon décolleté. Ce n'est pas sa faute: je le lui mets sous le nez et mon tee-shirt bâille, lui offrant une vue imprenable. Je me redresse immédiatement. Il finit par arrêter de me mater et nos yeux se croisent. Je reconnais ce regard. Je l'ai déjà vu. *Dans le miroir après avoir maté son cul.*

Il secoue la tête et cille à plusieurs reprises.

— Du matériel.

— Quel genre ?

— Une tente, une lanterne, du bois d'allumage, des sacs de couchage. Le matos de base, conclut-il en haussant les épaules.

— Pour faire quoi ?

— Camper.

— Vous allez camper ?

Il secoue la tête et entasse ses paquets comme il peut. La voiture était déjà pleine comme un œuf quand j'ai commencé ce voyage. Et maintenant, j'ai un passager de plus, une chèvre... et apparemment du matériel de camping.

— *Nous* allons camper, rectifie-t-il.

— Mmmm... je ne campe pas.

— Alors Méchoui dort dans la voiture, fait-il en désignant la chèvre.

Il rabat le couvercle du coffre et pose les mains sur les hanches.

— C'est vous qui choisissez, Aubrey. Soit on campe, soit elle dort dans la bagnole toute seule.

On dirait bien que je vais camper, finalement. Il y a une première fois à tout.

Chapitre 5

— J'en déduis que ce n'est pas votre première fois ?

Ça fait une demi-heure qu'on est sur le terrain de camping et Chance a déjà allumé le feu et quasi monté la première tente.

— J'ai campé tous les étés avec mon père et ma sœur dans la brousse australienne. Les meilleurs souvenirs de ma vie. C'était pas du chiqué comme aujourd'hui.

— Comment ça du chiqué ?

— Pas d'emplacements numérotés, de toilettes ou de service de sécurité. C'était du camping sauvage. Et vous ? Pourquoi vous n'aimez pas ça ?

— Aucune raison particulière. Je ne l'ai jamais fait, c'est tout. Cette tente est énorme.

Chance a fini le montage et a reculé pour contempler son œuvre, satisfait.

— Ce n'est pas la première fois qu'on me dit ça, répond-il en ricanant.

Je secoue la tête.

— Pourquoi vous avez acheté d'aussi grosses tentes ?

— Merde ! s'écrie-t-il en chassant un moustique.

Le juron sonore et soudain effraie la pauvre Esméralda Flocon de neige qui se fige et tombe à la renverse, les quatre fers en l'air. On éclate de rire.

Chance met du bois dans le feu et s'assied.

— Et l'autre tente ? demandé-je en le regardant par-dessus les flammes.

J'espère de tout mon cœur qu'il ne se figure pas que je vais le faire moi-même.

— Quelle autre tente ?

— Vous n'en avez acheté qu'une ?

Il sort un Pixy de la poche arrière de son jean, met la tête en arrière et fait tomber dans sa bouche le sucre contenu dans la paille.

— Elle a deux chambres. Il y a une cloison de séparation. Vous et votre fille pouvez dormir d'un côté, je prendrai l'autre.

Je ne me sens pas le droit de râler, vu qu'il a tout fait et qu'il a payé le matériel. Alors, pour une fois, je ne dis rien.

On mange ce qui en temps normal serait ma ration de glucides pour un mois, assis près du feu de camp. Chance aiguise un bâton avec son couteau suisse et embroche un chamallow avant de me le tendre. Il est très doué pour le camping.

— On va partager une tente, on a adopté un animal domestique et je ne sais même pas ce que vous faites dans la vie.

— Je suis retraité.

— Retraité ? À quoi : vingt-six, vingt-sept ans ?

— Vingt-huit.

— Oh, ça change tout.

Il fait sombre, malgré la lueur des flammes. Je soulève mon chamallow pour vérifier s'il est assez grillé. Il a une jolie couleur marron d'un côté mais l'autre est encore blanc.

— Vous êtes retraité de quoi ?

— Du foot.

— Vous étiez joueur professionnel ?

— En Australie, oui. Mais pas longtemps.

— Qu'est-ce qui s'est passé ?

— Rupture des ligaments croisés.

— Ce n'était pas réparable ?

— J'ai été opéré plusieurs fois. Mais ils se sont de nouveau rompus.

— Je suis désolée. Vous avez joué combien de temps ?

— Un match.

— Un seul match ? Vous vous êtes blessé lors de votre première qualification ?

— C'était mon premier et mon dernier match pro.

— C'était quand ?

— Je suis resté sur le banc de touche pendant toute la durée de mon contrat, c'est-à-dire trois ans. J'ai été opéré plusieurs fois et je n'ai jamais réussi à retrouver un niveau suffisant. J'ai pris ma retraite à vingt-quatre ans.

— C'est moche.

Il sourit.

— Et maintenant, vous faites quoi ?

— Je touche encore des indemnités, donc je n'ai pas besoin de bosser. Mais je fais de *junk art*.

— Qu'est-ce que c'est ?

— On appelle ça de l'art recyclé.

— J'ai vu une expo sur ça au Guggenheim. J'ai adoré. J'aimerais bien voir vos œuvres, un jour.

Il hoche la tête neutrement.

— Je peux vous poser une question indiscrète ?

— Vous voulez dire encore plus indiscrète ?

— C'est vous qui m'avez dit que je n'avais qu'à apprendre à vous connaître. Avant de me faire renverser la pauvre Esméralda.

— Vous ne l'avez même pas touchée. Et elle ne s'appelle pas Esméralda Flocon de neige.

Mon chamallow a pris feu. Je souffle dessus, l'ôte du bâton et mords dedans. Il est presque liquide.

— Mmmm.

Je me rends compte que Chance me dévisage avec intensité.

— Vous en voulez un morceau ?

Il secoue lentement la tête pour toute réponse.

— Pourquoi pas ? C'est vous l'accro au sucre.

— Je prends plus de plaisir à vous regarder le manger que je n'en prendrais à le manger pour de vrai.

Il déglutit lentement ; la vision de sa pomme d'Adam qui monte et descend me donne chaud, et le feu n'y est pour rien.

— Bref. Comment vous pouvez toucher encore de l'argent si votre contrat n'était que de trois ans ?

Il détourne le regard.

— Grâce à des affiches et des trucs.

— Des affiches ? De vous ?

— On a assez parlé de moi, non ? Harry a été bien silencieux aujourd'hui, je trouve.

— Ne détournez pas la conversation, Branleur. Vous avez déjà refusé de répondre une fois et je vous ai laissé tranquille.

Il s'avère que je ne suis pas la seule à trouver Chance Bateman outrageusement sexy. Des années après sa retraite sportive, des légions d'Australiennes continuent à acheter ses affiches et ses tee-shirts et c'est de ça qu'il vit. Il est gêné par cette histoire, ce que je trouve assez craquant.

Quelques heures plus tard, on décide d'aller se coucher. Chance prépare mon sac de couchage puis ferme la cloison qui sépare la tente en deux. Il me laisse la lanterne pour que je puisse me mettre en pyjama en premier.

Mes vêtements puent le feu de camp, et je décide donc de me déshabiller complètement. C'est excitant d'être nue, juste séparée de lui par un bout de nylon. Je traîne un peu avant d'enfiler des sous-vêtements propres. Quand j'ai fini, je dézippe la cloison et je tends la lampe à Chance.

Il m'adresse un sourire sournois et referme la séparation. De mon côté, l'obscurité s'est installée, mais, alors que je me glisse dans mon sac de couchage, je me rends compte que je vois absolument tout de son côté. Il apparaît en ombre chinoise, une ombre chinoise *très détaillée.*

Il me fait face, parfaitement immobile. Je n'en suis pas certaine, mais j'ai l'impression qu'il me regarde droit dans les yeux. Je ne peux pas vraiment voir à travers le tissu mais je sens son regard peser sur moi. Il s'empare de l'ourlet de son tee-shirt et le fait passer lentement par-dessus sa tête. Sa silhouette est large d'épaules et étroite de hanches. Même si je ne peux pas voir les détails, je devine ce qui est caché : les contours de ses tablettes de chocolat, ce V délicieux. J'ai la bouche sèche, tout d'un coup.

Il reste immobile pendant un long moment puis il commence à ôter son jean. Le bruit de la fermeture éclair me donne la chair de poule. Ses cuisses sont musclées et son boxer épouse les moindres courbes de son corps. Je retiens mon souffle quand il passe les pouces sous l'élastique et le fait glisser. Il se penche puis se redresse.

Sainte mère de tous les branleurs condescendants. *Il a une bite énorme.* Elle lui arrive presque à mi-cuisses. Je pousse un petit cri de surprise, me rends compte qu'il était très sonore et pose tout de suite la main sur ma bouche. Je reste comme ça jusqu'à ce qu'il ait enfilé un boxer propre, de peur qu'un gémissement ne m'échappe.

Quand il a fini, il se glisse à son tour dans son sac de couchage. Il se met sur le côté, tourné vers moi. Je me demande s'il me regarde. Puis il éteint la lampe.

— Bonne nuit, Aubrey.

Cet accent, mon Dieu, cet accent.

Je me fais peut-être des films mais sa voix rauque exprime autant de désir que j'en ressens.

— Bonne nuit, Chance.

Je prends une profonde inspiration et ferme les yeux pour essayer de reprendre mes esprits. Et soudain je me demande... Est-ce qu'il m'a vue lui offrir le même spectacle et m'a rendu la monnaie de ma pièce ?

***

Où je suis? C'est la première pensée qui me vient à l'esprit en me réveillant. Au bout de quelques secondes, tout me revient. Le soleil essaie de transpercer les parois de la tente. Je tapote doucement le sol à côté de moi avant de me mettre à agiter frénétiquement la main.

Où est la chèvre?

Je jaillis hors de mon sac de couchage.

— Chance!

— Mmmm, grogne-t-il, ensommeillé, de l'autre côté de la cloison.

— La chèvre! Elle a disparu! Elle n'est plus là!

Une brusque panique m'envahit. J'ouvre la cloison sans réfléchir.

— Détendez-vous. Elle est avec moi.

— Bêêêê, intervient l'animal comme pour confirmer que ma réaction est disproportionnée.

Je pose la main sur mon cœur dont les battements affolés commencent à ralentir.

— Merci mon Dieu.

Chance s'assied et passe la main dans ses cheveux en bataille. Il pose les yeux sur moi et se fige.

— Bon sang. Vous essayez de me tuer, c'est ça?

Je baisse les yeux et croise immédiatement les bras sur mes seins. Je me suis précipitée dans sa chambre si vite que j'en ai oublié que j'ai dormi en sous-vêtements.

— Merde. Désolée. J'ai paniqué. Je n'ai pas pensé à enfiler quelque chose.

Très embarrassée, je regagne mon côté, ferme la cloison et commence à m'habiller.

— Comment elle s'est retrouvée avec vous?

— Vous vous êtes endormie en cinq secondes. Elle a commencé à s'agiter et à essayer de passer chez moi.

Elle ne s'est calmée que lorsque je l'ai prise avec moi. Elle a dormi à côté de moi et je peux vous dire qu'elle a une haleine de chacal.

Je ne peux m'empêcher de rire en l'entendant.

— Vous trouvez ça drôle, hein, Princesse ?

— Oui.

Une fois entièrement vêtue, je rouvre la cloison.

Chance est debout, et il ne porte que son caleçon. Il me lance un regard noir.

— Je peux avoir un peu d'intimité ? Qu'est-ce que vous auriez dit si j'avais fait ça pendant que vous étiez en train de vous habiller, hein ?

Il est plus sexy que jamais avec ses cheveux en bataille et son air furibond. Je laisse mon regard errer sur son torse, le long des poils qui se perdent sous son boxer, qui dissimule... une énorme érection.

Maintenant, je comprends pourquoi il a fait subitement preuve de modestie.

Je m'éclaircis la voix.

— Vous... êtes...

— Dur.

— Oui.

— Ça s'appelle l'érection matinale. Ce n'est pas ma faute si je me réveille comme ça... et dans ces circonstances, en plus.

— Ça vous a excité de dormir avec une chèvre ? demandé-je en riant.

— Non, je faisais allusion à votre strip-tease inattendu. Et maintenant, vous faites de nouveau irruption avant que j'aie eu le temps de me calmer, putain.

— Oh.

— Je suis humain, vous savez.

Chance enfile son jean. Son regard me transperce. Il est encore plus sexy avec son érection qui tend le tissu de son pantalon. Je suis à la fois gênée de le placer dans cette situation et ravie d'être responsable de son excitation. En réalité, ma capacité à résister à l'attraction que je ressens pour lui est de plus en plus ténue. Je sens la chaleur se répandre dans mon bas-ventre sous l'intensité de son regard. Je suis bien contente d'être une femme : au moins mon excitation n'est pas visible. Mais la situation est embarrassante. Il faut que je détende l'atmosphère.

— C'est quoi, le programme ?

Il enfile un tee-shirt.

— Manger.

— Le petit déj ?

— Quoi d'autre ?

Euh.

— Non, le petit déj, c'est bien, bafouillé-je. J'ai faim, et vous ?

— Je suis affamé.

Mais son regard sous-entend que ce n'est pas de nourriture.

Moi aussi, je suis affamée.

— D'accord, dis-je en regagnant ma partie de la tente pour me calmer.

***

Il nous faut une heure pour tout démonter et tout ranger dans ma voiture.

On décide de prendre un petit déjeuner à emporter dans un fast-food situé juste avant l'entrée de l'autoroute. Tandis que Chance entre commander des œufs à l'espagnole, des burritos et du café, je profite de l'occasion pour le googleliser sur mon téléphone portable.

Le voilà. Des centaines de photos s'affichent. Sur l'une d'entre elles, il ne porte rien d'autre qu'un tee-shirt négligemment enroulé autour du cou et on devine la naissance de ses fesses délicieuses. Et il a ce sourire narquois et sexy qui me donne des bouffées de chaleur. Bon sang qu'il est beau. C'est la photo de lui qui apparaît le plus souvent. On peut se la procurer, au format affiche, pour 19,99 dollars plus les frais de port. Je tombe même sur la photo d'une fille qui fait semblant de lui mordre les fesses, debout à côté du poster punaisé sur un mur. Je soupçonne que nombreuses sont les femmes à avoir imaginé des versions perverses du jeu de l'âne avec cette affiche.

Comme je sais qu'il peut revenir d'un instant à l'autre, je parcours de vieux articles si vite que mes yeux larmoient. Il me paraît évident que Chance est plus célèbre pour sa blessure et son physique de rêve que pour ses talents de footballeur. Je suis fière de la façon dont il a rebondi. Je continue à faire défiler les pages sur l'écran et je tombe sur plusieurs photos de lui avec un joli mannequin blond. *Piper Ramsey.* Un pincement – ou plutôt une cargaison – de jalousie prend naissance au creux de mon ventre.

Un petit coup à la vitre me fait sursauter. Je lâche le téléphone, qui tombe sur le siège du conducteur. En fait, non, c'est ma faute, c'est là que je l'ai *lancé.*

— Ouvrez, que je vous donne votre café.

J'obéis et il me tend un gobelet avant de contourner la voiture pour gagner le siège du conducteur.

— Qu'est-ce que vous lisiez ?

— Euh, rien. Juste...

Et merde.

Avant que j'aie eu la possibilité de m'expliquer, il ramasse mon portable et fait défiler les images avec le pouce. Puis il le balance sur le tableau de bord.

— Eh bien, maintenant, vous avez tout vu, pas vrai ?

— Oui... et c'est... fascinant.

Il a un petit rire amer.

— Fascinant ?

— Oui.

— Dites-moi, Aubrey, ce qui est fascinant, exactement, dans le fait que vous avez bossé dur toute votre vie pour obtenir quelque chose qui s'est envolé en fumée à la première occasion ? Qu'est-ce qui peut bien être fascinant dans le fait d'être plus connu pour ses échecs que pour ses réussites ? Vous savez ce que j'appréciais le plus dans ce voyage avec vous ? Vous ne me voyiez pas comme les autres, mais maintenant, si.

Je l'ai vachement contrarié.

— Je suis désolée, mais vois-tu, je ne pensais pas du tout ces choses-là.

— Qu'est-ce que vous pensiez, alors ?

— Que c'est génial de voir que vous avez affronté l'adversité avec fierté et que vous avez quand même réussi à vous faire un nom. Si vous voulez tout savoir, je me disais aussi que vous êtes d'une beauté renversante. Et je me demandais qui était cette Piper. Je suis curieuse, oui, mais pas d'une manière malsaine. Je n'ai absolument rien pensé de négatif vous concernant.

Chance pousse un très long soupir avant de marmonner.

— Allons-y.

Je me sens super mal de l'avoir bouleversé et, même si Internet est public, j'ai l'impression d'avoir envahi sa vie privée. Je lui ai fait de la peine et ça me blesse, parce que, que je le veuille ou non, je ressens une douleur inattendue dans la poitrine. Je suis en train de tomber amoureuse de lui et ça me terrifie.

Un silence inconfortable plane entre nous pendant presque une heure. La seule fois où ses mains ont lâché le volant, c'est pour donner à Esméralda Flocon de neige de petits morceaux de pâté trempés dans la sauce pimentée. Même elle, elle aime cette sauce.

Il finit par poser le regard sur moi.

— Je suis désolé de m'être emporté contre vous.

— C'est pas grave. Je suis désolée de vous avoir embarrassé.

— J'aurais probablement fait la même chose à votre place. C'est juste que... tout ce qu'on trouve sur moi sur Internet, ce sont des conneries. Ce n'est pas comme ça que vous apprendrez à me connaître. Si vous voulez savoir quelque chose, posez-moi directement la question. Ces gens qui ont écrit des trucs sur moi ne savent pas qui je suis.

— J'ai l'impression de vous connaître.

— Vous en savez certainement plus que la plupart des gens. J'ai été complètement moi-même avec vous depuis le début. Et même si je vous taquine, je me sens bien avec vous, et c'est très rare.

Je ressens de nouveau un pincement au cœur.

— J'éprouve la même chose envers vous, et je ne comprends pas pourquoi. Je sais juste que je suis ravie que nos chemins se soient croisés.

Il tapote la figurine du Président Obama sur le tableau de bord.

— Si vous n'aviez pas attrapé monsieur Obama, qui sait où nous serions tous les deux ? Et cette chèvre ? ajoute-t-il en pointant le doigt vers la banquette arrière.

— Elle serait probablement évanouie sur le bord de la route.

Chance lui jette un coup d'œil.

— Et au lieu de ça, elle mange notre bouffe et dort avec nous. Pas grâce à moi. Tout ça c'est grâce à vous.

Il m'adresse un sourire sexy et me fait sursauter en posant la main sur mon genou, provoquant ainsi une vague de désir.

— Vous êtes gentille. Vous avez bon cœur. Ce connard de Harrison va regretter ce qu'il vous a fait.

Il ôte sa main et je n'ai qu'une envie : qu'il la repose. Ce qu'il vient de me dire me fait frissonner. Un sentiment indescriptible m'envahit. Comme je ne sais pas quoi dire, j'allume la radio. *Good Vibrations* des Beach Boys envahit l'habitacle.

— Ça alors ! s'exclame Chance en montant le volume. Ils parlent de vous et de votre baguette magique, Princesse.

Je pose la main sur ma bouche pour réprimer un rire et il se joint à moi. La tension est enfin dissipée et j'en suis soulagée.

Nous déjeunons, puis nous roulons encore quelques heures, et Chance se tourne vers moi.

— Vous devez être à Temecula quand ?

— Je ne commence mon job que dans une semaine et j'ai loué une maison entièrement meublée, donc je ne suis pas pressée. Pourquoi ?

— Ça vous dit de faire un dernier détour avant la nuit ?

— Bien sûr. Où?

— Un endroit dur et profond, répond-il avec un clin d'œil.

Voilà qui pique ma curiosité.

Chapitre 6

On se gare à l'endroit idéal pour admirer le Grand Canyon. C'est d'une beauté à couper le souffle.

— Bon sang, Chance. Comment est-ce que j'ai pu ne pas avoir l'idée de m'arrêter ? J'ai toujours voulu l'admirer en vrai. Je ne me suis même pas rendu compte que c'était sur notre route. C'est magnifique.

Je me tourne vers lui : au lieu de contempler le paysage spectaculaire, il a les yeux rivés sur moi.

— Oui, c'est splendide, fait-il à voix basse.

— Prenons une photo.

Chance fait un selfie de nous deux, le canyon derrière nous, avec son téléphone. Puis il me l'envoie par MMS. Le cliché est parfait. Le soleil fait ressortir le bleu de ses yeux et on a l'air tous les deux heureux et apaisés. J'aimerais que cet instant dure pour l'éternité et qu'on reste ici pour toujours.

Tandis qu'on admire, assis, le coucher de soleil écarlate sur le paysage, Chance dit d'un coup:

— Parlez-moi de votre famille.

— Ma mère vit à Chicago. Elle n'est pas du tout contente que je sois partie. Je suis fille unique. Mais depuis qu'elle s'est remariée, je n'ai pas l'impression qu'elle ait vraiment besoin de moi. Mon père est mort un an après que j'ai eu mon diplôme de droit. Au moins il m'a vue réaliser son rêve, qui était que je sois avocate comme lui.

— C'était son rêve, pas le vôtre.

— Non. Je ne voulais pas faire ça du tout.

— Quel est votre rêve ?

— Je veux juste être heureuse et épanouie, mais je ne sais même plus ce que ça veut dire ni comment y parvenir. Tout est en train de changer. J'ai l'impression d'être à la croisée des chemins.

— Ce n'est pas le pire qui puisse arriver. C'est le moment de trouver qui vous êtes, surtout si vous ne traînez plus de boulet.

— Je suppose.

— En parlant de ça, je pense que nous avons définitivement effrayé Harry le Con.

Notre rire se réverbère sur les parois du canyon.

J'écarte les bras et regarde le ciel.

— Vous savez quoi ? Je suis très heureuse en ce moment. Notre petite aventure m'a fait du bien à l'âme.

Un sourire sincère éclaire ses traits.

— Vous avez une âme bonne. Je l'ai compris tout de suite, malgré votre façade chiante. Vous savez pourquoi vous êtes heureuse, là ?

— Non.

— Parce que vous vous lâchez enfin.

— J'en déduis que vous avez ôté le balai que j'ai dans le cul la nuit dernière pendant que je dormais ?

— Absolument. Je l'ai brûlé dans le feu de camp.

Il me pousse légèrement de l'épaule.

Je souris et change de sujet.

— Et votre famille ? Ils sont où?

Chance prend un instant pour répondre, en se grattant le menton.

— Comme vous, j'ai perdu mon père. Il est mort d'un cancer du pancréas quelques années après ma blessure.

— Je suis désolée.

— J'ai une sœur, Adele. Elle a deux ans de moins que moi. Après la mort de papa, ma mère et ma sœur ont décidé de rentrer aux États-Unis, mais je suis resté à Melbourne. Je n'avais pas vraiment prévu de quitter l'Australie mais Adele a eu de gros ennuis. Elle a eu besoin de moi. Je n'ai pas eu le choix : j'ai tout laissé tomber pour voler à son secours.

— Qu'est-ce qui s'est passé ?

— C'est une longue histoire. Pour résumer, elle est tombée amoureuse d'un dealer et elle a commencé à se droguer. Ça a été un putain de cauchemar.

— C'est affreux.

— Je me suis senti coupable. Comme papa n'était plus là, c'était moi l'homme de la famille et c'était mon devoir de veiller sur elle. Mais j'étais tellement centré sur ma propre vie que je ne savais pas ce qui se passait ici.

— Elle est où, maintenant ?

— À Hermosa Beach... près de chez moi.

— Elle va bien ?

— Elle va mieux mais ce n'est pas encore ça. Elle a quitté cet enfoiré, ce qui est le principal.

— Et votre mère ?

— Je revenais de lui rendre visite quand je suis tombé sur vous. Elle vit en Iowa pour l'instant, pour s'occuper de sa mère qui est en train de mourir. Mais sinon, elle habite en Californie, comme nous.

— Je suis désolée pour votre grand-mère.

— Merci.

— Je trouve que c'était très désintéressé de votre part de laisser tomber votre vie pour venir vous occuper de votre sœur.

— Je me suis comporté comme le plus grand des égoïstes jusqu'à présent. Rien ne devrait jamais passer avant la famille. Je l'ai appris à mes dépens. Adele et ma mère sont tout pour moi.

— Elles ont de la chance de vous avoir. J'aurais bien aimé avoir une grande famille.

— Vous fonderez la vôtre, un jour.

— J'aimerais bien, mais je ne suis pas certaine que ça m'arrive. Je n'ai pas beaucoup de chance avec les hommes.

— Ne me dites pas que les autres étaient encore plus cons que Harrison ?

— Dans le même genre, réponds-je en gloussant.

— Laissez-moi deviner. Vous les larguez et ils reviennent en courant. J'ai bon ?

Je réfléchis un instant.

— Maintenant que j'y pense... c'est exactement ça. Je n'ai pas eu beaucoup d'histoires sérieuses, mais ils ont tous fini par me demander une deuxième chance. Comment vous avez deviné ?

— Comme ça.

— Je ne comprends pas.

— Les filles dans votre genre sont difficiles à trouver.

— Les filles dans mon genre ? C'est-à-dire ?

— OK. Ce n'est pas difficile de trouver une belle femme, on est d'accord ? Ni une femme intelligente. Et certaines femmes ont bon cœur. Mais d'après mon expérience, c'est super rare de trouver une femme qui réunisse ces trois qualités.

— N'essayez pas de prétendre que vous avez du mal à trouver des nanas, Chance Bateman. Vous pouvez avoir n'importe qui.

— C'est vraiment ce que vous pensez ? demande-t-il en me lançant un regard intense.

— Je me trompe ? Vous n'êtes pas un aimant à nanas ?

— À nanas psychopathes, certainement.

— Vous n'avez jamais trouvé une femme qui réunisse ces trois qualités ?

—La seule fois où je pensais avoir trouvé, il s'est révélé que je m'étais complètement planté. J'ai cru que c'était de l'amour, mais en définitive ce n'était qu'une passade

— C'était Piper ?

Il baisse les yeux, soudain maussade.

— Oui.

— Qu'est-ce qui s'est passé ?

— On était fiancés.

— Ouah. Vous vouliez l'épouser ?

— Oui. Je lui ai fait ma demande alors qu'on était ensemble depuis trois mois. C'était pas très malin.

— Elle est ravissante.

— Vous êtes plus belle, répond-il sans hésiter.

— Et vous, vous êtes un sacré menteur.

— Je n'ai aucune raison de mentir. Je vous ai vues sans maquillage toutes les deux. Je peux vous assurer que vous êtes plus belle.

Sur les photos que j'ai vues d'elle, Piper est blonde, mince et d'une beauté conventionnelle. Avec mes cheveux bouclés roux et mes rondeurs, je suis aux antipodes.

— Comment vous pouvez affirmer un truc pareil ? Elle est mannequin ! Comment je peux entrer en compétition avec elle ?

— Votre beauté est plus naturelle. Vous n'avez pas besoin de vous tartiner de maquillage. Vos cheveux ne sont jamais coiffés et c'est sexy. Les taches de rousseur que vous avez sur le nez vous donnent du caractère. Je joue à relier les points entre elles, dans ma tête. Quand vous bougez, vos seins aussi bougent parce qu'ils ne sont pas faux. Et ne me lancez pas sur vos fesses. Vous voulez que je continue ?

Je me sens soudain embarrassée. Je lui adresse un sourire nerveux et je détourne brièvement les yeux avant de poursuivre.

— Qu'est-ce qui s'est passé ?

— Eh bien, comme vous le savez depuis que vous m'avez googlelisé, Piper est célèbre elle aussi. Je l'ai rencontrée en boîte juste au moment où je venais de signer mon contrat. Elle est restée un peu avec moi après ma blessure. Elle a beaucoup apprécié la célébrité qui m'est tombée dessus de manière bizarre. Mais au fur et à mesure que les mois passaient, son enthousiasme s'est estompé. Je ne lui suffisais plus. J'ai sombré dans une espèce de dépression et je ne voulais plus sortir. Elle a continué sans moi et a fini par avoir une liaison avec un de mes équipiers. Elle l'a épousé et ils ont deux enfants.

— Ouah. Quelle salope.

Chance explose de rire, la tête en arrière.

— Princesse ? Vous venez d'utiliser le mot qui commence par un S ?

— Oui. C'est la première fois de ma vie, mais ça valait le coup.

— Je ne savais pas que vous pouviez vous montrer aussi vulgaire.

— Moi non plus, mais ça m'a fait du bien.

— Ça m'a plu. Vous devriez le crier dans le canyon.

— Vous croyez ?

— Oui. Allez-y. Bien fort.

— Salope !

— Plus fort !

— Salope, dit ma voix en écho.

— Encore !

— SALOPE ! hurlé-je à pleins poumons.

Un bruit sourd nous parvient de la voiture garée juste derrière nous. Chance se lève pour aller voir.

— Ah, merde. Vous avez fait une peur bleue à Méchoui. Elle est dans les vapes.

— Oh, non.

— Ce n'est pas tout.

— Quoi ?

Je me lève pour le rejoindre.

— Vous lui avez tellement fait peur qu'elle a chié partout.

— Hein ?

Après que Chance a fait de son mieux pour nettoyer les dégâts avec des lingettes, le cœur n'y est plus. Et puis de toute façon, il fait trop sombre pour pouvoir continuer à admirer le paysage.

— Ça vous ennuie si on ne campe pas, ce soir? J'aimerais me doucher et dormir dans un lit.

— Et si on trouvait un hôtel dans le coin? On pourrait dîner, prendre un bain chaud et aller se coucher. J'aimerais bien dormir dans votre lit moi aussi.

— Qu'est-ce que vous venez de dire?

— J'aimerais bien dormir dans un lit moi aussi.

— Oh.

— Et si aucun hôtel ne veut de notre chèvre?

— Personne n'en voudra. On la fera rentrer en douce.

Chance s'arrête devant un drugstore sur le trajet vers l'hôtel et je l'attends dans la voiture. Quand il revient, il me tend un sac en plastique qui contient des bouteilles d'eau, des barres de céréales, du gros scotch et... des couches.

— Vous avez acheté des couches?

— Oui. Des Pull Up. On va trouver un moyen de lui en mettre une, surtout si elle a de la diarrhée, et on l'emmène à l'hôtel.

— Mais pourquoi je n'y ai pas pensé avant? Elle n'a pas fait caca pendant tout ce temps?

— Vous avez vu tout ce qu'elle a chié? répond Chance en tendant le pouce vers la banquette arrière. Elle s'est retenue pendant des jours.

On est tous les deux pris d'un fou rire. On rit tellement que les larmes coulent sur nos joues. Quand on se calme enfin, Chance redémarre et on regagne l'autoroute.

Quelque part au milieu de l'Arizona, Chance s'arrête sur le parking d'un joli hôtel haut de gamme à dix minutes de l'autoroute. On récupère les clefs de nos chambres et on applique le plan qu'on a mis en place : je distrais la réceptionniste pendant que Chance fait entrer la chèvre en douce, enveloppée dans un de mes plaids. Il passe rapidement à l'accueil et gagne l'ascenseur.

Quand je monte, la porte mitoyenne entre nos chambres est ouverte.

Il a réussi à mettre deux couches à Esméralda Flocon de neige et les a sécurisées avec du gros scotch. Chance n'a pas remarqué ma présence et je le regarde s'occuper de la chèvre, qui lui saute au cou et lèche son visage.

— C'est bon, ma cocotte. Calme-toi. T'es une bonne fille, tu le sais, ça ? Une bonne fille.

— Vous êtes tellement gentil avec elle.

Chance se tourne brusquement vers moi, surpris.

— Je l'apprécie de plus en plus.

— Je comprends ce que vous voulez dire.

Parce que vous aussi je vous apprécie de plus en plus.

— Je me disais que j'aurais pu aller chercher quelque chose de sympa à manger. Vous aimez le vin ?

— Oui. Et je meurs d'envie d'en boire un verre.

— Vous aimez quoi ?

— N'importe quel blanc.

— Moi le rouge. Je vais prendre les deux.

— Génial, réponds-je en souriant. Vous allez où?

— Si j'en crois cette carte, il y a plusieurs restaurants et une boutique de spiritueux à trois kilomètres d'ici.

— Parfait. Je vais prendre une douche en vous attendant.

Il quitte la pièce et je me réfugie dans la salle de

bain luxueuse. Tandis que l'eau chaude coule sur mon corps, toutes les émotions qui se mêlent en moi depuis des jours semblent soudain me submerger. Je me rends brusquement compte que c'est la fin du voyage. Je ne sais toujours pas si nos routes vont se séparer ou si Chance a envie de me revoir. Si j'en crois le coup de fil que j'ai surpris l'autre matin, il y a quelqu'un dans sa vie dont il ne m'a pas parlé. Je n'ai pas osé lui poser la question cash quand il m'a dit que la situation était « compliquée ». Mais même en sachant que c'est une possibilité, je ne peux pas m'empêcher d'avoir des sentiments pour lui. Chance est la seule chose dans ma vie qui me paraît normale en ce moment – la seule chose qui me donne un sentiment de sécurité comme je n'en ai pas éprouvé depuis très longtemps.

J'enfile un short et un tee-shirt et j'allume la télé en attendant le retour de Chance. Esméralda Flocon de neige se blottit sur le lit contre moi. Une heure passe, et Chance n'est toujours pas là. Chaque minute qui s'écoule accentue mon angoisse.

Et s'il ne revenait pas?

C'est une pensée idiote. Il ne m'a donné aucune raison de croire ça. Et pourtant, je sens la panique me gagner. C'est peut-être juste la fatigue du voyage qui me fait délirer. Au bout d'une demi-heure, je lui téléphone. Pas de réponse.

La panique se fait de plus en plus grande et les larmes me montent aux yeux sans que je puisse m'en empêcher. Je sais que c'est une réaction excessive, mais j'ai déjà perdu le contrôle de mes émotions sous la douche et son absence jette de l'huile sur le feu. La porte s'ouvre soudain et je m'essuie rapidement les yeux.

— Putain, quel monde, grommelle-t-il.

Il porte deux sacs qu'il pose sur le bureau de ma chambre avant de remarquer que je me frotte frénétiquement les paupières.

— Aubrey ? Vous pleurez ? Il s'est passé quelque chose ?

— Non. Non, je vais bien. Ce n'est rien.

Il s'approche de moi.

— Ça n'a pas l'air d'être rien. Qu'est-ce qui se passe ?

— Vous êtes parti pendant si longtemps. Je vous ai téléphoné et vous n'avez pas répondu. J'ai commencé à penser que peut-être...

Merde.

Il me dévisage, interloqué.

— Vous avez cru que je n'allais pas revenir ?

— C'était juste une idée en passant. Au fond, je savais que c'était ridicule, mais je n'ai pas pu m'en empêcher. Le voyage a été long et je suis épuisée.

Chance essuie gentiment mes larmes avec son pouce.

— Je suis désolé que vous ayez eu peur. Je ne vous ferais jamais une chose pareille.

Il me prend le menton et plonge son regard dans le mien.

Puis il m'attire à lui et mon cœur se met à battre la chamade. Mon corps fond contre son torse puissant. Il me serre fort contre lui et je sens son cœur battre à l'unisson du mien. Je ne veux pas qu'il me lâche. Jamais. *Ne m'abandonne pas.*

Il finit par reculer et l'air froid remplace la chaleur de son corps.

— Est-ce qu'on peut effacer cet épisode de ma mémoire ? demandé-je. J'ai eu un moment d'égarement, ajouté-je en essuyant mes dernières larmes tout en reniflant. Qu'est-ce qui vous a pris si longtemps ?

Il ne répond pas. Il me dévisage avec sérieux comme s'il réfléchissait. Je ne l'ai jamais vu comme ça.

— J'ai dû faire deux restaurants différents, finit-il par expliquer. Le premier m'a dit qu'il y avait une heure d'attente, et le deuxième pas mieux. (Il sort son portable de sa poche et le met à charger.) Je n'avais plus de batterie. C'est pour ça que vous n'avez pas réussi à me joindre.

Je secoue la tête. Je me sens tellement bête.

Il me tend un verre.

— Oublions tout ça et dînons, d'accord ?

Je lui adresse un sourire le plus sincère possible.

— Bonne idée.

On s'assied à la petite table et on dîne en silence. Chance a rapporté des plats italiens : des lasagnes aux aubergines, du poulet à la parmesane et des pâtes à la *primavera*.

Il verse du vin dans des gobelets en plastique.

— Je sais que ça fait beaucoup mais je me suis dit qu'elle aurait faim, elle aussi, dit-il en posant une assiette sur le sol sous le nez d'Esméralda Flocon de neige.

La tension ne s'allège pas vraiment pendant le dîner. Je bois beaucoup de chardonnay, histoire d'anesthésier mes sentiments.

Une fois le repas terminé, Chance gagne directement sa chambre. Je me sens vide et perdue, j'ai peur que mes larmes ne l'aient effrayé. J'ai trop bu. Je m'allonge sur le lit et je contemple le plafond, qui bouge légèrement. Mon ivresse me donne du courage : je me lève et je me dirige vers la porte mitoyenne.

J'entends couler l'eau de la douche et la chèvre attend devant la porte close de sa salle de bain. Je me roule en boule sur le lit de Chance, cramponnée à l'oreiller. Quand il sort de la salle d'eau, il s'arrête net. Il ne porte rien d'autre qu'une serviette de toilette blanche. Ses cheveux épais sont mouillés et rejetés en arrière. Des gouttes d'eau glissent lentement le long de son torse. Submergée par un désir trop longtemps contenu, je me lèche les lèvres. Mon cœur bat à toute allure.

— Qu'est-ce que vous faites ici, Aubrey ?

Je m'assieds aussitôt.

— Vous ne voulez pas que je sois là ?

Il ferme brièvement les yeux.

— Il est tard. Vous devriez regagner votre chambre.

Ça ne lui ressemble pas.

Mon ventre se noue. Je suis au-delà de l'humiliation.

— Oh. Je vois. Vous avez raison. Je n'avais pas vu qu'il était si tard.

Je me lève et je passe devant lui ; il se contente de me regarder, les mains sur les hanches.

Je regagne ma chambre et je me tourne et me retourne dans mon lit, tout en me demandant pourquoi il est devenu si distant, tout d'un coup. Chance m'a fait comprendre à de multiples reprises qu'il avait envie de moi. On s'est confiés l'un à l'autre. On a ri. Il m'a dit que j'étais jolie. J'ai peut-être tout compris de travers. Il s'est peut-être juste contenté d'être gentil. Ou alors il me trouve séduisante mais il n'a pas envie de moi. Ou alors mes larmes lui ont fait peur. Je suis complètement paumée. La seule chose qui me semble certaine c'est que, quoi qu'il arrive, je vais souffrir.

Chapitre 7

Le lendemain matin, une certaine gêne plane entre nous, mais pas la même que celle qui a suivi notre réveil dans la tente. J'ai très mal dormi, et à la suite de son rejet de la veille, ma tristesse s'est transformée en colère. On prend le petit déjeuner dans un restaurant de gaufres rempli de chauffeurs routiers et de retraités. Je remue mon café et pose bruyamment la cuillère sur la table.

— Tout va bien, Princesse ?

— Très bien.

J'évite de le regarder et je reporte mon attention vers la fenêtre tout en sirotant mon café. Il est amer... comme moi.

Chance se laisse aller sur la banquette, les bras posés sur le dossier.

— Je ne suis peut-être pas un expert en femmes,

mais j'en sais assez pour savoir que *très bien* veut dire *pas bien du tout.*

— Il faut croire que vous ne me connaissez pas bien, parce que chez moi *très bien* veut dire *très bien.*

Il poursuit son analyse comme si je n'avais rien dit :

— Et la rapidité avec laquelle une femme répond *très bien* est directement proportionnelle à son degré d'énervement, dit-il en terminant son café et en pointant la tasse dans ma direction. Et vous avez répondu *très bien* beaucoup trop vite.

La serveuse s'approche pendant qu'on se regarde en chiens de faïence.

— Tout va bien ?

— Très bien, répliqué-je sèchement.

La serveuse me dévisage, interloquée.

— Désolé. C'est la mauvaise période du mois, ça la rend grincheuse, fait Chance en haussant les épaules.

La serveuse lui lance un regard compatissant. Elle a l'air vraiment désolée pour lui.

J'attends qu'elle se soit éloignée.

— Vous voulez bien arrêter de faire ça ?

— Quoi donc ?

— Inventer des histoires sur mon compte.

— Je ne suis pas certain que ce soit une invention. Vous êtes d'une humeur massacrante, ce matin. C'est peut-être ça votre problème. Vous avez vos règles, Aubrey ? C'est ça qui vous perturbe ?

— Je ne suis pas de mauvaise humeur... et non, ce n'est pas ça le problème.

— Vous admettez donc que vous avez un problème.

— C'est quoi, une déposition ? Vous êtes avocat, maintenant ? Je croyais que vous étiez un mannequin.

Chance me lance un regard noir. Je le lui rends. La bonne nouvelle, c'est que je l'ai suffisamment énervé pour qu'il la ferme pendant le reste du petit déjeuner. On mange en silence, puis Chance va promener la chèvre avant qu'on ne reprenne la route.

Il prend le volant en premier. Au bout de cinq minutes, mon téléphone vibre. Le nom de Harrison s'affiche sur l'écran.

— Vous ne répondez pas à mamour? demande Chance, taquin.

Je réponds sincèrement:

— Non. Je mets un point d'honneur à me comporter comme une idiote une seule fois. Ses actes m'ont montré qui il était réellement. Il peut dire tout ce qu'il veut, ça ne change rien.

Il me jette un regard en coin avant de reporter son attention sur la route. On reste silencieux pendant une bonne heure.

— Et si on faisait un autre détour? On pourrait passer une nuit ou deux à Las Vegas.

Je suis triste de refuser, mais passer encore du temps avec lui n'est pas une bonne idée. J'ai déjà pour lui des sentiments qu'il ne partage pas: il faut que je mette de la distance entre nous.

— Je pense qu'il vaut mieux aller directement en Californie.

Ma réponse a l'air de l'attrister, ce qui me rend encore plus perplexe.

— D'accord. Si c'est ce que vous voulez.

Quelques heures plus tard, la mélancolie m'envahit à l'idée que c'est la dernière journée que nous passons ensemble. On s'arrête pour faire le plein, et, comme à son habitude, quand Chance sort de la boutique, il a une paille pleine de sucre dans la bouche.

— Vous voulez en sucer une ? demande-t-il en sortant une poignée de pailles violettes de sa poche.

— Non, merci.

— Vous êtes sûre ? Ça ne vous ferait pas de mal de sucer quelque chose, fait-il avec un clin d'œil.

— Pourquoi vous faites ça ?

— Manger du sucre ?

On remonte dans la voiture. C'est de nouveau à Chance de conduire.

— Non. Faire des sous-entendus sexuels tout le temps.

— Je ne peux pas m'empêcher de penser au sexe en votre présence.

Il démarre et quitte la station-service.

— Sauf hier soir.

Je pensais que j'avais parlé bas, mais apparemment je me trompe.

— Ça veut dire quoi ?

— Je ne veux pas en parler. Je me sens assez bête comme ça. Pas besoin de faire semblant de me trouver attirante pour me consoler. Je suis une grande fille.

— Quoi ? répond-il en fronçant les sourcils. C'est ça que vous pensez ? Que je ne vous trouve pas attirante ?

Je hausse les épaules et lève les yeux au ciel.

Chance laisse échapper un chapelet de jurons et s'arrête sur le bas-côté. On a fait à peine plus d'un kilomètre depuis la station-service. À ce rythme, je ne suis pas près de me débarrasser de lui. Il coupe le contact et descend de la voiture en claquant violemment la portière derrière lui. Toute la bagnole est secouée par sa colère.

Je le regarde faire les cent pas. Il se tire les cheveux tout en allant et venant et en marmonnant dans sa barbe. Je n'entends pas un mot de ce qu'il dit, mais je n'en ai pas besoin pour deviner qu'il doit y avoir un certain nombre de jurons.

Mais pourquoi cet accès de colère? Parce que j'ai compris son petit jeu? Parce qu'il se sent coupable de m'avoir repoussée? Je suis contente qu'il soit furieux... parce que je le suis aussi. Au bout de quelques minutes, je descends de la voiture à mon tour.

— Vous savez quoi? Ressaisissez-vous. Quelqu'un a enfin vu clair dans votre petit jeu. Ça fait mal d'être repoussée. Même si je suis certaine que ça ne vous est jamais arrivé.

Chance cesse de faire les cent pas et me regarde. Il a l'air d'être sur le point d'exploser. Je n'attends que ça.

— Et vous savez quoi d'autre? Plein d'hommes me trouvent attirante. Ça m'est égal de ne pas vous plaire. Vous êtes exactement comme Harrison. Vous dites une chose et vous en faites une autre.

Et la voilà. L'explosion. Sauf que ce n'est pas celle à laquelle je m'attendais. Il s'approche de moi, menaçant. Je recule jusqu'à ce que mon dos heurte la voiture. Il envahit mon espace personnel en plaçant les mains de part et d'autre de moi, m'emprisonnant entre le véhicule et lui. Il baisse la tête vers moi. Nos nez se touchent presque.

— Vous avez raison, Princesse. Je ne vous trouve pas attirante.

Je refuse de lui donner la satisfaction de me voir pleurer, même si mon cœur se brise lentement.

— Je vous ai trouvée attirante la première fois que

je vous ai vue, poursuit-il. Quand vous jouiez avec cette figurine. Je vous ai trouvée belle. Magnifique, même. Mais maintenant, je ne vous trouve plus séduisante du tout. Maintenant que je vous connais, ce n'est plus de l'attirance que j'éprouve pour vous.

J'ai envie de lui dire d'aller se faire foutre. Mais alors même qu'il me dit ces choses affreuses, je ne peux m'empêcher d'être fascinée par lui. Par la façon dont ses yeux passent du bleu avec une touche de gris à gris avec une touche de bleu quand il est en colère. Par la manière dont sa poitrine se soulève et s'abaisse. Et par son putain de parfum. J'attends la suite de sa tirade, immobile. Parce que, voyons les choses en face, je suis incapable de faire quoi que ce soit d'autre.

— Et maintenant que je vois ce qu'il y a vraiment derrière votre façade coincée – une femme qui a beaucoup souffert mais qui n'hésite pas à s'exposer quand même parce qu'au fond c'est une romantique –, l'attirance n'a plus rien à voir avec ce que j'éprouve pour vous. Vous voulez savoir ce que je ressens quand je vous regarde ?

Je parviens je ne sais comment à hocher la tête.

— Attirance est un mot trop faible pour exprimer mes émotions. Je veux te conquérir. Je veux contempler ton beau visage quand je plongerai si profondément en toi que ce sera presque douloureux. Je veux te baiser si fort que tu seras incapable de marcher pendant plusieurs jours. La seule chose qui peut être plus belle que ton sourire, c'est ton visage quand je serai en toi.

Il ferme les yeux et pose son front contre le mien.

— Alors, oui, tu as raison. Je ne suis pas attiré par toi. Je suis envoûté.

Je suis certaine qu'il entend mon cœur battre dans ma poitrine, même si son torse ne me touche pas.

— Je ne comprends pas.

Chance pose la main sur ma joue. Il la caresse tendrement puis fait glisser sa paume sur mon cou. Un long moment s'écoule. Mon pouls bat sous son pouce.

— J'aimerais que les choses soient différentes, finit-il par dire.

Pendant les heures qui suivent, mes émotions sont un véritable maelström. On garde le silence, mais il n'y a plus aucune tension entre nous. Je suis complètement perdue. Quand les premiers panneaux annonçant Las Vegas apparaissent, une seule chose me paraît évidente : je ne veux pas que ce voyage se termine tout de suite.

— Si l'offre tient toujours, j'aimerais bien faire un détour, dis-je d'une voix basse, presque hésitante.

Chance me regarde, sérieux, puis un sourire étire lentement ses lèvres.

— Tu veux pécher avec moi, Princesse ?

Et comment.

***

À ma grande surprise, on trouve sans problème un refuge prêt à accueillir une chèvre. La femme de l'accueil ne cille même pas quand on lui demande si on peut lui laisser Esméralda Flocon de neige une nuit ou deux. Quelque chose me dit qu'elle a déjà vu des choses bien plus étranges.

On décide de se garer au bout du Strip et de remonter Las Vegas Boulevard jusqu'à ce qu'on trouve un hôtel sympa. Il fait une chaleur torride. J'enlève mon tee-shirt blanc, ne gardant que mon débardeur couleur chair ultra moulant. Je n'ai pas pour habitude de me balader aussi peu vêtue, mais la sueur coule déjà dans mon dos. J'enroule le tee-shirt autour de mon cou en riant et je marche devant Chance tout en lui lançant un regard par-dessus mon épaule.

— Ça te rappelle quelque chose ? dis-je pour le taquiner en prenant la même position que lui sur l'affiche de lui que j'ai trouvée sur Internet.

— Mignon.

Il rit. Plus on marche, plus mon humeur s'améliore. Un mime me surprend en me prenant le bras. Il sort une fleur de sa manche et me la tend avant de porter ma main à sa bouche pour y déposer un baiser. Chance l'arrête avant qu'il ait le temps d'achever son geste.

— Hé ! Pourquoi tu as fait ça ?

— On est à Las Vegas, pas au Kansas. On ne se laisse pas embrasser par des inconnus.

Au début, je suis agacée. Puis je me rends compte que Chance ne me lâche pas. On poursuit notre chemin main dans la main. Pourquoi protester si ça me plaît ?

Au Mirage, on va admirer les tigres, au Bellagio, on assiste au spectacle des fontaines musicales. On marche pendant ce qui me paraît être des kilomètres sous un soleil de plomb avant de parvenir au Monte Carlo. Une immense enseigne pour le *pub* de l'hôtel nous fait de l'œil.

Arrogant Bastard.

C'est le nom de la bière. On a chaud et soif. A-t-on besoin d'un autre signe pour comprendre que c'est là qu'on doit prendre une chambre ?

L'air frais qui règne dans le *pub* me frappe de plein fouet et me fait frissonner de tous mes membres. La chair de poule se répand sur mes bras et mes jambes et je n'ai pas besoin de baisser les yeux pour savoir que ce n'est pas la seule chose qui pointe.

Les yeux de Chance s'attardent sur mes tétons dressés avant de se poser sur mon visage. Je le regarde en haussant les sourcils, mais je ne commente pas.

— Tu ne peux pas arrêter ça ?

Il secoue la tête et reporte son attention sur le menu.

— Je ne peux rien y faire. Ils vivent leur vie. Ils se dressent quand bon leur semble.

— J'en connais d'autres qui font ça, grommelle-t-il en s'agitant sur son siège, mal à l'aise.

— Qu'est-ce que je vous sers ? demande la serveuse, peu vêtue.

— Deux *Arrogant Bastard,* répond tout de suite Chance sans lever les yeux.

Il n'a même pas remarqué la serveuse et ça me plaît.

— Alors. Qu'est-ce que tu veux faire, ce soir ?

— Comme d'habitude. Blackjack, baise et biture.

— Pardon ?

— On va à Las Vegas pour trois choses : jouer aux cartes, mater les femmes à moitié à poil et boire comme une rock star.

Un serveur dépose des couverts devant nous et me sourit. Chance le remarque.

— En ce qui concerne les femmes à moitié à poil, c'est fait, marmonne-t-il.

— Si j'ai bien compris, tu aimes les femmes à moitié nues, sauf moi.

La serveuse nous apporte nos bières et Chance boit la moitié de la sienne d'un coup. Pourquoi est-ce que sa pomme d'Adam me fait autant d'effet ? Quand je la vois s'agiter, j'ai des papillons dans le ventre.

— J'aime te voir à moitié nue. Mais... dans la voiture ou dans une tente. Je n'ai pas envie que toute la ville te mate.

— Tu sortais avec Piper quand tu as posé pour cette affiche ?

Il fronce les sourcils.

— Ça n'a rien à voir.

— Ah oui ? Comment ça ?

— Quand je suis torse nu, ce n'est pas pareil que quand tu te balades avec ce débardeur riquiqui et tes énormes seins qui se balancent dessous.

Je sirote ma bière.

— On parie ?

— Princesse ? Tu joues de nouveau les effrontées ?

— Tu aimes ça ? demandé-je avec un sourire sinistre.

Il secoue la tête en gloussant.

— Tu essaies de me tuer. Je le savais.

On dévore d'énormes hamburgers qu'on arrose avec des litres de bière. Il va me falloir un mois de régime pour me remettre de ce voyage.

— Qu'est-ce que tu veux faire, ce soir ? demande Chance, tandis qu'on se dirige vers la réception pour réserver deux chambres.

— Ce que tu veux.

Il s'immobilise.

— C'est une dangereuse proposition, Princesse. Tu veux peut-être changer d'avis avant que je te prenne au mot.

Entre sa déclaration et la bière, qui me rend un peu pompette, je me sens pleine d'audace. Je me colle contre lui en souriant.

— Ce que tu veux. Je suis tout à toi, cette nuit.

Il gémit et je fais comme si je ne le voyais pas rajuster son short à plusieurs reprises pendant qu'on fait nos réservations.

***

Il m'a fallu moins de temps pour me préparer pour mon bal de promo que pour sortir avec Chance ce soir-là. En général, j'essaie de dompter mes cheveux bouclés, mais cette fois-ci, je les laisse libres. Des paupières smoky et du gloss sur les lèvres assorties à mes escarpins ouverts sexy, et une robe noire qui met mes atouts en valeur. Transporter ma maison avec moi a finalement un avantage.

Cette tenue ne me ressemble pas vraiment et je ne m'habille jamais comme ça pour sortir. Mais quand Chance frappe à la porte et qu'il me voit, tous mes doutes s'envolent.

— Putain, commente-t-il en se passant la main dans ses cheveux.

Mes plumes de paon intérieures se déploient.

— Entre. Je vais chercher mon sac.

— Non, merci. Je t'attends là.

Si je ne peux pas l'avoir, je compte bien lui montrer ce qu'il rate.

Un groupe de jeunes gens qui fêtent certainement un enterrement de vie de garçons nous rejoint devant l'ascenseur. Chance pose la paume de sa main au creux de mes reins dans un geste possessif et j'aime ça. Et quand il ne l'ôte pas une fois dehors, j'adore encore plus.

— On va où?

Chance hèle un taxi et me tient la porte.

— Au Spearmint Rhino, s'il vous plaît, dit-il au chauffeur.

Cinq minutes plus tard, la voiture s'immobilise. L'enseigne lumineuse dit bien « Spearmint Rhino », mais dessous, on peut lire : *Club pour gentlemen.*

— C'est une boîte de strip-tease ?

— Tout à fait. Tu m'as laissé carte blanche, souviens-toi, répond-il en me faisant un clin d'œil.

Bizarrement, même si je n'ai jamais mis les pieds dans ce genre d'endroit, je suis plus intriguée que dégoûtée. L'intérieur ne ressemble pas du tout à ce que j'imaginais. Je m'attendais à de l'obscurité et à des sols collants. Au lieu de ça, je découvre deux étages, une scène immense et une décoration luxueuse. On dirait plus une boîte chic qu'un lieu où les femmes se déshabillent en public.

On peut s'asseoir tout autour de la plus grande scène et il y a un endroit avec de grands canapés. Certaines parties peuvent être fermées par un rideau qui permet d'être tranquille. Certains sont clos, d'autres sont ouverts, tentants. J'aperçois deux femmes entraîner un homme derrière une porte fermée.

J'observe tout ce qui m'entoure avec curiosité mais, lorsque je reporte mon attention sur Chance, je me rends compte qu'il ne m'a pas quittée des yeux.

— Tu es déjà venu ?

Il hoche la tête.

— Pour l'enterrement de vie de garçon d'un pote, l'année dernière.

— Ce n'est pas le genre d'endroit où tu emmènes les femmes avec qui tu sors ?

Chance rit et me prend la main.

— Tu es la première, chérie. Tu me prends toujours pour un coureur, pas vrai ?

Il m'entraîne dans un coin et je me laisse faire. C'est tranquille, presque intime, mais ça ne dure pas. Une danseuse super bien foutue et qui ne porte qu'un string pour tout vêtement s'approche de nous en souriant.

— Est-ce que votre amie aimerait que je danse pour elle ?

Chance me jette un coup d'œil, voit mon air ahuri et décline aimablement.

— Pas tout de suite. On va commencer par prendre un verre. Tu es toujours d'accord pour que je choisisse le programme de la soirée ? demande-t-il en se tournant vers moi.

Je relève le défi.

— Bien sûr.

On partage une bouteille de vin ridiculement chère et j'oublie momentanément où nous nous trouvons. Je regarde autour de moi en soupirant.

— Où est-ce qu'ils ont déniché toutes ces femmes parfaites ?

Chance achève de vider son verre.

— Je n'en vois qu'une.

— C'est gentil. Mais je ne peux pas lever la jambe par-dessus mon épaule comme celle-là, fais-je en désignant une femme qui a l'air de posséder trop d'articulations. Elle me bat sans problème.

— Heureusement.

— Heureusement qu'elle me bat ?

— Non. Heureusement que tu ne peux pas lever ta jambe comme ça. Il y a une limite à ce qu'un homme peut encaisser avant de se casser en deux.

Son regard a pris une intensité qui me fait penser que, si je le pousse un peu, il pourrait se briser. Mais ce n'est pas ce que je veux. Je le veux entier.

— Bon. J'ai réussi le test ? Ou on doit boire une deuxième bouteille de vin qu'on paiera cent dollars alors qu'elle en vaut neuf ?

— Encore un truc et on s'en va.

J'ai presque peur de demander.

— Quoi ?

— Je vais te payer une danse.

— Histoire que je te prouve définitivement que je ne suis pas une femme coincée ?

— Non. Mais je vais adorer, j'en suis certain.

La danse est complètement différente de ce à quoi je m'attendais. Elle... m'excite et je ne sais pas comment réagir. J'aime les hommes. Je ne me suis jamais intéressée aux femmes, et du coup, je suis très troublée.

— À quoi tu penses, Aubrey ?

On rentre à l'hôtel en taxi et le Strip est bondé comme une rue de Manhattan à neuf heures du matin, alors qu'il est presque une heure. J'ai avalé un peu trop de sérum de vérité... plus connu sous le nom de vin. Je pose la tête sur l'épaule de Chance et prends une profonde inspiration.

— Redis mon nom, Branleur.

— Princesse.

— Non, mon vrai nom.

— Oh. Princesse Coincée.

Je lui donne un coup de coude en riant.

— Pfff. J'aime la façon dont tu prononces Aubrey.

— Ah oui ?

— Oui.

— D'accord, Aubrey.

Il passe son bras autour de mes épaules et m'attire à lui.

Cet accent.

Blottie contre lui, je m'assoupis quelques minutes. Quand j'entends sa voix rauque prononcer mon prénom avec son accent australien, je me sens toute chose. Ça me paraît si normal que j'ai mal à l'idée que bientôt nous ne nous verrons plus.

Chapitre 8

On frappe à ma porte à huit heures du matin. Je suis déjà réveillée mais pas suffisamment pour aller faire du sport. À quoi je pensais en acceptant ? Je me suis montrée beaucoup trop conciliante la veille au soir. L'alcool a adouci mes angles de manière temporaire, mais ce matin, je me sens de nouveau toute grincheuse.

— C'est trop tôt, je proteste en voyant Chance en tenue de sport.

Il est tellement séduisant dans son short large et ses baskets, mais ça ne suffit pas à me donner envie de me bouger les fesses. Je tourne les talons et je retourne me coucher.

Chance arrache la couverture.

— Mais que... ?

— Debout, Princesse.

— Je n'ai pas envie de me lever.

— Tu te sentiras beaucoup mieux quand on l'aura fait.

Je hausse un sourcil et il se met à ricaner.

— Ah, fait-il. Je t'influence. C'est qui la perverse, maintenant ?

— Un pervers a un comportement sexuel inapproprié ou déviant.

Je récite mot pour mot la définition qu'il m'a donnée quand on s'est disputés pour savoir si oui ou non il m'arrivait de me caresser.

Il rit tout en me prenant dans ses bras et en me portant vers la salle de bain.

— Tu as vu la taille du hamburger que tu as mangé hier soir ? Il faut absolument que je fasse du sport et tu m'accompagnes.

Je fais la moue.

— Tu es en train de me dire que je suis grosse ?

— Pas du tout. Je suis en train de te dire que j'aime mater ton joli cul et que je suis un sale égoïste. Je veux qu'il reste comme ça.

Je lève les yeux au ciel mais je me débarbouille. Quand je sors de la salle de bain, Chance est allongé sur mon lit, les deux mains sous la tête et il regarde un match de foot européen.

— Ça te manque ?

Je regrette aussitôt d'avoir posé la question. Je me sens idiote.

— Oui.

— Tu pourrais reprendre ? Pas en tant que joueur, mais comme entraîneur, ou préparateur sportif, un truc du genre ?

— J'y ai pensé.

— Et ?

— Je n'ai jamais terminé mes études. J'ai été recruté quand j'étais en deuxième année de fac. La plupart des clubs veulent des entraîneurs diplômés, histoire de donner l'exemple aux étudiants.

— Reprends tes études.

— C'est une possibilité. Ça m'occuperait pendant deux ans.

Je sors de ma valise un débardeur et les leggings assortis que je mets pour faire du sport.

— J'en ai pour une minute.

Dans la salle de bain, j'attache mes cheveux et j'enfile ma tenue. Tandis que je me brosse les dents, je crie :

— On va faire quoi ? J'aime le yoga.

— Le yoga, c'est pas un sport. Je lève des poids et je fais du tapis pendant trois quarts d'heure, c'est mon cardio.

— D'accord. Il y aura peut-être les deux à la salle de sport et on pourra faire chacun ce qu'on veut.

Je sors de la salle de bain, prête à descendre.

— C'est ce que tu portes pour aller faire du sport ?

Je baisse les yeux. Mon ventre est exposé, mais je ne trouve pas que ce soit trop suggestif ni étrange.

— Il y a un problème ?

— Aucun.

Il éteint la télé et me prend par la main.

— Je vais faire du yoga, finalement.

On décide de couper la poire en deux. Il prend un cours de yoga avec moi puis on court sur deux tapis parallèles pendant une demi-heure. Après ça, on meurt de faim tous les deux. La nuit dernière, on a évoqué l'idée de rester une nuit de plus, aussi, je lui repose la question :

— Tu étais sérieux quand tu as dit que tu aimerais bien rester une nuit supplémentaire ?

— Si je le pouvais, je resterais ici pour toujours.

Ce genre de petites remarques me donne de l'espoir, même s'il avait presque écrit « Il ne se passera rien » sur mon front.

— Bon, alors aujourd'hui, c'est ma soirée. Tu as choisi le programme hier. C'est mon tour.

Chance me dévisage une seconde de trop.

— Je suis partant.

— Génial, réponds-je en souriant. Je veux aller voir Esméralda Flocon de neige, ce matin. Elle doit avoir peur, toute seule.

— On paye un refuge haut de gamme quatre-vingts dollars la journée pour babysitter cette chose. Elle a trois emplacements rien que pour elle et l'air conditionné, alors qu'en temps normal elle vit dehors et se prend des BMW en pleine poire. Et tu as peur qu'elle se sente seule ?

— C'est ma journée. Je me suis plainte quand tu as tout choisi, hier ?

— Je n'ai eu que la soirée. Pourquoi tu as la journée ET la soirée ?

— Parce que.

Il glousse.

— Excellente réponse, maître. Tu es aussi éloquente au tribunal ?

— La ferme.

Je cherche désespérément une bonne raison.

— J'ai droit à une journée et une soirée parce que

tu m'as emmenée dans un club de strip-tease et que tu m'as obligée à subir une danse.

Tout en parlant, on arrive devant le buffet.

— Une table pour deux, demande Chance à la serveuse. Ça t'a plu, poursuit-il en reportant son attention sur moi. Je suis même sûr que ça t'a émoustillée.

— Pas du tout, réponds-je en rougissant.

La serveuse nous conduit à une table. Elle a une soixantaine d'années.

— Elle a eu droit à une danse de la part d'une strip-teaseuse, hier soir, et elle ne veut pas admettre qu'elle a aimé ça, explique Chance à la serveuse.

Elle sourit. Quand elle prend la parole, je découvre qu'elle a un accent jamaïcain prononcé.

— Y a pas de honte à avoir. Ce qui se passe à Las Vegas reste à Las Vegas. Vous pouvez vous amuser comme une folle et redevenir toute sage lundi. Je vais chercher vos cafés. Vous pouvez vous servir au buffet quand vous voulez.

Sur ce, elle s'éloigne.

— Allez. Avoue que lorsque cette femme a frotté ses fesses contre toi, ça t'a plu. Je le sais.

— Pourquoi est-ce que tu prends un malin plaisir à me faire avouer des choses embarrassantes ?

J'en ai déjà avoué une. Pas question de recommencer.

— Tu veux dire comme lorsque tu as admis que tu te masturbais ?

Je rougis jusqu'à la racine des cheveux. Je me lève pour me diriger vers le buffet, même si je viens à peine de m'asseoir. Mais Chance me saisit le poignet.

— N'aie jamais honte de te caresser et d'être excitée par une strip-teaseuse. C'est beau, tout ça, comme toi.

***

Tout au début de l'après-midi, on décide de faire une balade après avoir rendu visite à la chèvre. Tout excitée par notre arrivée, elle en a profité pour lécher le visage de Chance. Elle croyait certainement qu'elle ne nous reverrait jamais, la pauvre.

— Esméralda Flocon de neige était trop mignonne quand elle t'a vu.

— Mon visage en est encore tout collant.

— Avoue qu'elle t'a manqué, dis-je en pouffant.

— Qu'est-ce qu'on va faire de cette chose ?

— Cette *chose* ? Ne parle pas d'elle comme ça. C'est notre enfant adoptif.

Chance s'arrête net, lève les yeux et explose de rire.

— Notre enfant ?

— Oui ! Elle n'a que nous au monde.

— Non mais, sérieusement, Aubrey. Quand on se sera séparés, qu'est-ce que tu comptes en faire ? Tu ne peux pas la garder.

Mon cœur se serre.

Quand on se sera séparés.

Mon esprit lutte avec le fait qu'il a sous-entendu que ce voyage était important pour nous. Et, à sa manière typique, juste quand il m'a donné l'espoir qu'il se passe quelque chose entre nous, il fait machine arrière.

Je ne réponds pas tout de suite.

— Je vais trouver un éleveur de confiance. En attendant, je la garderai avec moi.

— Très bien. Elle a de la chance de t'avoir.

Il me dévisage pour tenter de comprendre pourquoi je me suis renfrognée.

— Tu sais ce que tu veux faire cet après-midi ?

— Tu sais quoi ? Je m'en fiche. Je te laisse décider.

Chance s'immobilise encore et se tourne vers moi.

— Attends. Tu abandonnes ton contrôle sur le programme ? Pourquoi ?

Parce que tu viens d'avouer que je ne signifie rien pour toi, et je n'ai pas vraiment envie de passer du temps avec toi maintenant.

— Je ne suis juste pas d'humeur décideuse.

— Il y a un nuage noir au-dessus de nous, Princesse. Je ne sais pas ce que j'ai fait ou ce que j'ai dit cette fois, mais je te connais assez pour savoir que je t'ai énervée.

— Laisse tomber, Chance, d'accord ? Il ne nous reste plus beaucoup de temps. Ne le perds pas à essayer de deviner ce que je pense. Parfois les gens sont de mauvaise humeur. Fin de l'histoire. Choisis quelque chose et on n'en parle plus.

Il devient soudain sérieux.

— Est-ce que tout va bien ?

— Oui. Promis.

— Je sais que j'ai déjà blagué avec ça mais... est-ce que tu as vraiment tes règles ?

— Non !

Il se gratte le menton.

— Je pense que je sais exactement ce dont tu as besoin, quelque chose qui va te détendre et ôter toute la tension que tu as accumulée ces derniers jours.

— Vraiment ?

— Oh oui. Ne bouge pas.

Il s'éloigne pour passer un coup de fil.

Debout sous le soleil de plomb, je décide d'être de bonne humeur à partir de maintenant. Il faut que j'accepte la situation telle qu'elle est – un voyage, rien de plus, rien de moins. Si je veux profiter de mes dernières heures avec lui, je dois arrêter de réagir de manière disproportionnée.

Chance revient vers moi, un grand sourire aux lèvres. *Ces fossettes.* Elles me rappellent que ma nouvelle résolution ne va pas être facile à tenir.

— Viens, fait-il en me prenant par la main.

Je ne sais pas du tout où il m'emmène. Je serais incapable de dire si c'est chez un glacier ou dans sa chambre. Au bout de cinq minutes, on est de retour à l'hôtel. Une fois dans l'ascenseur, je me rends compte qu'il n'appuie pas sur le bouton de l'étage où se trouvent nos chambres.

— Qu'est-ce qu'il y a, au troisième ?

— Tu verras, répond-il avec un clin d'œil.

Les portes s'ouvrent sur *Tranquil Waters spa.*

— On va au spa ?

— Tu as bien besoin d'un bon massage.

Avant que je puisse dire quoi que ce soit, il s'approche de la réceptionniste.

— Nous avons un rendez-vous pour un massage de couple au nom de Bateman.

Je ne peux pas m'empêcher de rire.

— Un massage de couple ?

— Oui. On va se faire masser ensemble. J'ai besoin de me détendre, moi aussi.

Une jolie femme fait son apparition et lance une œillade à Chance.

— Par ici, je vous prie.

Garce.

On la suit le long d'un couloir puis dans une pièce faiblement éclairée.

— Déshabillez-vous, mais gardez vos sous-vêtements, puis enveloppez-vous dans une serviette. Vos masseurs arrivent.

À l'exception d'une musique d'ambiance apaisante, il n'y a pas un bruit. La pièce sent la menthe et des bougies électriques sont placées çà et là. En temps normal, ce serait très apaisant mais...

— Tu as entendu ce qu'elle a dit. Déshabille-toi, dit Chance sur un ton bourru.

Un frisson me parcourt.

— Tu crois vraiment que je vais me désaper devant toi ?

Mais au lieu de répondre à ma question, il attrape son tee-shirt. Je contemple tous les mouvements de ses abdos musclés pendant qu'il l'enlève lentement. Si cette vision était un GIF sur Tumblr, je me la passerais pendant des heures.

Il défait son jean et le fait glisser sur ses jambes avant de le balancer sur une chaise. Il mate mes seins, uniquement vêtu de son boxer bleu marine.

— À toi.

— Tourne-toi, dis-je à voix basse.

— C'est obligatoire ?

Un sourire narquois étire ses lèvres puis il pivote pour faire face au mur. J'enlève mon débardeur tout en reluquant son dos musclé et ses fesses. Il est placé juste sous l'une des lampes qui diffuse une lumière tamisée. Elle éclaire son délicieux cul comme un projecteur. Les deux globes se dessinent parfaitement sous le tissu. Il a un postérieur fabuleux. *J'ai envie de le mordre.*

Je dégrafe mon soutien-gorge et le balance sur son jean. Il retient son souffle.

Je m'enveloppe dans la serviette moelleuse et je m'allonge sur le ventre. C'est censé être une expérience apaisante, mais je me sens très tendue.

— Tu peux te retourner.

— Tu n'es pas drôle, fait-il en s'installant à côté de moi.

— Tu t'attendais vraiment que je me mette à poil devant toi ?

— On peut toujours rêver.

On est étendus côte à côte, le visage tourné l'un vers l'autre. Maintenant, ses yeux parcourent lentement mon corps.

— Ça va, Princesse ? murmure-t-il.

Son ton fait vibrer mon cœur. Je me blinde mentalement. Je suis bien décidée à tenir parole et à maîtriser mes sentiments.

— Oui.

Il me lance un regard sceptique et je lui souris.

— Vraiment. C'était une bonne idée. Merci.

— Je suis content que ça te fasse plaisir.

Au bout de dix minutes, alors que je commençais à me demander si on nous avait oubliés, la porte s'ouvre lentement. Une Asiatique élégante et menue prénommée Anna se place à côté de Chance. Moi j'ai droit à un homme grand et musclé qui ressemble à s'y méprendre à Joe Manganiello.

Chance s'assombrit et se tourne vers sa masseuse.

— C'est lui qui va s'occuper d'elle ?

— Ça en fera au moins un.

— Oui. Ça marche mieux comme ça. Les hommes sont plus à l'aise avec une masseuse et nos clientes adorent James. Il y a un problème ?

Chance me dévisage, bouche bée.

— Non. Aucun, réponds-je en regardant Chance droit dans les yeux. Je préfère un masseur.

La voix de James est basse et profonde.

— Défaites votre serviette et laissez-la glisser. Restez à plat ventre.

C'est trop beau pour être vrai. Branleur est pris à son propre piège.

Chance ne me quitte pas des yeux tandis que je fais glisser la serviette de sous mon ventre. Puis son regard s'attarde sur mes seins pressés sur la table.

Anna verse de l'huile sur le dos de Chance. Il devrait fermer les yeux et se détendre. Mais au lieu de ça, il observe James qui fait la même chose sur moi. Je vois son dos se soulever et son souffle s'accélérer.

James commence à me masser. Ses mains descendent au creux de mes reins, presque sur mes fesses. Le regard de Chance devient meurtrier. Il est furieux et je suis ravie.

Bon, voir la masseuse faire la même chose à Chance m'agace aussi, mais je suis trop préoccupée par ses réactions pour me demander si je suis jalouse ou excitée. Probablement les deux à la fois. Au bout de plusieurs minutes, je ne peux pas m'empêcher de demander à Chance :

— Ça va ?

— Non.

Sa voix est rauque. La jalousie le consume. Je n'y comprends rien. S'il savait que depuis le début j'imagine que c'est *lui* qui me caresse. C'est ça que je veux plus que tout au monde.

— Ça va durer encore longtemps ? demande Chance.

— Essayez de vous détendre, Monsieur. Vous êtes tout noué.

Trois quarts d'heure plus tard, les massages sont terminés. Chance n'a pas quitté les mains de James des yeux un seul instant. Je suppose que je m'en suis rendu compte parce que je ne l'ai pas quitté des yeux non plus.

Anna et James sortent de la pièce et un silence pesant s'installe entre nous.

Chance me tourne le dos lorsque je lui demande :

— Comment tu te sens ?

— Plus tendu que quand je suis entré ici.

— Pourquoi ça ?

— J'ai payé trois-cent-cinquante dollars pour voir un homme te caresser pendant une heure.

— C'est normal qu'une femme te touche, mais pas qu'un homme le fasse pour moi ?

Il pivote brusquement et je couvre hâtivement ma poitrine avec mon tee-shirt.

— Je n'accepte pas qu'un homme te touche alors que moi je ne le peux pas, dit-il sèchement avant de se tourner de nouveau face au mur. Je suis désolé, Princesse, ajoute-t-il après quelques secondes de silence. J'ai agi comme un connard.

Ça me plaît qu'il soit jaloux.

— Tu as de la chance que j'aime les connards. Et les branleurs condescendants. (J'enfile mon tee-shirt.) Tourne-toi.

— Puisque je suis un gros nase, je te rends le droit de décider ce qu'on fait ensuite.

— D'accord. On a besoin de se calmer. Et on est pleins d'huile. Si on allait se détendre à la piscine ?

— Bonne idée.

— Attends... on n'a pas de maillot.

— On en achètera à la boutique. Si tu me laisses choisir le tien, je te l'offre.

— Marché conclu.

— Vraiment? demande-t-il, surpris. Tu me fais confiance?

— Oui, réponds-je en souriant.

Je suis une nouvelle Aubrey. Insouciante. Je ne m'attacherai pas. Je vais me décoincer et m'amuser.

— D'accord.

Le choix de Chance me surprend. Il y a de nombreux deux pièces très décolletés, mais il en a choisi un avec une brassière de sport et une culotte qui me couvre les fesses. Il est blanc avec de petits points noirs et un petit volant sur les fesses. Il s'est acheté un boxer noir qui lui moule divinement le cul.

On trouve deux chaises longues côte à côte et on s'installe avec nos magazines et nos trucs à grignoter. À la piscine, il n'y a pas grand monde en cette fin d'après-midi. On pique une tête ensemble puis on revient à nos transats. Pour l'instant, c'est la partie du voyage que je préfère.

— Qu'est-ce que tu veux boire? demande-t-il.

— Quelque chose de glacé et de fruité.

Chance se lève pour gagner le bar. Quelques filles le matent. Il n'a pas l'air de se rendre compte à quel point il fait tourner les têtes. Ou peut-être qu'il s'en fiche.

Il revient avec deux daiquiris qu'on sirote en silence.

Je lui jette un coup d'œil tout en jouant avec mon ombrelle en papier.

— C'est chouette.

Il me sourit.

— Je suis certain que si on me laissait le choix, je ferais exactement ça.

— Cette piscine est sublime.

— Ce n'est pas juste la piscine. C'est la compagnie.

Il plonge son regard dans le mien et ses yeux me racontent une histoire. Ils me disent qu'il est sincère. Je crois que Chance a envie de moi et d'être avec moi mais qu'il ne le peut pas. Quoi que ce soit qui le retient, ce n'est pas quelque chose qu'il contrôle. Ces sentiments troublants que je tente de maîtriser refont surface. Je me plonge dans un magazine pour les chasser. Chance mâchonne un Pixy Stick rouge. J'ai une soudaine envie de sucre.

— Tu en as un autre ?

— Possible.

Il plonge la main dans le sac en plastique en me faisant un clin d'œil et me tend une paille.

Je commence à la sucer, mais rien ne vient. Je baisse les yeux et constate qu'il y a un trou en bas de la paille. La poudre orange s'est répandue sur mon ventre.

— Cochonne, constate Chance en riant.

— Tu as une serviette ?

— Pas la peine. Laisse-moi faire.

Avec une rapidité qui me laisse pantoise, Chance se penche vers moi et baisse la tête sur mon ventre. Il fait lentement courir sa langue sur mon nombril puis tout droit jusque sous mes seins. Je gigote, incapable de me contrôler, tandis qu'il lèche toute la poudre.

— Mmmm, gémit-il en attrapant le dernier grain de sucre et en se léchant les lèvres.

J'ai le souffle court lorsqu'il regagne son transat. Il me plante là, excitée et abasourdie. On ne commente pas ce qui vient de se passer. Il annonce qu'il va aux toilettes et disparaît pendant un certain temps.

Et toutes mes bonnes résolutions s'évanouissent.

Chapitre 9

Puisque c'est toujours à moi de décider, j'opte pour un dîner dans un restaurant chic.

On se retrouve au Foundation Room, qui, du haut de son soixante-troisième étage, offre une vue spectaculaire sur le Strip. Le restaurant est décoré comme une vieille maison de campagne très douillette.

On dévore un crabe en entrée, puis Chance opte pour le steak et moi du poisson.

J'essaie de ne pas penser à la façon dont il a léché le sucre sur ma peau un peu plus tôt dans la journée, mais en vain. Chaque fois que je regarde ses lèvres, je les sens sur moi.

On commande deux bouteilles de vin, et l'alcool coule aussi vite que la conversation. On discute pendant au moins deux heures. Chance me raconte son enfance en Australie et en dévoile un peu plus sur ses années d'entraînement qui n'ont finalement mené à rien. On partage les histoires de nos pères respectifs, tous deux décédés d'un cancer. Et je lui raconte en détail ma rupture avec Harrison.

Je me sens encore plus proche de lui. À la fin de la soirée, j'ai l'impression de savoir tout ce qu'il y a à savoir sur lui, sauf où il en est à présent. C'est un gros trou noir.

En plein milieu du dîner, il reçoit un coup de fil et il quitte la table pour y répondre, ce que je n'apprécie guère. Je suis quasi certaine que son interlocuteur, quel qu'il soit, a un rapport avec ce qui l'empêche de coucher avec moi.

Quand il regagne sa chaise, je lui demande, le cœur battant :

— C'était qui ?

— Personne d'important, répond-il sur un ton sérieux, en me regardant droit dans les yeux.

Au lieu d'insister, je me sers un nouveau verre de vin. Chaque gorgée apporte avec elle un sentiment artificiel de bonheur qui prend le pas sur mon insécurité. Je suis de plus en plus joyeuse.

Quand on quitte le restaurant, Chance doit me soutenir pour que je ne tangue pas. Je n'irais pas jusqu'à dire que je suis complètement bourrée, mais je suis bien partie. Chance aussi.

Un rien nous fait rire. Tout d'un coup, on passe devant une chapelle sur laquelle une enseigne proclame : *Ici on célèbre de faux mariages.*

Chance s'arrête net en plein milieu du trottoir. Il se penche vers moi et je sens son souffle aviné.

— Épouse-moi, Princesse.

— Quoi ?

— On a une chèvre illégitime – un faux enfant – ensemble, fait-il en riant. Je trouve normal de célébrer un faux mariage pour faire de toi une honnête femme.

— Tu es complètement dingue !

— On pourrait même envoyer une photo à Harry. C'est pas une putain idée de génie, ça ? Son sourire malicieux fait courir un frisson de désir sur ma peau.

— Allez, ce sera drôle.

Il me prend par la main et m'entraîne dans la petite chapelle blanche.

Un homme baraqué habillé comme Elvis est seul dans l'entrée.

— C'est une bonne soirée pour se marier, nous salue-t-il sur un ton monocorde.

— Il faut réserver ? demande Chance.

— Il n'y a pas grand monde, ce soir. Vous pouvez vous marier tout de suite, si vous voulez.

Chance pose sur moi son regard que l'alcool rend un peu vitreux.

— Qu'est-ce que tu en dis ?

— Pas besoin de permis, réponds-je en haussant les épaules. C'est pour de faux. Y a pas de mal, pas vrai ?

On remplit tous les deux un formulaire. Pour cent-quatre vingt-dix- neuf dollars, on prend le mariage complet, incluant la cérémonie, cinq photos numériques, des anneaux souvenirs, un bouquet et une robe qu'on me prête et que je peux choisir. Avant que j'aie eu le temps de comprendre ce qui m'arrive, une femme prénommée Zelda, qui a des cheveux rouges et frisés, m'entraîne avec elle. On se retrouve dans une pièce remplie de portants contenant des robes de toutes tailles et de toutes formes. J'en essaye plusieurs avant de choisir une robe bustier en dentelle, en partie fourreau, avec une traîne un peu trop longue. Mes seins débordent, mais c'est la seule qui me plaît.

Zelda relève mes cheveux en chignon et laisse quelques mèches libres encadrer mon visage. Quand je regagne la chapelle, je ne sais absolument pas à quoi m'attendre.

De la musique s'élève.

— Ça commence ? demandé-je.

— Votre ami a dû choisir une chanson, donc oui.

— On est censés choisir une chanson ?

— On a une bibliothèque musicale, et en général, le marié choisit pendant que la mariée se prépare. Comme ça, c'est rentable.

Je reconnais *Marry me* de Train. Ça a beau être une simple mise en scène, j'ai des papillons dans le ventre. Même si je sais que tout est faux, je suis aussi nerveuse que si je me mariais pour de vrai.

C'est ridicule ! Pourquoi est-ce que j'ai autant le trac ?

Zelda me tend un bouquet d'arums artificiels.

— Prête ?

Je pousse un long soupir.

— Oui.

J'ai l'impression de dessouler brutalement. Ce n'est franchement pas le moment.

Quand je franchis le seuil qui mène à la petite aile, Chance m'attend, les mains croisées. Il porte toujours la chemise noire qu'il a mise pour le dîner, mais avec une petite boutonnière. Il est beau et il a l'air… *nerveux*, lui aussi. C'est trop bizarre.

J'avance lentement vers lui pendant que la musique joue. Mon cœur bat à toute allure sous la dentelle du bustier. À la moitié du parcours, je me prends les pieds dans la traîne et je manque de m'étaler de tout mon long. Chance se met à ricaner puis explose de rire et je ne peux m'empêcher de l'imiter. L'atmosphère s'est définitivement allégée.

Zelda me fait signe de lui donner mon bouquet tout en s'installant en diagonale par rapport à moi. Elle me sert aussi de demoiselle d'honneur, on dirait. Elvis prend la parole.

— Chère famille, chers amis, nous sommes réunis ici ce soir pour assister à l'union de Chance Engelbert Bateman et Aubrey Elizabeth Bloom par les liens sacrés du mariage...

— Engelbert ?

Il me fait un clin d'œil.

— Pas vraiment, murmure-t-il.

— Un statut honorable dans lequel on ne doit pas entrer à la légère ni sans réflexion, mais avec solennité et sobriété, poursuit Elvis.

— Pour la sobriété, on repassera, se marre Chance.

— Si quelqu'un s'oppose à ce mariage, qu'il parle maintenant ou se taise à jamais.

On regarde tous les deux en direction des sièges vides. On aurait entendu une mouche voler.

— Qui donne cette femme à cet homme ?

La voix de Zelda s'élève derrière moi.

— Moi.

— Voulez-vous lire les vœux standard ou en avez-vous préparé ?

On répond exactement en même temps.

— Standard, dis-je.

— J'en ai préparé, répond Chance.

— Tu as écrit tes vœux ? chuchoté-je.

— Oui, fait-il avec un grand sourire.

— On commence par la mariée, alors.

Elvis énonce les vœux habituels, et je répète lentement après lui.

Puis c'est au tour de Chance.

Il fait une pause, ferme brièvement les yeux puis les rouvre et plonge son regard dans le mien tout en me prenant les mains.

— Aubrey, dès le moment où tu as ouvert ta grande gueule et m'as traité de connard quelques secondes après notre rencontre, j'ai su que tu étais timbrée. J'ai d'abord pensé que c'était parce que tu étais coincée, mais j'ai vite compris que c'était un mécanisme de défense. Tu as souffert et tu ne veux plus laisser personne entrer dans ta vie. Ceux qui se protègent le plus sont parfois ceux qui ont le plus grand cœur. Ma grand-mère disait toujours que si on veut connaître la taille du cœur de quelqu'un, il faut regarder comment il traite les animaux et ceux qui ne peuvent rien donner en échange. Pour une raison qui m'échappe, tu as décidé de faire confiance à un parfait inconnu assez longtemps pour qu'il découvre que tu as le cœur sur la main. Tu es aussi belle dedans que dehors. Tu as transformé ce qui aurait dû être un voyage affreux en une aventure mémorable. Tu ne sauras jamais à quel point le temps que j'ai passé avec toi est important pour moi. Si tu ne dois retenir qu'une chose de ces quelques jours, c'est que tu mérites d'être heureuse.

J'ai envie de pleurer.

Bon. Sang.

Son discours m'a prise par surprise et je ne sais pas

quoi répondre. C'est très beau mais je devine que c'est un au revoir.

Il est sérieux comme un pape. Il pense vraiment ce qu'il a dit.

Je n'entends absolument rien de ce que dit Elvis, jusqu'au fameux :

— Par le pouvoir que me confère l'État du Nevada, vous pouvez maintenant embrasser la mariée.

Je ne regarde plus Chance. Je secoue la tête à plusieurs reprises pour qu'Elvis sache qu'on va sauter cette partie.

— On ne va pas s'embrasser.

La seconde suivante, les grandes mains chaudes de Chance se posent sur mes joues, il se penche vers moi et gronde, tout contre ma bouche.

— Oh putain, si.

Ses lèvres dévorent les miennes. J'ai les jambes en coton. Mon cœur bat de manière totalement erratique tandis qu'il presse son corps contre le mien. Il glisse sa langue dans ma bouche avec ardeur et cherche la mienne. Je réponds à son baiser avec fougue, tout en glissant les mains dans ses cheveux soyeux. Il gémit. Puis il cesse de m'embrasser pour me mordre la lèvre inférieure. À ce moment-là, son baiser se fait encore plus affamé. Je ne sais pas combien de temps il dure ; je perds toute notion du temps.

Elvis toussote.

— Voilà, voilà. C'est bien. Un autre couple attend.

Chance recule.

Je le regarde, hébétée. Ses cheveux sont en bataille et il me dévisage, l'air aussi abasourdi que moi.

Il s'est passé quoi, bordel ?

***

L'atmosphère change quand on sort de la chapelle pour regagner l'entrée où deux couples patientent. Le premier a l'air prêt à zapper la cérémonie pour passer directement à la lune de miel, là, sur le sol. Le marié est habillé en drapeau américain : un pantalon rouge, une veste bleue avec des étoiles, une chemise blanche et une cravate à rayures rouges et blanches. Quand il finit par arrêter de tenter d'aspirer le visage de sa future fausse femme pour la prendre dans ses bras, je me rends compte que sa tenue est assortie à la sienne : elle porte un maillot de bain deux pièces bleu blanc rouge.

— Vous parlez russe ? demande-t-il à Elvis, qui nous a suivis, Zelda sur ses talons.

Elvis secoue la tête.

— Le service bilingue est en supplément. Et il faut prendre rendez-vous.

— Il coûte combien ?

— Cent-cinquante dollars. Il faut qu'on paye le traducteur.

Le marié patriote sort de sa poche une petite liasse de billets. Il fronce les sourcils et sa fausse fiancée commence à crier quelque chose dans ce que je présume être du russe. Elle tape du pied et agite les bras tout en hurlant.

Chance ricane et se penche vers moi.

— Et dire que je pensais que tu étais chiante.

— Hé !

Je lui donne une tape sur le ventre. Il sourit et je suis partagée entre la tristesse que la tension sexuelle soit retombée et le soulagement que notre relation soit redevenue comme avant. Chance me tend la main.

— Madame Bateman ?

Merde. J'aime être appelée comme ça. Beaucoup.

Je glisse ma main dans la sienne et Zelda se précipite vers nous.

— Vous voulez faire les photos dedans ou dehors ? On a un très joli belvédère et une mare à l'arrière. Il y a même une femelle cygne. Elle a une aile abîmée mais elle fait beaucoup d'effet sur les photos.

— Dedans, répond Chance tout de suite.

— Mais le cygne a l'air chouette.

— On n'a pas de place pour un autre animal. Je refuse que tu t'approches de cette bête.

Je lève les yeux au ciel.

— On n'est pas obligés de faire les photos.

— Ah si, Princesse. C'est pour Harry.

Un sourire coquin étire ses lèvres tandis qu'il plonge les yeux dans mon décolleté. Mes seins essaient de se faire la malle du bustier depuis le début.

— Et puis... dans cette robe... ça donne du matériau pour se branler.

— Pervers.

On pose pour quatre clichés et ça me rappelle les photos affreuses de mon bal de promo. Pour la dernière, Zelda fait une suggestion :

— Et si on essayait quelque chose de plus romantique ?

Je penche la tête et mets Chance au défi.

— Oui, beau parleur, je n'ai rien contre un peu de romantisme.

Zelda change le décor devant lequel nous nous tenons. Nous ne sommes plus devant le fameux panneau lumineux indiquant Las Vegas, mais dans une espèce de suite nuptiale. Derrière nous, à présent, se tient la photo d'un grand lit couvert de pétales de roses et des bougies allumées sont disséminées un peu partout. C'est tellement guimauve que je ne peux m'empêcher de rire.

— Allez. C'est notre fausse nuit de noces. Voilà notre lit. Tu n'as rien de romantique à dire ?

Chance jette un regard derrière lui avant de reporter son attention sur moi.

— Je ne suis pas vraiment un mec romantique.

— Quelle surprise.

Chance hausse les sourcils, me dévisage un instant puis se penche pour murmurer au creux de mon oreille :

— Que penses-tu de ça ? Si c'était vraiment notre lit et si j'étais assez chanceux pour que tu sois ma femme – il s'interrompt et je sens son souffle tiède sur mon cou –, si j'avais la chance que tu sois ma femme, je posséderais chaque parcelle de ce corps. Pour la première fois de ta vie, tu abandonnerais enfin ce contrôle auquel tu te cramponnes désespérément. Je te l'ordonnerais et tu le ferais avec plaisir. Dans ce lit, poursuit-il dans un feulement, je te baiserais comme un romantique.

Nos visages sont si près l'un de l'autre que nos nez se touchent, mais ni l'un ni l'autre nous ne nous approchons. On n'a pas besoin de ça pour matérialiser notre lien.

Zelda intervient.

— Magnifique. Je pense que j'ai réussi à capturer l'instant. J'ai l'impression que vous êtes un romantique, après tout, Monsieur Bateman.

Chance ricane. Je suis figée sur place, paralysée.

— Heureusement pour moi, on dirait que ma femme aime mon romantisme tout personnel.

Chapitre 10

Lorsque nous arrivons à l'hôtel, nous avons dessoulé tous les deux, même si une partie de moi se sent encore en décalage. Je suis toujours ivre, mais pas à cause de l'alcool. On porte tous les deux les alliances de mauvaise qualité qui sont un souvenir de notre faux mariage, et quand on parvient devant la porte de ma chambre, Chance me prend dans ses bras.

— La mariée doit franchir le seuil dans les bras de son époux.

Je passe les bras autour de son cou et enfouis le visage contre son torse tandis qu'il ouvre la porte d'une seule main.

— Je me demande d'où vient cette coutume. C'est pour que l'homme puisse faire étalage de sa force ?

— Je pense que c'est parce que la femme était nerveuse à l'idée de perdre sa virginité.

— Pas la peine de s'inquiéter, réponds-je en pouffant.

Le regard de Chance me transperce. Il ne fait même pas mine de dissimuler sa jalousie. Voilà qui me donne une idée.

— Tu as envie de te marier, un jour ?

— Un jour ? Je viens de le faire.

Il me pose à terre dès qu'on a franchi le seuil.

— Non, vraiment. Je me demande qui me portera dans ses bras quand ce sera mon vrai mariage.

— Je ne veux pas penser à ça, répond Chance sur un ton sérieux.

Je décide de ne pas en rester là.

— Peut-être que dans ma nouvelle boîte j'aurai plein de collègues célibataires.

— Dans le genre de Harrison ?

Je hausse les épaules et m'assieds pour ôter mes escarpins vertigineux.

— J'ai décidé de ne plus me laisser abattre par cette histoire. Ça fait deux mois que je me lamente. Une fois que je serai installée en Californie, je compte bien me remettre en selle.

Je lève les yeux vers Chance, qui est toujours près de la porte, en souriant.

— Quoi ? Pas de commentaire salace sur le fait que je pourrais chevaucher ? Tu faiblis, Chance.

Il serre les dents.

— Tu devrais peut-être envisager une relation avec ton gode, au lieu de te précipiter.

Je me lève, me dirige vers lui et pivote pour lui présenter mon dos.

— Tu veux bien défaire la fermeture éclair ? dis-je en écartant mes cheveux pour dévoiler ma nuque.

Il y a un long silence, puis je sens les mains de Chance sur moi. La gauche agrippe fermement ma hanche, comme s'il avait besoin de ça pour ne pas bouger. La droite fait glisser la fermeture dont le son lent est totalement érotique.

Sérieux, c'est quoi mon problème?

Aucun de nous ne bouge. On reste immobiles, englués dans la tension à couper au couteau qui a envahi la pièce.

— Chance?

Je ne reconnais pas ma propre voix: elle est basse et rauque.

Ses doigts s'enfoncent plus profondément dans ma hanche. C'est à la fois douloureux et excitant. J'attends qu'il dise quelque chose. N'importe quoi. J'attends. Nous sommes parfaitement immobiles tous les deux.

Toujours rien.

— Chance?

J'essaie de pivoter pour lui faire face mais sa main m'en empêche.

— Arrête. Je dois y aller, Aubrey.

Il s'interrompt et pousse un profond soupir.

— Le type qui te fera passer le seuil dans ses bras pour de vrai sera super chanceux.

Je ne bouge pas tant que la porte ne s'est pas refermée derrière lui. Je ne veux pas qu'il me voie pleurer.

***

Deux bonnes heures s'écoulent avant qu'il ne regagne sa chambre. La porte mitoyenne est légèrement entrouverte et je l'entends aller et venir. J'ai la tête qui tourne et l'idée de ne plus jamais le voir après demain me noue l'estomac. J'ai passé plus d'un an avec Harrison et le jour où j'ai déménagé ne m'a pas fait autant souffrir que ça.

Être allongée dans mon lit, si près de Chance, et être pourtant dans l'incapacité de le toucher me rend folle. Je me repasse ses paroles en boucle dans la tête, je dissèque toutes les conversations dont je me souviens. Il m'a dit que j'étais belle. Il a expliqué de manière très réaliste et détaillée tout ce qu'il aimerait me faire. Il a dit que l'homme que j'épouserai aurait de la chance. Ses mots me disent qu'il me veut. Ses yeux aussi. Son corps, son souffle et la façon de me dévorer du regard comme s'il se retenait.

Je suis certaine qu'il a envie de moi – je finis enfin par l'admettre. Mais il ne... peut pas. C'est d'ailleurs le terme qu'il a employé. Comme si ce n'était pas bien de céder. Je sais qu'il essaie de me protéger de ce qu'il me cache. Mais je ne veux plus qu'il me protège. Je veux qu'il me baise jusqu'à ce que j'en perde la raison. Et il est temps que je prenne le contrôle de la situation. Je suis une femme, bordel. Entends mon rugissement !

L'adrénaline court dans mes veines tandis que je me glisse dans ma salle de bain. Je me lave le visage et défait ma queue-de-cheval. J'enlève ma chemise de nuit et contemple mon reflet dans le miroir. Mes sous-vêtements sont mignons – un balconnet en dentelle rose pâle avec un shorty assorti, mais j'en ai assez de tourner autour du pot. Je les ôte et me regarde. Je suis prête à rugir.

Mes joues sont rouges, mon corps bronzé et, pour la première fois depuis longtemps, j'aime ce que je vois.

Il n'y a pas de temps à perdre. Je dois le faire avant de me dégonfler. Le courage commence à me faire défaut. Je jette un dernier coup d'œil à mon reflet, prends une profonde inspiration et me dirige vers la porte qui nous sépare.

Voici la lionne.

Chance sort de la salle de bain quand j'entre dans sa chambre. Il ne porte qu'une serviette de toilette blanche autour des reins. Sa chambre n'est pas éclairée mais les enseignes lumineuses du Strip suffisent pour que je le distingue. Des gouttelettes glissent sur son torse. Il est littéralement à couper le souffle, parce que mon cœur bat à tout rompre et que j'ai l'impression que tout l'oxygène de mes poumons est bloqué quand il se rend compte de ma présence.

On se dévisage un moment en silence. Il serre les dents tout en soutenant mon regard et je devine qu'il a décidé de résister. Mais il perd la bataille lorsque ses yeux quittent mon visage. Je ne loupe pas une miette du spectacle tandis qu'il me regarde tout entière. D'abord, ce sont mes seins – aux tétons dressés – qui le saluent. Sa respiration s'accélère. Je sens la caresse de son regard tandis que ses yeux se déplacent vers le bas. Il prend son temps pour apprécier ma taille fine, mes hanches rondes et mon ventre plat. Nos souffles sont courts et précipités quand ses yeux descendent encore davantage et se posent sur mon pubis. Je mouille et on ne s'est pas encore touchés. Il se lèche les lèvres et je manque de défaillir.

— Aubrey, gronde-t-il en guise d'avertissement.

On dirait qu'il souffre.

— Je...

Il va encore me repousser et je ne le supporterai pas. J'ai désespérément envie de lui – même si je sais que je ne le posséderai jamais tout entier. Je pose le doigt sur ses lèvres pour le faire taire. Puis de l'autre main, je dénoue la serviette. Je lis de la stupéfaction sur son visage. Je tiens la serviette devant lui puis je la laisse théâtralement tomber sur le sol.

Chance bande dur et je le veux plus que je n'ai jamais rien voulu de toute ma vie.

— Il faut qu'on consomme notre mariage.

Il ferme les yeux et, pendant quelques secondes affreuses, j'attends. Quand il rouvre les paupières, tout est différent. Ses pupilles sont dilatées, intenses, emplies de désir et d'un besoin sauvage. J'ai l'impression de me regarder dans un miroir.

— Assieds-toi sur le bureau.

Il fait un signe du menton en direction de la baie vitrée. Un long bureau est placé devant afin qu'on puisse travailler en contemplant le Strip. Son ton est dur, exigeant. C'est la première fois que je l'entends s'exprimer comme ça. Mes genoux se dérobent. Je traverse la pièce et m'installe comme il l'a demandé.

— Je fantasme sur toi tous les soirs en me couchant et je pense à toi tous les matins quand je me réveille en bandant.

Je sais que je lui plais. Mais son aveu me prouve que je l'obsède autant qu'il m'obsède. Ça me donne du courage.

— Montre-moi. Montre-moi tes fantasmes. Je veux réaliser tes rêves.

Ses yeux brillent et ses lèvres se retroussent dans un sourire pervers.

— Mes rêves ne contiennent ni arcs-en-ciel ni colombes. Dans mes rêves, je te baise sur ce bureau en te tenant par les cheveux. Tu veux vivre mon rêve, Princesse ?

Il me rejoint en deux enjambées et se place devant moi.

Je déglutis et hoche la tête.

Les fossettes font leur apparition. Mais il n'a pas besoin de sortir la grosse artillerie, je suis déjà cuite.

— Écarte les jambes.

Sa façon de me regarder lève mes dernières inhibitions.

— Tu as les seins les plus parfaits que j'ai jamais vus. Et ta chatte... est encore plus belle que ce que j'imaginais.

Je frissonne.

— Tu dis des choses cochonnes.

Il pose la bouche sur mes seins puis lève les yeux vers moi. Le bleu numéro 13 s'embrase.

— Après cette nuit, tu adoreras ça.

Je ferme les yeux tandis qu'il suce mon téton droit. Il le titille du bout de la langue, le suce puis le mordille avant de passer à l'autre. Je gémis. Je me force à garder les yeux ouverts pour le regarder. Il me dévore. La réalité est encore meilleure que le fantasme que je me suis passé en boucle dans la tête ces derniers jours. Après avoir pris le temps d'honorer mes seins, sa langue trace un sillon sur ma peau jusqu'à mon nombril. Puis il s'agenouille.

Ses mains appuient sur mes cuisses.

— Plus grand.

Je veux qu'il me lèche. Je m'agrippe de toutes mes forces au rebord du bureau.

Il observe ma chatte. Je suis assise devant lui, si nue, si exposée que je ressens le besoin soudain de fermer les jambes et de dissimuler mon intimité. Mais il se lèche de nouveau les lèvres. Il salive à l'idée de me goûter. C'est la chose la plus érotique au monde.

Il se penche vers moi et souffle lentement le long de ma fente. Son souffle frais se mélange à mon humidité et tous mes nerfs s'éveillent. Ma respiration devient irrégulière à l'idée de ce qui va suivre. Je pense qu'à partir du moment où il aura posé sa bouche sur mon sexe, je ne pourrai plus respirer.

Il lève les yeux et nos regards se croisent.

— Regarde-moi, Aubrey. Je veux que tu me voies te lécher la chatte.

Je suis incapable de répondre : tout ce qui sortirait de ma bouche serait totalement incompréhensible. Il n'attend pas de réponse, de toute façon. Il attire mes fesses plus près encore du rebord et enfouit son visage entre mes jambes. Il me lèche avec une fougue et une brutalité telles que je suis rapidement au bord de l'orgasme, et c'est alors qu'il ralentit, m'interdisant de jouir. Chaque fois que ma respiration devient plus mesurée, il accélère le rythme. Il est impitoyable, il me rend folle. Je n'en peux plus.

La troisième fois où il ralentit alors que je sens monter l'orgasme, je l'attrape par les cheveux. Je me cramponne à son épaisse chevelure humide, le suppliant de ne pas s'interrompre.

— Chance, je... j'ai besoin de...

— Pas encore.

Une partie de moi a envie de le tuer, mais la partie qui a désespérément besoin de jouir est la plus forte.

— S'il te plaît. Laisse-moi...

— Pas...

Je ne lui laisse pas le temps de finir sa phrase. Je tire sur ses cheveux pour enfouir son visage entre mes jambes. Je l'entends rire mais ça marche. Après ça, il me lèche, me mord et plonge sa langue dans mon vagin jusqu'à ce que je sente de nouveau l'orgasme monter. Et cette fois-ci, il me lèche le clitoris et je jouis en criant son nom. Il ne s'arrête que lorsque j'ai perdu toute énergie et que je ne parviens plus à rester assise.

Chance me prend dans ses bras et me porte délicatement vers le lit. Une minute plus tôt, je n'en pouvais plus, mais le voir nu devant moi me redonne soudain de l'énergie. J'entends le froissement de l'emballage d'un préservatif, puis je le vois l'enfiler. Sa main caresse la longueur de son sexe et mon corps se réveille. Il est beau des pieds à la tête et chaque centimètre entre les deux.

Quand il a fini, je tends la main et j'entrelace ses doigts aux miens. Il grimpe sur le lit et lève mes bras au-dessus de ma tête, m'empêchant facilement de bouger. Son sexe se positionne parfaitement à l'entrée du mien. Il me dévisage, presque comme s'il m'étudiait, puis nos regards se croisent. Il m'embrasse alors tendrement tout en me pénétrant. Il va et vient à plusieurs reprises avant de plonger plus profondément en moi. Il gémit et cesse un instant de bouger – je devine à son expression qu'il est si bien en moi qu'il ne veut plus bouger un seul muscle.

J'entoure sa taille de mes jambes, lui permettant un angle de pénétration encore plus profond.

— Merde.

Il ferme les yeux et penche la tête en arrière. J'adore le voir lutter pour se retenir.

On trouve rapidement notre rythme et nos corps couverts de sueur bougent à l'unisson et de plus en plus vite, jusqu'à ce qu'on en tremble. Je gémis en sentant son orgasme monter. Il accélère le rythme, ses coups de reins se font encore plus profonds et nous finissons par jouir ensemble sans nous quitter des yeux.

Des heures plus tard, épuisée par de nombreux orgasmes, je m'endors enfin. La tête pleine de promesses et d'espoir, la dernière chose dont je me souviens avant de glisser dans les bras de Morphée, c'est qu'il me tarde d'être au lendemain pour le passer avec Chance.

***

Le soleil qui se déverse par les grandes fenêtres réchauffe mon corps nu. Je n'ai aucune idée de l'heure qu'il est mais je devine que c'est au moins le début de l'après-midi. Je lève les bras pour m'étirer. Je suis courbatue mais j'aime ça. J'ai eu des petits amis et une vie sexuelle épanouie. Jusqu'à la veille au soir, j'aurais affirmé sans hésiter que j'étais satisfaite au lit. Mais la nuit passée avec Chance remet tout en perspective.

Je souris à cette idée et je tends le bras sur le côté pour le toucher. Le lit est vide. Je regarde autour de moi en tendant l'oreille tout en me demandant où il peut bien être. Un coup frappé à la porte quelques instants plus tard répond à ma question. Je m'enroule dans le drap et me dirige vers la porte. Une femme en uniforme de femme de ménage se tient derrière, son chariot devant elle.

— Mmmm, dis-je en serrant plus étroitement le drap autour de moi. Vous pouvez revenir plus tard ? On est censés quitter la chambre en fin d'après-midi.

La femme jette un coup d'œil à sa montre.

— Un quart d'heure ?

Je n'ai aucune envie de me presser mais j'acquiesce quand même. Une fois la porte fermée, je parcours les deux chambres, même si je sais que je suis seule. Je sens l'angoisse monter – je ne veux pas que ce voyage se termine. Chance ne m'a donné aucune raison de croire que nous continuerions à nous voir une fois que nous serions arrivés en Californie. En réalité, il s'est montré très clair : il n'y aurait rien d'autre en dehors de ce voyage. Mais la nuit dernière n'a-t-elle pas tout changé ? Je voudrais bien le croire.

Sous la douche, je ferme les yeux et me rappelle de Chance aux petites lueurs de l'aube. C'était notre troisième fois et la course effrénée des deux premières avait laissé la place à une danse lente dans laquelle le moindre mouvement était chargé d'émotion. J'avais déjà baisé, mais jusqu'à cet instant précis, je n'avais jamais fait l'amour.

L'eau tiède coule sur mon corps tandis que je me repasse en boucle ce que m'a dit Chance à ce moment.

— *Tu es une femme incroyable. Merci de m'avoir permis de réaliser mes fantasmes. J'espère que tous tes rêves se réaliseront. Tu le mérites, Aubrey.*

Sur le moment, j'ai pensé que ses paroles étaient magnifiques. Mais je sens soudain une nausée terrible s'emparer de moi et je rouvre brutalement les yeux. C'était sa façon de me dire au revoir.

Chapitre 11

Je rends nos deux chambres et je l'attends dans le hall de l'hôtel pendant six heures. C'est totalement ridicule de ma part. Toutes ses fringues ont disparu : il n'avait manifestement aucune intention de revenir quand il a quitté la chambre sans me réveiller. Pourtant, je refuse de partir. Assise sur un fauteuil en cuir dans le hall de la réception, je ne quitte pas les portes des yeux. Il va peut-être changer d'avis ? Peut-être qu'il a pris un bus pour la Californie et qu'à mi-chemin il regrettera son geste ? Et s'il revenait en courant et ne me trouvait pas ? C'est alors que je me souviens qu'il a mon numéro de téléphone et qu'il n'a pas pris la peine de m'envoyer un message. La réalité me frappe de plein fouet.

Un couple entre dans l'hôtel main dans la main. Elle porte une robe blanche moulante et un long voile, et elle tient un bouquet à la main. Il est en costume, la cravate un peu défaite, une rose à la boutonnière. Il l'attire à lui et l'embrasse passionnément avant de se diriger en souriant vers la réception. Les larmes coulent sur mes joues. Ce n'est pas la première fois de la journée.

— Vous venez de vous marier ?

Une vieille femme, un pot de piécettes à la main, s'assied juste en face de moi. Ses cheveux blancs sont relevés en un énorme chignon qui résisterait certainement à un cyclone. Mon expression impassible ne trompe personne : mon esprit est à cent lieues d'ici.

— Pardon ?

Elle baisse les yeux sur mes mains. Je joue sans m'en rendre compte avec ma bague. *Mon alliance.*

— Euh, non. Ce n'est pas une vraie. C'était une blague.

Je me suis bien fait avoir.

Elle hoche la tête.

— J'aurais été mariée depuis cinquante ans la semaine prochaine.

Je présume qu'elle a perdu son mari.

— Je suis désolée.

— De quoi ?

— Vous avez dit « j'aurais été ». Est-ce que votre époux est décédé ?

— Oh, non. Je n'ai pas cette chance. Ce salaud s'est rapidement révélé être menteur, coureur et joueur.

— Qu'est-ce que vous avez fait, alors ?

— J'ai pris mon courage à deux mains, je l'ai foutu dehors et j'ai divorcé il y a quarante ans de ça.

Je souris. C'est la première fois depuis que j'ai pris ma douche.

— Voilà qui est mieux. Une jolie fille comme vous devrait toujours sourire.

— Merci.

— Qu'est-ce qu'il a fait, ce salaud ?

Je remarque qu'elle utilise le même mot que pour qualifier son ex-mari.

— Il est parti sans dire au revoir.

— On dirait bien que c'est un lâche.

Je suis au fond du trou et je me sens idiote. Mais elle a raison, et je n'arrange pas les choses en restant assise là à l'attendre, car je sais bien qu'il ne reviendra pas. Ça me fait mal de l'admettre, mais Chance est vraiment un lâche. Un connard égoïste qui n'a même pas eu le cran de me dire au revoir. Je pousse un soupir agacé et je me lève.

— Merci.

— De quoi ?

— De m'avoir rappelé de prendre mon courage à deux mains.

***

La propriétaire du refuge m'accueille avec un grand sourire.

— Tout s'est bien passé dans l'ensemble. Elle nous a fait une peur bleue en s'effondrant une fois. Mais on s'est souvenus de ce que vous nous avez raconté sur ses évanouissements. On lui a donné un bain, elle est toute propre pour rentrer.

Esméralda Flocon de neige se précipite dans mes bras avant de me tourner autour à plusieurs reprises. Elle a l'air perturbée. Je lui mets une laisse et je la conduis vers ma voiture. C'est mon dernier arrêt avant de quitter Las Vegas.

Je marche dans une espèce de brouillard. Tout me paraît irréel. Je m'attends presque à entendre sa voix d'un instant à l'autre.

Aubreyyyy.

Tu ne pensais pas que j'allais te quitter comme ça, Princesse ?

J'ai un poids sur la poitrine, comme si elle était prête à éclater d'un instant à l'autre, mais le choc m'empêche de laisser s'exprimer le chagrin et le désespoir prisonniers de mon cœur.

J'installe Esméralda sur la banquette arrière et me glisse derrière le volant, incapable de trouver l'énergie de mettre le contact.

— Voilà, dis-je en regardant la chèvre. On n'est plus que toutes les deux. Tu es prête ?

L'animal me fait sursauter : elle saute par-dessus le levier de vitesses et se met à renifler frénétiquement le siège du passager tout en bêlant. J'ai l'impression qu'elle cherche à me dire quelque chose.

Je me demande si elle sent que Chance ne reviendra pas. Les animaux sont étranges, parfois.

— Il est parti. Plus de Chance, dis-je en lui caressant gentiment l'arrière du crâne, et ces mots me font mal. Il est parti, je répète dans un murmure.

La chèvre continue à tourner en rond sur le siège avant de finir par s'immobiliser, tête basse. Rien n'aurait pu me préparer à ce qui se produit ensuite.

Un gémissement lui échappe. *Elle pleure ?*

Le bruit devient de plus en plus fort et je suis bien obligée de conclure que oui. Cette gentille bête veut

Chance et soit elle a compris ce que j'ai dit, soit elle a un sixième sens.

Quand elle plonge son regard triste dans le mien, je lâche enfin prise. Je pose le front sur le volant et je me mets à sangloter. En un peu plus d'une semaine, j'ai trouvé mon plus grand bonheur et vécu mon plus grand chagrin. C'est comme si j'étais née une deuxième fois pour être mieux détruite par celui-là même qui m'a redonné le goût de vivre.

Même si on a couché ensemble moins de vingt-quatre heures auparavant, Chance me paraît tellement loin que je me demande si tout ça n'est pas un rêve. L'irritation entre mes jambes due à la nuit qu'on a passé ensemble – la première et la dernière – est la seule preuve que tout est réel.

Je m'essuie les yeux.

Sois courageuse, ma fille.

Quand je trouve enfin le courage de démarrer, je comprends que j'ai un nouveau copilote : Esméralda reste roulée en boule sur le siège du passager.

Quand on dépasse le panneau *Vous quittez Las Vegas*, je me surprends à souhaiter que le dicton soit vrai, que tout ce qui se passe à Las Vegas reste à Las Vegas. Mais je ne suis pas idiote. Ce qui s'est passé à Las Vegas va me hanter pendant longtemps.

Chapitre 12

Deux mois plus tard, alors que je fais de mon mieux pour m'installer dans ma maison, je parviens à la conclusion que la rupture avec Chance a beaucoup ressemblé à un décès. Je suis passée par les cinq phases du deuil : le déni, la colère, la négociation, la dépression et l'acceptation.

À Las Vegas, quand j'ai compris qu'il était parti, j'étais dans le déni. Pendant le trajet jusqu'en Californie, la colère est montée et je me suis concentrée de plus en plus sur le fait qu'il m'avait larguée et non sur le fait que je l'avais perdu.

La phase de négociation a commencé peu de temps après mon arrivée à Temecula et a duré une semaine. *Si seulement je ne m'étais pas jetée sur lui. J'aurais dû lui dire à quel point il comptait pour moi.* Je me croyais responsable de son départ.

La quatrième phase n'a pas tardé à remplacer les trois premières. La dépression a été la plus difficile à gérer. Elle a duré un bon mois et demi. En dehors du travail, je ne faisais rien d'autre que me lamenter sur le fait que je ne rencontrerais jamais personne qui susciterait en moi les mêmes sentiments que Chance. Malgré la façon dont les choses se sont terminées, je pensais vraiment qu'aucun homme ne lui arriverait jamais à la cheville. Je me réveillais en plein milieu de la nuit, douloureusement excitée par des rêves érotiques dans lesquels il me baisait brutalement tout en me répétant qu'il était désolé, qu'il m'aimait et qu'il avait fait une erreur. Je pleurais ensuite jusqu'à ce que je me rendorme. Même si la dépression n'est pas encore terminée, chaque jour qui passe me permet de me rapprocher de la dernière phase, l'acceptation.

Même si c'est très dur, j'ai enfin accepté l'idée qu'il ne reviendra jamais. Je n'ai pas d'autre choix que de tourner la page. Ce qui veut dire que je dois recommencer à draguer, même si l'idée m'angoisse. Une chose est certaine. Je ne risque pas de l'oublier si je continue à passer mes nuits à me souvenir de notre nuit d'amour.

Il me manque toujours. Je ne guérirai peut-être jamais.

S'il y a une sixième phase, on devrait la nommer : Élimine cette merde. Je décide que je ne peux plus conduire ma voiture, c'est trop douloureux. Plus de la moitié de notre relation s'est déroulée dans ma BMW. Chaque fois que je jette un coup d'œil sur ma droite, j'entends son rire ou je l'imagine en train de sucer un Pixy Stick. Je pourrais presque jurer que je sens son parfum. L'esprit de Chance sera toujours bien vivant dans cette bagnole.

Quand je vais chez le concessionnaire pour m'en débarrasser, un dimanche après-midi radieux, je suis bouleversée.

Je finis par porter mon choix sur une Audi S3. Alors que je m'en vais, l'employée qui a finalisé la vente me court après.

— Madame !

Je me retourne. Elle tient la figurine de Barack Obama à la main. Mon cœur se serre.

— Vous avez oublié quelque chose dans votre ancienne voiture. Il y a un peu de scotch sur le tableau de bord mais on l'enlèvera. J'ai pensé que vous voudriez la récupérer.

Je manque de la lui prendre des mains. Mais, tout en refoulant les larmes qui me montent aux yeux, je lève la main.

— Gardez-la.

***

Durant les mois qui suivent, laisser entrer de nouvelles choses dans ma vie est encore plus compliqué que laisser partir les vieilles. Jeremy Longthorpe est le directeur d'une boîte de nouvelles technologies et un client de la mienne. On passe des dizaines d'heures à bosser sur un brevet pour une de ses récentes inventions.

Même s'il a exprimé clairement son intérêt pour moi, je fais semblant de ne rien remarquer. Il est très sympa et plutôt mignon dans le genre geek à lunettes. Et puis je me dis que sortir avec lui représenterait un léger conflit d'intérêts, même si ma boîte n'a aucune règle concernant le fait de coucher avec ses clients.

La vérité, c'est que je ne me sens pas prête. Mon esprit est toujours rempli des souvenirs de Chance. Et même si je me suis débarrassée des preuves physiques de son existence, ce qui me reste ne peut pas être détruit, en dépit de toute ma bonne volonté. Même s'il m'a fait souffrir, Chance est toujours présent dans ma tête et dans mon cœur brisé.

Passer du temps avec Jeremy représente au moins une distraction. Il est supposé me rejoindre au boulot ce vendredi soir pour travailler. Il m'a téléphoné pour me dire qu'il serait un peu en retard et pour me demander ce que je voulais manger.

— Un truc gras et très mauvais pour la santé. J'ai eu une rude journée.

— Noté.

Il est tellement gentil.

L'odeur de friture me parvient avant même que je ne l'aperçoive dans le dédale de bureaux ouverts. Jeremy porte deux sacs tachés de graisse.

— Comme vous ne m'avez pas dit ce que vous vouliez précisément, j'ai pris un assortiment.

— Merci. Je meurs de faim.

Il repousse des dossiers pour faire de la place sur mon bureau.

— Et si on dînait tranquillement avant de se mettre à bosser ?

— D'accord.

Je fourrage dans les sacs. Il est passé chez Taco Bell, Pizza Hut et KFC.

KFC.

Je ne peux pas y échapper. Chance est partout. Je jette mon dévolu sur les nuggets de poulet et je suis en train d'en manger un, quand Jeremy en pique un autre.

— Hé, c'est à moi, dis-je en plaisantant.

Je me souviens avoir dit quelque chose d'approchant à Chance le jour où on s'est rencontrés. Ce genre de petites choses fait toujours resurgir la souffrance.

J'arrête de manger.

Jeremy pose son sandwich.

— Tout va bien ? demande-t-il, la bouche pleine.

— Oui.

— Vous m'en voulez de vous avoir volé un nugget ?

— Non, non, réponds-je avec un faible sourire. Rien à voir avec ça.

— Avec quoi alors ?

— Ce n'est rien, fais-je en baissant les yeux.

— Aubrey, je vois bien que ce n'est pas rien. Vous étiez en train de manger et vous vous êtes brusquement arrêtée. Qu'est-ce qui s'est passé ?

Mon expression doit certainement parler pour moi.

— Vous pouvez tout me dire, vous savez.

J'ai envie de me confier. Je n'en ai parlé à personne. Personne ne sait ce qui m'est arrivé.

— Vous voulez vraiment savoir ?

— Oui.

Pendant l'heure qui suit, je lui raconte ce qui s'est passé entre Chance et moi. Il m'écoute attentivement sans commenter et ça me fait un bien fou.

Quand j'ai terminé, il hoche la tête, les bras croisés, et m'adresse un sourire compatissant.

— Voilà qui explique bien des choses.

— C'est-à-dire ?

— Pourquoi vous vous fermez comme une huître quand j'évoque l'idée qu'on pourrait sortir ensemble.

— Vous avez remarqué, hein ?

— Oui. Vous concernant, je remarque tout.

Il baisse un instant les yeux, presque gêné d'avoir admis ses sentiments de la sorte.

— Je vous apprécie beaucoup, Aubrey, poursuit-il en me regardant bien en face.

— C'est réciproque. Je ne veux pas que vous pensiez que mes hésitations ont quelque chose à voir avec vous.

Il pose la main sur mon bras.

— Écoutez... maintenant que je sais pourquoi vous êtes si réservée, je pense qu'il est d'autant plus important qu'on sorte ensemble. Je vous promets de ne rien attendre de votre part. Soyons amis. Et si on devient davantage, tant mieux. Et au pire, on aura passé du bon temps ensemble.

— Vous me demandez de manière directe si je veux bien sortir avec vous, quoi, réponds-je avec un sourire.

— Oui. Prenez un risque. Sortez avec moi.

— Vous voulez que je prenne un risque ?

— Oui.

— D'accord, Jeremy. Allons-y.

Chapitre 13

Deux ans plus tard

CHANCE

Je suis assis sur mon lit, les poings serrés, et j'agite les jambes, nerveux. J'ai redouté l'arrivée de ce jour autant que je l'ai attendue. Plus il approchait, plus mon angoisse à l'idée de quitter ce lieu montait. Je regarde les murs gris et nus, incrédule. On y est. Enfin.

Je fais craquer les jointures de mes doigts, puis je me lève pour faire les cent pas.

— C'est quoi ton problème, mec ? demande Eddie, mon codétenu. Je donnerais ma couille droite pour être à ta place.

— Je sais. Je suis content d'en avoir fini, ne va pas croire. C'est juste que plus rien n'est comme avant, dehors. Cet endroit… est devenu normal. En sortant, je vais me trouver plongé dans un trou noir. Au moins, ici, je sais à quoi m'attendre.

— Ça fait deux ans, pas quarante.

— Il peut s'en passer des choses, en deux ans. J'en ai fait l'amère expérience.

En disant cela, je sens mon cœur se serrer. Deux ans plus tôt, j'avais une mère. Ce n'est plus le cas. *Maman est morte.* C'est tellement douloureux de penser qu'elle n'est plus là. C'est une raison suffisante pour rester ici et ne pas affronter la réalité.

Elle a fait un anévrisme au volant il y a un an. Je ne me pardonnerai jamais d'avoir été emprisonné et dans l'impossibilité de lui dire adieu alors qu'elle était à l'hôpital, entre la vie et la mort.

Il y a des tas de choses que je ne me pardonnerai jamais.

La question que me pose Eddie ensuite me prend par surprise.

— Est-ce que tu vas essayer de la retrouver ?

— Qui ça ?

Je sais très bien de qui il s'agit.

— Tu sais très bien de qui je parle.

Je me passe la main dans les cheveux, agacé. *Il a besoin de parler d'elle ?*

— Non, je réponds, catégorique.

— Vraiment ?

— Vraiment.

— Et pourquoi pas ?

— Parce que ça fait deux ans, putain. Elle est certainement mariée, elle a peut-être un bébé. Oh, sans compter ce détail futile : elle me déteste et elle espère que je suis mort parce que je lui ai brisé le cœur.

Je n'ai jamais eu l'intention de parler d'Aubrey à Eddie. Ni à personne, d'ailleurs. Et certainement pas de raconter la façon dont je l'ai quittée.

Mais une nuit, il paraît que j'ai parlé dans mon sommeil et que j'ai dit : « Aubrey, je suis désolé. Je suis tellement désolé. » Ça a réveillé Eddie qui m'a arraché toute l'histoire. Ces rêves étaient récurrents et se produisaient de temps en temps, au point qu'Eddie a fini par les appeler « Aubrey ». *Tu as eu un Aubrey, la nuit dernière,* disait-il.

— Tu ne sais pas si elle te veut du mal.

— Qu'est-ce que ça peut faire, Eddie ? Même si elle n'est pas mariée, je l'ai larguée sans un mot justement pour qu'elle me déteste et qu'elle puisse tourner la page. Je ne voulais surtout pas qu'elle perde deux ans à attendre que je sorte de cet enfer. Pourquoi diable je lui aurais brisé le cœur volontairement pour ensuite refaire surface dans sa vie ?

— Tu n'es même pas curieux de savoir ce qu'elle devient ?

Merde.

Bien sûr que si.

Je hausse les épaules, pousse un profond soupir et me rassieds sur le lit, les yeux rivés sur le mur.

— J'espère qu'elle est heureuse et qu'elle m'a oublié. Vraiment. Mais il n'est pas question d'aller constater ça de visu.

— C'est ta décision. J'espère juste que tu n'auras pas de regret. De mon point de vue, cette histoire t'a traumatisé.

— Parce que t'es psy, toi, maintenant ?

— Pas la peine de l'être pour le comprendre. Écoute,

t'es un mec bien. Elle serait fière de toi si elle te voyait avec mes yeux. Tu as tiré le meilleur parti possible de la prison. J'ai jamais vu ça, et pourtant j'en ai vu défiler du monde.

J'ai essayé, c'est clair. J'ai pris des cours pour passer mon diplôme et organisé un programme d'entraînement de foot pour les détenus du centre de délinquants juvéniles adjacent. J'étais bien déterminé à ne pas perdre ces deux années et à en tirer le meilleur. Puisque j'étais obligé de tout abandonner, autant ne pas être emprisonné pour rien. Il ne fait aucun doute dans mon esprit qu'en quittant cette prison je serai un homme différent, pas plus heureux, mais plus fort.

Eddie interrompt le cours de mes pensées.

— J'ai une question. Et si cette nana est célibataire ? Tu ne crois pas que ce que vous avez vécu mérite que tu prennes le risque de lui demander une deuxième chance ?

Avant que je puisse répondre, le long et lent grincement de la porte de la cellule résonne dans les couloirs.

Je regarde Eddie.

— Nous y voilà.

Il me donne une accolade et une tape dans le dos.

— Quand tu te sentiras déprimé, Chancey, pense à ça. Tu es le seul mec mignon que j'ai croisé ici à quitter la prison avec le cul intact.

J'éclate de rire. Il va me manquer, c'est certain.

— T'es un type bien. Tu as toujours réussi à me faire voir le bon côté des choses.

— Je suis ravi d'avoir pu le faire.

— On reste en contact, d'accord ? dis-je en quittant la cellule.

J'inspire et j'expire profondément tout en suivant le gardien dans les couloirs, sous les cris, les jurons et les vivats des autres détenus.

Il me conduit dans une pièce où je signe de la paperasse. Ça me semble irréel. Je pensais vraiment que je serais plus heureux que ça à l'idée de sortir. Au contraire, redevenir un homme libre me laisse étrangement anesthésié.

J'attends, seul, qu'il revienne avec mes affaires dans un sac transparent. On dirait la capsule temporelle d'une vie que j'ai abandonnée. Je récupère le jean et le sweatshirt bleu marine que je portais le jour où je me suis rendu, de même que mon portefeuille, ma montre et mon téléphone.

Mon iPhone est déchargé, et je demande au gardien s'il peut me trouver un chargeur. Comme c'est un ancien modèle, personne n'en a. Pendant les deux ans que j'ai passés en taule, Apple a apparemment sorti deux modèles différents. Tout s'explique. Le gardien finit par me dénicher un vieux chargeur.

— Tu peux mettre ton portable à charger ici et t'habiller, et ensuite tu es libre de sortir.

— Merci, monsieur.

Je branche le téléphone et je commence à m'habiller. Au bout de quelques minutes, l'écran du portable s'allume. J'attends un peu pour qu'il soit assez chargé pour le trajet que je veux faire. J'ai décidé d'aller surprendre ma sœur. Au départ, je voulais lui demander de venir me chercher à la sortie, mais j'ai changé d'avis.

Quand il est temps de franchir les grilles, je me sens comme un poisson hors de l'eau. Je sors d'un pas délibérément lent.

Le soleil radieux me prend par surprise. Me voilà, devant les murs épais de la prison, dans les mêmes fringues qu'il y a deux ans, et je ne sais pas quoi faire de moi. J'ai l'impression que le jour où je me suis rendu était à la fois hier et une éternité plus tôt.

Comment se réapproprie-t-on sa propre vie ? J'ai envie de me demander à moi-même : « On en était où, toi et moi ? »

Je jette un regard autour de moi. On devrait nous filer un guide pour nous expliquer ce qu'on doit faire quand on sort de prison.

Quand on est enfermé, notre vie se met sur pause. Quand on sort, on voudrait que tout soit comme avant, alors qu'on sait foutre bien que ce n'est pas le cas.

Je voudrais revenir exactement deux ans en arrière.

Ma vie s'est arrêtée avec elle.

Je donnerais n'importe quoi pour pouvoir la faire apparaître d'un claquement de doigts, dans sa BMW, avec sa chèvre puante sur la banquette arrière. On peut toujours rêver.

Mon esprit est en train de s'aventurer en terrain dangereux. Je secoue la tête et sors mon téléphone pour chercher le numéro d'un taxi avant de me souvenir que les données sont verrouillées. De manière miraculeuse, Internet semble fonctionner. Mon téléphone fait partie du plan mis en place avec ma sœur, qui a dû continuer à payer l'abonnement. Je décide de marcher jusqu'à la gare la plus proche plutôt que de prendre un taxi. Mais avant de me mettre en route, j'ouvre mes photos.

Grossière. Erreur. De merde.

C'est la dernière photo que j'ai prise qui s'affiche. Aubrey. La voilà.

Oh. Non.

Mon cœur se remet à battre après deux ans de pause.

Princesse.

Les émotions que j'espérais garder sous contrôle resurgissent et font éclater la léthargie dans laquelle je baigne depuis quelques minutes.

J'avais presque oublié à quel point elle est belle. Aubrey ne sait pas que j'ai pris cette photo d'elle, alors qu'elle dormait paisiblement le matin où je suis parti. Je voulais fixer cet instant à jamais.

Notre putain de nuit de noces. Elle était censée être fausse, mais elle n'avait été que trop réelle. Rien n'avait été plus réel de toute ma vie.

Je me maudis d'avoir cru que cette photo était une bonne idée. J'aurais dû effacer toutes les images que j'avais d'elle pour ne plus jamais voir ce que j'ai perdu – ce cœur que, je le sais, j'ai broyé en mille morceaux.

À l'époque, je pensais vraiment qu'il valait mieux que je la quitte comme ça. Je la connaissais bien. Elle m'aurait attendu pendant deux ans. Et ce n'était pas juste. Après tout ce qu'elle avait traversé, elle méritait de repartir de zéro. Nouvelle ville, nouvelle vie... elle était sur le point de commencer enfin à vivre la vie qu'elle désirait. Je n'avais pas le droit de la retenir, de lui imposer deux années de solitude et de tristesse. Elle méritait mieux.

Je n'avais pas prévu de coucher avec elle. J'ai failli perdre le contrôle de moi-même à plusieurs reprises pendant ce trajet, mais cette nuit à Las Vegas a été la nuit de trop. J'ai essayé de toutes mes forces de résister. Mais je n'ai pas été assez fort. J'ai perdu les pédales quand elle est entrée en trombe dans ma chambre.

Je n'ai jamais fait l'amour de cette manière à personne d'autre et je ne l'ai jamais regretté. Cette nuit avec elle représente tout pour moi.

Mon doigt s'attarde sur la photo. Je ne parviens pas à me décider à regarder les autres. Mais je sais que je ne les effacerai jamais.

Quand je remets le portable dans ma poche, je sens un morceau de métal. Je le sors. La fausse alliance dorée que je portais toujours au doigt le jour où je me suis rendu brille au soleil. Tandis que je la fais rouler entre le pouce et l'index, je sens la colère m'envahir.

Les yeux rivés sur l'anneau, je me demande d'où peut bien venir cette fureur soudaine. C'est parce que je ne suis pas certain d'avoir pris la bonne décision.

La question d'Eddie – celle à laquelle je n'ai pas répondu – me revient soudain en mémoire. *J'ai une question. Et si cette nana est célibataire ? Tu ne crois pas que ce que vous avez vécu mérite que tu prennes le risque de lui demander une deuxième chance ?*

Je glisse l'alliance à mon doigt tout en répondant à la question.

— Putain, oui, ça mérite une deuxième chance.

Je sors le téléphone de ma poche. Mon cœur bat à tout rompre tandis que je tape dans la barre de recherche de Google : *Aubrey Bloom, Temecula.*

Chapitre 14

Deux ans et deux semaines plus tôt

— Que l'accusé se lève.

Je m'exécute en même temps que mon avocat.

— Monsieur Bateman, est-ce qu'on vous a expliqué quelles sont les charges pour lesquelles vous plaidez coupable ?

— Oui, Votre Honneur.

— Avant d'accepter que vous plaidiez coupable, je dois être certain que vous comprenez quelles sont les conséquences de votre choix et le fait que vous avez droit à un procès. La procédure à laquelle nous nous livrons aujourd'hui s'appelle une allocution. Je vais vous poser une série de questions puis vous aurez la possibilité de vous exprimer avant que je prononce la sentence. Avez-vous des questions concernant cette procédure ?

— Non, Votre Honneur.

— Vous êtes accusé d'avoir violé l'article 242 du Code pénal de Californie – Voies de fait avec violence. Est-ce que votre avocat vous a expliqué ce que ça signifiait ?

— Oui, Votre Honneur.

— Avez-vous conscience que vous avez droit à un procès et à être jugé par vos pairs mais qu'en plaidant coupable vous abandonnez ce droit ?

— Oui. Je le comprends.

— Souhaitez-vous abandonner ce droit et plaider coupable du crime dont vous êtes accusé ?

— Oui.

— Pouvez-vous énoncer avec vos propres mots le crime dont vous êtes accusé ?

— Je suis accusé d'avoir physiquement agressé une personne et de lui avoir causé de graves blessures.

— Bien, monsieur Bateman. La cour déclare que vous comprenez la nature des accusations qui sont portées contre vous et les implications de votre décision de plaider coupable. Le procureur et votre avocat ont rédigé une requête pour la cour. L'une des conditions de cette requête requiert que vous fournissiez des détails explicites sur le crime que vous avez commis et sur les raisons qui vous y ont poussé, afin d'écarter tout doute sur la nature du forfait. Êtes-vous prêt à faire une déclaration à la cour ?

Je tourne la tête en direction de la salle d'audience quasi déserte. Un huissier est en train de se faire les ongles. Quelques hommes en costume gris pianotent sur leurs téléphones. C'était comme s'il ne se passait rien d'intéressant : tout cela est très banal. Une seule personne dans l'assistance a l'air bouleversée. J'ai fait de mon mieux pour qu'elle ne vienne pas, mais elle a insisté. Au troisième rang du tribunal, assise toute seule sur un banc usé, se tient ma sœur, Adele. Elle a le nez rouge et des larmes coulent silencieusement sur ses joues. Je déteste avoir à répéter tous les détails de cette histoire devant elle.

Je reporte mon attention sur le juge et je hoche la tête.

— Oui, Votre Honneur, dis-je à voix basse. Je suis prêt.

— Bien. Racontez-nous ce qui s'est passé dans la nuit du 10 juillet.

Je déglutis.

— Dans la nuit du 10 juillet, je me suis rendu chez un dealer et je l'ai menacé...

Le juge m'interrompt et se tourne vers mon avocat.

— Un dealer supposé, n'est-ce pas ? La victime n'a pas été condamnée ?

— Oui, Votre Honneur. La victime n'a été reconnue coupable de rien.

Si c'est pas merveilleux. Je vais me retrouver en taule avant les vrais criminels.

Le juge se tourne de nouveau vers moi.

— Monsieur Bateman, vous pouvez appeler la victime, la victime, le supposé dealer ou par son nom. Rien d'autre ne sera toléré. Compris ?

Je serre les dents si fort que je crains de m'en briser une, mais j'acquiesce. Pas question d'appeler cette ordure « la victime ». La seule victime dans cette tragédie, c'est Adele.

— Poursuivez.

— Comme je vous le disais, je me suis rendu chez

le *supposé* dealer, Darius Marshall, et je l'ai menacé. Le *supposé* dealer était le petit ami de ma sœur. D'après ce que j'ai compris, il s'était disputé avec un autre dealer *présumé*. J'ai menacé Darius pour qu'il me dise où était ce type. La police le cherchait depuis deux semaines. En vain. Je voulais aider. Mais Darius a refusé de me dire où il se cachait.

— Et pourquoi la police cherchait-elle ce dealer présumé ?

Je baisse les yeux puis les pose sur ma sœur. Elle est dévastée. Je prends une profonde inspiration.

— Il a violé ma sœur. Pour se venger de Darius. Et quand il l'a laissée, après l'avoir frappée et violée, il lui a dit qu'il reviendrait.

Pour la première fois, l'expression du juge s'adoucit.

— Qu'avez-vous fait quand Darius a refusé de vous donner cette information ?

C'est une petite victoire, mais je remarque que le juge n'appelle plus Darius « la victime ».

— Je l'ai agressé physiquement.

— Avez-vous utilisé des armes ?

Je jette un coup d'œil à mon avocat.

— Je ne le pense pas, Votre Honneur.

— Comment ça ? Vous n'en êtes pas certain ?

— Eh bien... on n'a pas retrouvé d'armes sur place, et je ne me rappelle pas en avoir transporté. Mais je ne suis pas sûr.

— Pourquoi ça, monsieur Bateman ?

— Parce que je ne me souviens pas bien de l'agression.

— Je vois. Quelle est la dernière chose dont vous vous souvenez ?

Pas question de le dire à haute voix. Elle est suffisamment fragile comme ça.

— Vous devez répondre, Chance, me murmure mon avocat.

Je m'éclaircis la voix.

— Darius m'a dit quelque chose. C'est la dernière chose dont je me souvienne.

— Qu'a-t-il dit, monsieur Bateman ?

Mon avocat m'a bien prévenu que je devais maîtriser ma colère. Je mobilise toute ma volonté pour desserrer les poings.

— Il a dit... que ma sœur était une junkie et une pute, et que c'était tant mieux pour elle si elle y avait eu droit de cette manière parce que la prochaine fois, elle serait prête à tailler une pipe pour quelques grammes.

Le juge a l'air compatissant.

— Savez-vous quelles sont les blessures dont souffre Darius Marshall ?

— On m'a dit qu'il avait le nez cassé, une orbite fracturée, une commotion cérébrale et quelques côtes brisées.

— Et vous ne vous souvenez pas de l'avoir frappé ?

— Non, Votre Honneur. Je me souviens juste de ce que je viens de vous raconter. Et après, je me rappelle qu'il m'a dit « 1925 Harmon Street ».

— Bien, monsieur Bateman. Nous en avons presque terminé. J'ai encore une question à vous poser avant que nous ne fassions une pause. Le verdict sera rendu cet après-midi.

Je hoche la tête.

— Regrettez-vous vos actions, monsieur Bateman ?

Cette question est un sujet de litige entre mon avocat

et moi. Bien qu'il ne m'ait pas ordonné explicitement de mentir, je sais lire entre les lignes. Mais j'en suis là, dans ce tribunal. Pas question de me dégonfler. Trois heures après que Darius a été évacué en ambulance, le dealer qui a violé ma sœur a été arrêté. Je plonge le regard dans celui du juge et je lui dis la vérité, rien que la vérité.

— Non. Je ne regrette rien.

***

Il est presque seize heures lorsque le juge nous rappelle dans la salle d'audience. Il enlève ses lunettes et se frotte les yeux avant de prendre la parole.

— Monsieur Bateman. Vous comprenez que, puisque vous plaidez coupable, vous pouvez perdre certains droits, comme le droit de vote, celui d'être fonctionnaire, celui de siéger dans un jury et celui de posséder une arme à feu ?

J'ai eu deux mois pour réfléchir aux conséquences de mes actes et je m'en fous. La seule chose qui compte, c'est Adele. Je veux juste qu'elle puisse dormir de nouveau.

— Je comprends, Votre Honneur.

— Bien. Monsieur Bateman, la requête déposée auprès du procureur et demandant deux ans de prison est un châtiment adéquat et est en conséquence acceptée par la cour. Même si la cour a de la compassion pour ce qui est arrivé à votre famille, la loi s'applique à tout le monde. Nous ne pouvons pas permettre à des milices de courir la ville pour faire justice eux-mêmes. Nous accédons à votre requête demandant du temps pour mettre vos affaires en ordre, à condition que vous nous laissiez votre passeport et que vous ne quittiez pas l'État de Californie. Je vous ordonne donc de vous présenter à la prison de Los Angeles dans quatorze jours.

Le juge abat son marteau, faisant de moi un coupable et un criminel.

Chapitre 15

Même si mon appartement est à des centaines de mètres de la plage, je sens l'odeur de l'océan. Je prends une profonde inspiration et je me remplis les poumons de liberté. *Putain que ça sent bon.*

La dernière chose que j'ai faite avant de me rendre pour vivre deux ans d'enfer, c'est de conduire ma sœur en clinique de désintox. Je sais qu'elle va bien : je l'ai constaté de mes propres yeux quand elle venait me rendre visite un dimanche sur deux. Et pourtant, pour une raison que je ne m'explique pas, je suis nerveux à l'idée de me pointer sans m'être annoncé.

Quand je déverrouille la lourde porte métallique de mon appartement, de la pop music braille dans tout le loft. Je souris en entendant ça, même si ses goûts de merde en matière de musique m'ont pourri mon adolescence.

— Adele ?

J'habite un entrepôt rénové. Normalement, le son se réverbère sous la grande hauteur sous plafond, mais mon appel se perd sous les hurlements de Taylor Swift qui se déversent par les enceintes.

— Adele ? crié-je de nouveau, plus fort cette fois.

Après tout ce par quoi elle est passée, je ne veux pas lui faire peur.

Je ne sais pas si elle est toujours aussi nerveuse. Après son agression, elle faisait un bond dès que quiconque entrait dans la pièce où elle se trouvait, même si elle savait qu'elle n'était pas toute seule dans la maison. Je dépose mes clefs dans le bol posé sur la console de l'entrée et me dirige vers la cuisine.

Un homme en chemise et en caleçon est en train de repasser sur mon plan de travail en granit. On s'aperçoit en même temps. Il brandit le fer à repasser comme une arme ; je lève les mains en signe de reddition.

— Adele est là ?

— Qui êtes-vous ?

— Relax, mec.

Je parle calmement, les mains toujours en l'air afin qu'il puisse bien les voir. S'il y a bien une bonne chose que j'ai apprise pendant ces deux années de prison, c'est comment désamorcer une situation violente.

— Je suis le frère d'Adele, j'habite ici.

Caleçon Boy me lance un regard stupéfait.

— Chance ?

— C'est moi.

— Merde. Désolé. Je croyais que tu sortais la semaine prochaine.

— Un problème de surpopulation en taule.

Je considère avec intensité le fer à repasser qu'il brandit toujours.

— Tu veux bien poser ce truc ?

— Oui. Bien sûr. Pardon, répond-il en se débarrassant du fer et en faisant deux pas vers moi, la main tendue. Harry. Harry Beecham. J'ai beaucoup entendu parler de toi.

C'est une blague ou quoi ? Harry ?

— J'aimerais pouvoir en dire autant.

— Tu crois qu'on pourrait s'arrêter au...

La voix de ma sœur s'interrompt brutalement quand elle entre dans la cuisine.

— Oh bon sang ! s'écrie-t-elle en se jetant sur moi, manquant de me renverser. Tu es là ! Tu es rentré !

— Effectivement.

Adele me serre à m'étouffer. Elle pleure, mais contrairement à la dernière fois où elle a sangloté dans mes bras, cette fois-ci, c'est de joie. Je recule un peu pour l'examiner à loisir. Je l'ai vue une semaine sur deux, mais elle ne m'a montré que ce qu'elle voulait bien me montrer. Elle a vingt-huit ans à présent, elle porte une jupe et un chemisier très féminin et elle a attaché ses cheveux en chignon. Elle ressemble beaucoup à notre mère.

— Tu as l'air... différente. Adulte.

Elle s'essuie les yeux et lisse sa jupe du plat de la main.

— C'est ma tenue de travail. Je te l'ai dit. Je suis secrétaire à présent.

Harry s'éclaircit la voix. Le pauvre est toujours en caleçon.

— Je suis en retard. Je dois y aller. C'était super de faire enfin ta connaissance, Chance.

Je lui jette un coup d'œil narquois.

— J'espère que tu penseras à enfiler un pantalon.

Il pose gentiment la main sur l'épaule d'Adele en passant et lui dit à mi-voix :

— Prends ta matinée. On se voit cet après-midi.

Adele lui sourit, puis me regarde tout en se mordillant la lèvre inférieure.

— Désolée. Je ne savais pas... Harold est un des associés de la boîte d'experts-comptables pour laquelle je travaille.

— Un expert-comptable ?

— Oui, répond-elle en souriant. Ce n'est pas mon genre, d'habitude, hein ?

Ma sœur a un don pour choisir loser après loser. Les personnes avec qui elle a l'habitude de traîner ne sont pas du genre à fréquenter des experts-comptables.

— Tant qu'il est gentil avec toi... Et qu'il porte un pantalon en ma présence.

Adele et moi passons toute la matinée à rattraper le temps perdu. Le plus difficile, c'est de parler de maman. Les choses auraient pu tourner de deux manières après ce qui s'est passé il y a deux ans. Et la mort de notre mère aurait pu la faire replonger. Je suis soulagé de constater qu'elle a vraiment changé de vie. Tout ce que j'ai enduré en vaut la peine, en définitive. Elle a l'air... heureuse.

— Bon, dit Adele en posant nos mugs dans l'évier. Est-ce que tu vas aller la voir ?

Elle s'adosse au plan de travail, les bras croisés.

— Qui ça ?

Pourquoi je joue encore à ça ? Je sais putain de bien de qui elle parle.

— Ta femme.

Elle a les yeux rivés sur l'alliance que j'ai oublié d'enlever. Je cache la main dans ma poche.

— C'est pas ma femme.

Adele lève les yeux au ciel.

— Ta fausse femme. Comme tu veux. Est-ce que tu vas aller la voir ?

— Ne commence pas, Adele.

Un jour où je me sentais seul, j'ai craqué et j'ai tout raconté à ma sœur. Je l'ai immédiatement regretté. Elle a passé les vingt-trois mois qui ont suivi à essayer de me convaincre d'écrire à Aubrey pour lui dire où j'étais. Elle a même suggéré qu'elle pourrait lui rendre visite pour discuter et lui dire de garder espoir.

— Tu l'as googlisée ?

— Je suis dehors depuis trois heures.

— Ça veut dire oui, donc.

Je secoue la tête sans rien dire mais elle connaît la réponse.

— Je vais prendre une longue douche. Ça fait une éternité.

L'espoir que je lisais dans les yeux de ma sœur s'évanouit. Je m'approche d'elle et, d'une pression de la main sur son menton, je lève son visage vers moi afin que nos regards se croisent.

— Hé. Je suis fier de toi. Ne retournons pas en arrière. Je suis libre. Tu portes un chignon et tu sors avec un mec qui ne sait pas qu'une cuillère peut servir à autre chose qu'à touiller son café. Tout va pour le mieux, pas vrai ?

Ses yeux se remplissent de nouveau de larmes et elle me serre encore dans ses bras. Ma sœur va bien. Je peux dormir sur mes deux oreilles. Ce sera bien la première fois depuis que j'ai abandonné Aubrey à Las Vegas. À cette idée, je me frotte la poitrine pour apaiser la douleur.

— Tu seras là quand je rentrerai du boulot, ce soir ?

— Je pensais aller faire un tour dans le Nord. J'ai peut-être une opportunité pour un job.

C'est un mensonge. J'ai soudain envie de reprendre la route.

***

Quand je quitte la route 91 pour prendre la I15 et que j'aperçois les premiers panneaux indiquant Temecula, mon inquiétude grandit. Je ne sais pas où je vais ni ce que je vais bien pouvoir faire une fois parvenu à destination, mais il faut que je sache si elle va bien.

Je m'arrête à une station-service et je fais le plein de friandises spécial harceleur. Des Fun Dip, des Very Bad Kids, du pop-corn, et bien sûr des Pixy Sticks. Le caissier me lance un regard suspicieux comme s'il craignait que je ne m'en serve pour attirer les gamins de l'école primaire dans ma camionnette.

— J'aime le sucre, je me sens obligé d'expliquer en haussant les épaules.

Il s'en fout, apparemment.

Il fait beau trois cent trente jours par an dans cette partie de la Californie, mais il se met à pleuvoir dès que je m'engage dans Jefferson Avenue. Il est presque dix-sept heures. Des hommes en costume sortent des immeubles alignés le long de la rue. Je trouve le numéro 4452, me gare cinquante mètres plus loin et me tasse dans mon siège pour attendre. Avec de la musique en sourdine et un sac de bonbons, je peux rester assis tranquillement pendant la moitié de la nuit. Qui aurait cru que je trouverais si facile de l'espionner ?

Deux heures s'écoulent avant que je ne l'aperçoive enfin. Elle sort du bâtiment et reste sous l'auvent tandis que la pluie martèle le trottoir. Je ne veux pas qu'elle me voie : je me baisse davantage derrière le volant.

Elle est magnifique. Ses cheveux auburn sont plus longs et leurs boucles plus lâches tombent en cascade jusqu'au milieu de son dos. Un chemisier vert émeraude accentue la pâleur de sa peau. Ses hanches sont moulées dans une jupe noire, et, même si je ne vois pas son dos, j'imagine sans peine la façon dont elle met ses fesses en valeur. Splendide. À la fois classe et impertinente comme je sais qu'elle peut l'être. Deux ans se sont écoulés mais ce que je ressens pour elle est toujours aussi fort. Et c'est pour ça que je m'agrippe de toutes mes forces au volant quand je vois un homme l'enlacer par la taille.

Enfoiré. Je ne m'attendais pas qu'elle soit célibataire, mais je n'étais pas prêt à voir ça. Un connard à lunettes en costume bleu marine qui ressemble à Clark Kent ouvre son parapluie et attire Aubrey à lui. *Mon Aubrey.* Je suffoque en les voyant traverser la rue en direction du parking, côte à côte sous le parapluie. Ils disparaissent de mon champ de vision. Quelques minutes plus tard, une voiture débouche du parking et s'immobilise en attendant de pouvoir s'insérer dans la circulation. Avant même de voir leurs visages souriants, je suis sûr que c'est eux. Dans une putain de BMW. Je suis certain qu'il s'appelle Biffy [1].

---

1. Biffy signifie toilettes, en américain familier.

Je suis tellement déprimé que je préfère passer encore deux heures dans ma bagnole plutôt que de les suivre. Si la voir simplement marcher avec un mec me met dans cet état, je ne suis pas prêt à en savoir davantage. Mais je ne suis pas prêt à partir non plus.

***

Me bourrer la gueule ne faisait pas partie de mon programme. Mais je n'avais pas non plus prévu de rester en planque devant son bureau. Je prends une chambre dans un motel à côté de la boîte d'Aubrey et je me rends dans le bar le plus proche avant même de regarder à quoi ressemble ma chambre. Trois heures plus tard, je suis rond comme une queue de pelle. Entre la barmaid, Carla Babes, et moi, le feeling est passé tout de suite.

— Prêt pour un autre verre, l'Australien ?

Je lève mon verre en faisant tinter les glaçons.

— Et comment, ma chérie.

Elle s'approche, un sourire sexy aux lèvres, et me ressert. Elle est super bandante. Ses cheveux bouclés sont relevés comme ceux d'une pin-up des années 1990. Elle a un visage classique mais ses bras sont entièrement recouverts de tatouages colorés. Elle a tout d'une Jessica Rabbit rock'n'roll. Je ne bois pas beaucoup en général, et surtout du vin ou de la bière, pas d'alcool fort, et ça fait deux ans que je n'ai pas avalé une goutte. En finissant mon quatrième rhum-Coca, je me rends compte que je suis plus saoul que ce que je croyais : j'ai du mal à articuler. Sans compter que je suis en train de raconter mes problèmes à une serveuse que je ne connaissais pas il y a trois heures. Je lui ai déjà déballé toute ma vie.

— T'as peur de quoi, au juste? demande-t-elle en posant les coudes sur le bar.

— Je ne veux pas lui faire de mal.

— Trop tard.

Elle n'a pas tort.

— Tu veux savoir ce que je pense?

— Je suis là pour ça.

Carla glousse.

— Je pense que c'est toi qui as peur de souffrir.

***

Le lendemain matin, j'ai une gueule de bois carabinée. Mais même si la migraine me vrille le crâne et que j'ai l'impression que l'intégralité du sable du désert a élu domicile dans ma bouche, je me sors du lit aux aurores. Aubrey a quitté son bureau avec un mec en costard avec qui elle avait l'air beaucoup trop à l'aise: je veux savoir s'ils arrivent ensemble.

Il y a un Starbucks à trois portes de son immeuble et je me dis qu'il y a une forte probabilité pour qu'elle s'y arrête avant d'aller bosser. Je me gare donc devant et me mets en place. Trois heures s'écoulent. J'ai désespérément besoin d'un deuxième café, et toujours pas de trace d'Aubrey.

J'ouvre la boîte à gants d'où je sors une casquette de baseball et j'enfile mes lunettes de soleil. Ce n'est pas le déguisement du siècle mais je songe qu'il y a peu de chances pour que je la croise. Mais au moment où mes pieds touchent le trottoir, elle surgit au coin de la rue. *Merde.* Je me fige un instant, mais heureusement pour moi, mon instinct reprend le dessus.

Je saute sur la plate-forme de mon pick-up et me recroqueville. Elle est train d'envoyer un texto et elle ne lève pas les yeux jusqu'à ce qu'elle pousse la porte du Starbucks. *C'est pas passé loin.*

Quelques minutes plus tard, elle en ressort, un grand gobelet blanc à la main, sans un regard dans ma direction. *Bon sang.* Elle est aussi belle en sortant qu'en entrant. Et elle est seule.

Je recommence l'après-midi. L'apercevoir cinq minutes suffit à faire mon bonheur pour la journée. Je recommence le lendemain... et le surlendemain. Aubrey a une vraie routine. Ça ne me surprend guère. Elle arrive tous les matins à neuf heures trente et repart le soir à dix-neuf heures. Et deux fois sur les trois jours où je l'ai surveillée, le connard part avec elle.

Moi aussi j'ai ma routine. Je commence ma planque à l'aube et la termine au crépuscule. Entre-temps, je prends quelques heures pour aller faire du sport dans une salle à deux villes d'ici. Et le soir, je noie mon chagrin auprès de Carla.

Ce matin-là, la machine de l'hôtel n'est pas réapprovisionnée quand je me lève et j'ai vraiment besoin de caféine. Comme les habitudes d'Aubrey n'ont aucun secret pour moi, je me glisse hors de mon pick-up et entre au Starbucks. Je sens une bouffée d'adrénaline m'envahir, même si je sais qu'elle ne sera pas là avant des heures.

Je commande mon café noir et la jeune fille derrière le comptoir me sourit.

— Vous voulez autre chose ?

— Non, merci, réponds-je avant de me raviser aussitôt. En fait, si. Vous connaissez une femme qui vient tous les jours vers neuf heures vingt ? Elle est rousse et elle commande probablement un café latte au lait écrémé avec de la vanille, crème allégée et super chaud ?

— Oui. C'est Aubrey.

Je sors un billet de vingt dollars de ma poche et le lui tends.

— Je lui offre le café, aujourd'hui.

Elle a l'air perplexe.

— Gardez la monnaie. Et ne me décrivez pas.

Elle hausse les épaules et fourre le billet dans la poche de son jean.

— OK.

Quelques heures plus tard, Aubrey entre au Starbucks, pile à l'heure. Elle est en train d'envoyer un SMS quand elle pousse la porte, mais quand elle ressort, un grand sourire aux lèvres, son café latte au lait écrémé avec de la vanille, crème allégée et super chaud à la main, je sais que ce n'est pas la dernière fois que je veux la faire sourire comme ça.

Chapitre 16

Après quelques jours, je me décide à changer ma routine d'espionnage. Je ne me suis toujours pas aventuré jusque chez Aubrey. Je prévois de m'y rendre pendant qu'elle est au boulot, histoire de découvrir des indices sur sa vie. Enfin, je veux surtout savoir si elle couche avec le jumeau ridicule de Clark Kent. J'ai besoin d'en savoir le plus possible avant de lui parler, même si ça doit me rendre malade.

Je me gare devant le petit pavillon en brique marron qui reflète parfaitement la personnalité d'Aubrey : original, un peu bordélique et beau de manière non conventionnelle en même temps. Mais la première chose que je remarque, c'est la hauteur de l'herbe. On dirait qu'elle n'a pas été tondue depuis des mois. Quel genre d'homme ne s'occupe pas de la pelouse de sa copine ?

Connard.

Casquette vissée sur la tête et lunettes de soleil sur le nez, je jette un coup d'œil alentour pour vérifier qu'aucun voisin curieux ne traîne dans les parages. Je regarde par la fenêtre : l'intérieur est beaucoup plus soigné que l'extérieur. Les meubles de son salon sont blancs et un bouquet de fleurs artificielles est posé sur la table basse. Rien n'indique la présence ni l'absence d'un homme.

Je manque de tomber à la renverse dans les buissons en apercevant une ombre mouvante. Ce n'est pas Aubrey : j'ai attendu qu'elle soit entrée dans l'immeuble où elle travaille avant de venir ici.

Qui peut bien se trouver chez elle, bon sang ?

L'adrénaline me parcourt le corps. Je contourne la maison pour espionner par une autre fenêtre, tout en maugréant sur la taille de l'herbe.

J'ai la peur de ma vie en voyant le visage plaqué contre la vitre. Pas n'importe lequel.

— Incroyable, putain ! m'écrié-je.

Ma voix l'effraie certainement puisqu'elle disparaît.

Méchoui. *Nom de Dieu. Méchoui !*

Je vois à travers la fenêtre que la chèvre s'est évanouie, les quatre fers en l'air. Évidemment. Merde. Je frappe au carreau pour la réveiller.

— Allez, mignonne. Lève-toi.

Après quelques minutes, elle s'agite et se relève. Elle se met à tourner en rond, manifestement désorientée. Il faut que j'aille l'aider et je décide d'ouvrir la fenêtre, même si je dois la briser pour ça. Je la remplacerai s'il le faut. Mais à ma grande surprise, le vantail glisse vers le haut à la première tentative.

Aubrey est complètement folle de laisser sa fenêtre déverrouillée comme ça. Je suis sûr qu'elle la laisse ouverte pour dormir : n'importe quel taré pourrait pénétrer dans sa chambre.

C'est bon à savoir.

Je me penche à l'intérieur, agitant les mains pour attirer l'attention d'une chèvre aveugle.

— Abrutie ! C'est moi. Viens par là.

Elle se dirige droit sur moi et pose le museau dans la paume de ma main. Je lui caresse gentiment la tête, retrouvant un vieux réflexe.

— Gentille fille. J'en reviens pas que tu sois toujours avec elle, murmuré-je. Tu es dingue, Princesse. Complètement dingue. Mais je suis content que tu l'aies gardée.

Traitez-moi de fou mais j'ai l'impression que la chèvre me reconnaît.

— Bêêêê, fait-elle.

La deuxième fois, on dirait presque qu'elle a bêlé : « Papa ».

— Qu'est-ce qui se passe ici, hein ? Tu es mon espionne. Elle est heureuse ? Elle me déteste ? Dis-moi tout.

— Bêêêê.

Je lui gratte la tête un peu plus fort.

— Tu ne m'aides pas des masses.

Elle se met à me lécher le visage.

— Bon sang. Je n'aurais jamais cru que ton haleine putride me manquerait autant.

Méchoui ne veut pas me laisser partir. Je songe soudain qu'un voisin pourrait très bien me prendre pour un cambrioleur. Me faire arrêter est bien la dernière chose dont j'aie besoin. Je laisse mon regard errer dans la pièce et j'aperçois un costume masculin suspendu devant la porte du placard. Mon cœur se serre.

Je dépose un baiser sur son museau.

— Je dois y aller. Mais je reviendrai, promis.

Elle émet un son qui ressemble à un grognement.

— Je sais. Tu ne me fais plus confiance. Et je comprends tes raisons. Il faut que je la reconquière.

Je remarque soudain un pendentif métallique accroché à son cou.

— C'est quoi, ça ? Elle t'a mis un collier ?

Je me penche pour déchiffrer le nom.

Pixy.

L'espoir emplit mon cœur, dont les battements s'accélèrent. Je caresse du pouce les lettres gravées. Après tout ce que j'ai vécu ces deux dernières années, c'est à ce moment-là que je sens mes yeux se remplir de larmes. C'est l'encouragement dont j'avais besoin pour continuer – j'ai l'espoir qu'elle ne me haïsse pas tant que ça, en fin de compte.

Il me faut quelques minutes avant de pouvoir laisser Pixy, qui essaie de sauter par la fenêtre pour me suivre. Je parviens enfin à la fermer. Quand je me retourne, le museau de la chèvre est plaqué contre la vitre. J'aurais pu entrer et chercher des indices sur la vie d'Aubrey, mais je ne m'en sens pas le droit. Je pense vraiment ce que je viens de dire à Méchoui... *Pixy*... je dois regagner le chemin de leurs vies, pas le voler.

J'ai encore quelque chose à faire avant de retourner au centre-ville. Je me rappelle être passé devant une boutique d'outillage en venant.

Je fais un bref aller-retour pour acheter une petite tondeuse à gazon.

Il me faut quarante minutes pour tondre la pelouse d'Aubrey. Lorsque je parviens sur le côté de la maison,

Pixy est toujours au même endroit. Quelques voisins passent dans la rue et je leur fais un grand sourire tout en les saluant. J'espère qu'ils penseront qu'elle a largué ce feignant de Biffy Clark Kent pour prendre un homme, un vrai, un qui n'hésite pas à mouiller sa chemise. Ou alors ils se disent peut-être que je suis le jardinier.

Je m'essuie le front du revers de la main tout en admirant mon œuvre. Mon job ici est terminé, mais mon véritable travail ne fait que commencer.

***

Ce soir-là, sans savoir comment, je la rate. Soit elle est partie en milieu d'après-midi, soit elle a décidé de faire des heures sup. Quoi qu'il en soit, à vingt heures trente, je décide d'abandonner et je me dirige vers le bar en traînant les pieds. Je suis submergé par une intense déception. Apercevoir Aubrey à la fin de la journée est ma récompense, et je me sens floué.

— Carla Babes, sers-moi un verre, dis-je en m'installant sur mon tabouret habituel.

Elle est en train d'essuyer le comptoir.

— L'Australien ! T'es en retard, ce soir. Ta planque a duré plus longtemps que prévu ?

— C'était pas une bonne journée.

Elle pose son chiffon pour me servir à boire.

— Qu'est-ce qui s'est passé ?

— Je l'ai ratée ce soir.

— Tu perds la main, fait-elle en déposant un rhum-Coca sur le bar en bois sombre.

— Ou la tête. Va savoir.

Carla s'accoude au comptoir, dévoilant son décolleté.

— Il t'est arrivé quelque chose de très sympa, aujourd'hui ?

Je me mets à rire.

— Oui. J'ai retrouvé ma chèvre.

— Ta crève ?

Je ris de plus belle.

— Ma chèvre.

— Quoi ? demande-t-elle, sidérée.

Je lui raconte toute l'histoire, depuis le moment où on l'a trouvée sur la route puis toutes les conneries qui sont arrivées après.

— Ah, c'est mignon. C'est votre enfant, en quelque sorte.

— C'est ce que disait Aubrey.

Carla remarque la mélancolie qui envahit soudain mes traits.

— Qu'est-ce qu'il y a ?

— Il y avait un veston suspendu chez elle. Je pense qu'ils vivent ensemble. Ils sont peut-être fiancés, voire mariés, pour ce que j'en sais.

— Ben, c'est sûr que tu ne peux pas savoir, vu que tu ne lui as pas *parlé*.

Elle s'empare de son chiffon et me le passe sur la tête en souriant.

— Je dois être prudent. Je ne veux pas merder.

— Il y a la prudence, et puis il y a la fuite. Combien de temps tu comptes l'espionner de loin comme ça ? Il faut arracher le sparadrap d'un coup, mec.

Je finis mon verre d'un trait et le repose sur le bar.

— Je déteste quand t'as raison, Carla Babes.

— Alors tu dois me détester tout le temps, répond-elle avec un clin d'œil.

***

Le lendemain matin, quand elle arrive au travail, Aubrey est splendide. Le vent ébouriffe ses cheveux. Elle s'arrête au Starbucks comme tous les matins.

Le poids qui pèse sur ma poitrine est plus lourd que d'habitude parce que je sais que le jour J approche. J'ai certes juré d'arracher le pansement dans les jours qui viennent mais je ne sais toujours pas comment l'aborder.

Quand elle est entrée dans son immeuble, je pousse un long soupir et je descends de mon pick-up pour aller chercher un café à mon tour. La gueule de bois m'a empêché de me lever ce matin et je ne suis pas arrivé suffisamment tôt pour payer sa boisson en avance.

Aujourd'hui, j'ai envie de tester quelque chose de nouveau. Je veux quelque chose qui ait le goût d'Aubrey. *Comme si c'était possible.* Je commande cette mixture compliquée qu'elle boit tout le temps, histoire de voir à quoi elle ressemble.

— Je voudrais un grand café latte au lait écrémé avec de la vanille, crème allégée et super chaud.

Le visage de la barista s'illumine toujours quand elle me voit.

— Vous commandez sa boisson... pour vous ?

— Oui. Je change.

— Quel est votre nom ?

— Pourquoi cette question ?

— Pour que je l'écrive sur le gobelet.

— Oh... Chance.

Elle inscrit mon prénom au feutre noir et je me dirige vers le bout du comptoir où on est censé me servir ma boisson.

Le barista prépare deux autres cafés avant le mien. Le processus a l'air super compliqué. D'un autre côté, pour cinq dollars, il peut l'être.

J'entends soudain la voix de la jeune caissière dire :

— Aubrey. Vous êtes déjà de retour ?

Je lui jette un coup d'œil furtif avant de rabattre la visière de ma casquette sur mes yeux et de pivoter face au mur. Le cœur battant. La poitrine serrée. L'estomac noué. L'adrénaline pulse dans mes veines.

Putain.

Putain.

De bordel.

De merde.

Mon cœur n'a jamais battu aussi vite. J'entends sa voix derrière moi.

— Mon petit ami a renversé mon café sur mon bureau.

Maladroit, en plus.

— Je suis désolée. Je vous en refais un gratuitement.

— Merci Melanie, c'est super sympa.

J'ai l'impression que les murs se rapprochent. Le bruit du lait en train de chauffer me semble soudain assourdissant. Je me demande si je peux quitter le café en rasant lentement le mur jusqu'à la porte. Mais juste au moment où je commence à bouger, le gamin qui prépare les boissons s'écrie :

— Chance !

— Vous avez dit « Chance » ? demande Aubrey.

Je suis juste derrière elle.

Melanie, qui croit certainement que j'ai un crush innocent sur Aubrey, décide que le moment est venu de jouer les entremetteuses. Elle me dénonce donc.

— C'est lui qui vous a offert un café l'autre jour. Il est juste là.

Aubrey se retourne si vite qu'elle heurte une pyramide de gobelets en plastique transparent qui s'éparpillent comme des dominos.

Indifférente à la catastrophe, elle me regarde fixement, la main sur la poitrine, comme pour empêcher son cœur de filer.

J'ôte ma casquette et la pose sur mon cœur.

— Princesse, murmuré-je, le regard suppliant.

On dirait qu'elle a vu un fantôme. Elle secoue lentement la tête comme pour dire « c'est pas vrai ».

Je fais un pas vers elle.

Elle lève une main, m'arrêtant net.

— Non ! Je t'interdis de m'approcher.

Mon cœur se brise.

Ce n'est pas comme ça que j'envisageais les choses.

Je lève les deux mains.

— Je ne bouge pas. Mais écoute-moi.

— Tu m'as suivie ?

— Pas vraiment.

On reste silencieux tous les deux. Humilié, je me penche pour ramasser les gobelets qu'elle a renversés. Aubrey est figée sur place.

Melanie, qui décidément ne peut pas s'empêcher de se mêler de ce qui ne la regarde pas, intervient.

— Et si vous écoutiez ce qu'il a à dire ?

Aubrey est encore très secouée.

— Dites-moi, finit-elle par répondre à Melanie. Si un type vous faisait croire qu'il a des sentiments pour vous, vous sautait puis se barrait le lendemain matin sans même vous laisser un mot, est-ce que vous l'écouteriez ?

— Je ne crois pas, répond-elle en éclatant de rire. Enfin, s'il avait un cul comme celui de Chance, peut-être que si.

Une autre employée se met à pouffer à son tour.

Aubrey me lance un regard noir.

— D'accord... et si, après deux ans de silence, il débarquait dans la ville où vous habitez. Vous l'écouteriez ?

— Non, affirme Melanie. C'est trop zarbi.

— Affaire réglée.

Aubrey me dépasse et quitte le café. Disparue.

Je reste immobile en plein milieu du Starbucks. J'ai l'impression qu'elle m'a arraché le cœur et me l'a fait manger.

Au bout d'une minute, j'entends une voix dans ma tête qui ressemble affreusement à celle de ma mère me dire : *Achète-toi une paire de couilles et bats-toi pour la reconquérir.*

Voilà qui marque la fin de ma période subtile.

Je me précipite dans la rue en courant ; j'espère la rattraper avant qu'elle n'entre dans son immeuble.

Je ne la vois nulle part. Je pousse les portes tournantes et je l'aperçois alors devant l'ascenseur. Elle monte dans la cabine et je parviens à glisser mes mains entre les deux battants de la porte juste avant qu'elle ne se referme.

Elle est seule.

Des larmes coulent sur ses joues. *Elle pleure.*

L'ascenseur se met en marche. J'appuie sur le bouton Stop.

— Qu'est-ce que tu fous ? hurle-t-elle.

— Si c'est la seule façon pour que tu m'écoutes, alors, d'accord, réponds-je, essoufflé.

— Tu peux me garder prisonnière ici pendant - oh, je ne sais pas - DEUX ans, j'en ai rien à cirer. Je refuse de te parler. Tu comprendras peut-être l'effet que ça fait.

Je place les mains de part et d'autre de son corps tremblant, l'empêchant de bouger.

— Ravi de voir que tu es toujours aussi têtue, Princesse.

Ma proximité a l'air de la gêner. Elle déglutit.

— Je dois retourner au bureau. Remets cet ascenseur en marche ou j'appelle la police.

— Je comprends que tu sois sous le choc. Je ne voulais pas que ça se passe comme ça.

— Parce qu'il y a une bonne manière de découvrir que l'homme qui t'a brisé le cœur en mille morceaux t'espionne ?

Elle n'a pas tort.

— Non. Mais laisse-moi m'expliquer.

Les mots qui sortent de sa bouche sont douloureux à entendre.

— Est-ce que tu te rends compte du temps qu'il m'a fallu pour tourner la page ? Ma vie vient juste de reprendre son cours normal. Tu ne peux pas te pointer au bout de deux ans et t'attendre que je te refasse une place alors que j'en ai bavé pendant si longtemps pour t'oublier. J'ai fini par le faire. S'il te plaît. Je te supplie de partir.

Mon cœur est tellement serré que j'ai peur qu'il explose.

Elle m'a oublié.

Tant pis. Je suis de retour.

— Je m'en vais... pour l'instant. Mais je ne quitterai pas la ville tant que tu ne m'auras pas laissé t'expliquer ce qui s'est passé. Et si, après ça, tu veux toujours que je parte, je jure devant Dieu, Aubrey, que tu ne me verras jamais plus.

Les larmes lui montent de nouveau aux yeux. Je lâche le bouton stop sans la quitter du regard et j'appuie sur l'étage suivant.

— Je suis au Sunrise Motel, chambre 8. J'ai toujours le même numéro de téléphone. Appelle-moi quand tu seras prête à m'écouter.

Lorsque la cabine s'immobilise, je sors de l'ascenseur, laissant Aubrey toute seule. La balle est dans son camp. J'espère juste qu'elle ne va pas choisir de l'ignorer.

Chapitre 17

Est-ce que c'est toujours de l'espionnage une fois que la victime sait qu'on l'épie ? Maintenant qu'Aubrey a découvert que je suis en ville et que je n'ai plus peur de me faire pincer, l'expérience prend une tout autre tournure.

La semaine qui suit, j'espère qu'un miracle va se produire. Je n'ai rien d'autre à faire qu'attendre son coup de fil. Je passe mon temps à vérifier mon téléphone, craignant d'avoir raté son appel. Mais elle ne me contacte pas.

Comme je ne veux pas l'énerver davantage, je ne me montre pas devant son bureau pendant quelques jours. Au lieu de ça, je passe beaucoup de temps à la salle de sports pour oublier ma frustration. Ça fait deux ans que je n'ai pas touché une femme et la seule qui m'intéresse n'est pas célibataire et me déteste. Soulever de la fonte est ma façon de gérer ça en attendant qu'Aubrey me revienne. Et je fantasme à mort sur tout ce que je pourrais lui faire.

Après mes matinées sportives, en début d'après-midi, je me rends chez elle pour m'occuper de son jardin. Il faut bien que quelqu'un s'en charge, bon sang. Je répands de l'engrais et je plante deux buissons de tibouchines, qu'on appelle aussi des fleurs princesses. Je ne savais pas que ces fleurs existaient. Des princesses pour une princesse.

Les voisins sont habitués à me voir. Entre mon pick-up et mon matériel, ils me prennent pour un jardinier. Après plusieurs jours passés à travailler au grand air, ma peau a pris une teinte plus mate. De plus en plus de mères avec des poussettes passent devant chez Aubrey et je les salue de mes mains terreuses. J'ai l'impression que ces spectatrices se multiplient de jour en jour.

Mais ce que je préfère dans tout ça, c'est le temps que je passe avec la chèvre. Elle m'attend toujours près de la fenêtre.

Pixy.

Je ne suis pas encore habitué à l'appeler comme ça.

Je lui apporte à manger et on déjeune ensemble. J'éprouve un sentiment d'attachement malsain pour son haleine fétide qui se mêle à l'odeur du gazon fraîchement coupé.

Casse-pieds puante.

Le soir, mon emploi du temps reste inchangé. Je m'installe au bar et je déverse mes ennuis dans l'oreille de Carla.

Le vendredi soir, cependant, un changement survient. Je suis assis sur mon tabouret habituel lorsque Carla me demande :

— Elle ressemble à quoi Aubrey, déjà ?

— Pourquoi cette question ?

— Réponds, c'est tout.

— Menue mais avec des formes, des boucles rousses, de grands yeux, la peau laiteuse...

— Elle ne porterait pas un manteau à imprimé léopard, par hasard ?

Je me gratte le menton en essayant de me rappeler si je l'ai déjà vue avec.

— Oui. Oui, elle en a un. Pourquoi ?

— Je pense qu'elle était là il y a un instant. Une nana qui correspond à sa description était en train de nous mater par la vitrine. Nos regards se sont croisés et elle a filé.

— Quoi ? m'écrié-je en pivotant.

Carla agite la main vers la porte.

— Vas-y, rattrape-la.

Je saute de mon tabouret et me précipite hors du bar sans réfléchir. J'aperçois l'Audi d'Aubrey en train de sortir du parking. Elle accélère et mon cœur se met à battre à tout rompre. Comme je suis venu à pied au bar, je ne peux pas la suivre. Ma petite Princesse est partie pied au plancher et je ne risque pas de l'arrêter.

Je sors mon téléphone et cherche son numéro pour lui envoyer un texto.

Qui espionne qui, maintenant ?

La réponse me parvient après quelques minutes. Mon rythme cardiaque accélère.

C'est une coïncidence.

N'écris pas pendant que tu conduis.

Pourquoi tu m'as écrit, alors ? Et ne me dis pas ce que je dois faire.

Gare-toi, Princesse.

Je n'étais pas en train de t'espionner.

Ne m'écris pas tant que tu ne t'es pas garée.

Je garde les yeux rivés sur mon écran, toujours dans le parking. Quelques minutes plus tard, mon portable vibre de nouveau.

C'est ça que tu fais le soir ? Tu dragues dans tous les bars de la ville ?

Tu es arrêtée ?

Oui.

Il n'y a qu'une femme qui m'intéresse. Elle me pousse à boire. D'où le bar.

Rentre chez toi. Arrête de m'écrire.

Je croyais que tu aimais quand ça vibrait.

Pas de réponse.

Je suis peut-être allé trop loin. C'est trop tôt pour plaisanter comme on avait l'habitude de le faire. Je lui envoie un autre texto, honnête celui-là.

Mon foyer est auprès de toi.

Tu y as mis le feu à Las Vegas quand tu m'as sautée avant de te barrer.

Ça me fait un mal de chien de lire ça. Il me faut une bonne minute pour répondre.

Il y a une raison à mon comportement et je veux te l'expliquer de vive voix. Pas par texto.

Tu n'as aucune excuse.

T'es où ? Je te rejoins.

Non. S'il te plaît.

Si tu veux te débarrasser de moi, tu dois accepter de me voir au moins une fois.

Pourquoi tu fais ça ?

Parce que je t'aime.

Bordel.

D'où ça sort, ça ?

S'il te plaît, reviens au bar ou dis-moi où je peux te rejoindre à pied. J'ai bu, je ne peux pas prendre le volant.

Non. Je ne suis pas prête.

Est-ce que tu le seras un jour ?

Je ne crois pas.

C'est qui ?

Qui ?

Ton mec.

Tu ne le sais pas ? T'es pas un bon espion.

Dis-moi comment il s'appelle ?

Richard.

Vous vivez ensemble ?

Ça ne te regarde pas.

J'ai vu sa veste sur la porte de ton placard.

Tu as regardé dans ma chambre ?

Oui. Mais uniquement quand tu n'es pas chez toi. Et je ne suis jamais entré. Je ne ferais jamais un truc pareil.

C'est quand même tordu.

Je n'en reviens pas que tu aies gardé la chèvre.

Je n'abandonne pas les choses auxquelles je dis tenir.

Moi non plus. C'est pour ça que je suis là.

Au bout de deux ans ?

Je suis venu dès que j'ai pu.

Même si c'est la pure vérité, je pense qu'elle est perdue. Elle ne répond pas. Je lui envoie un nouveau SMS.

Tu l'as baptisée Pixy. C'est bien la preuve que tu ne me détestes pas.

Je ne peux plus faire ça.

Je ne veux pas la contrarier davantage, du coup j'arrête de lui écrire.

Je suis surpris quand mon téléphone vibre de nouveau un quart d'heure plus tard.

Quand est-ce que tu as jardiné ?

Dans la journée, pendant que tu étais au travail.

Merci.

Si un cœur pouvait sourire, alors le mien le ferait à cet instant précis.

De rien.

S'il te plaît, ne lui donne plus de maïs. Elle ne le digère pas bien et c'est pas beau à voir.

J'éclate de rire.

Oups.

C'est ainsi que se termine notre conversation. C'est plus que je ne l'espérais.

***

Aubrey fait tout son possible pour m'éviter. Au bout de la deuxième semaine, je comprends que je dois être plus agressif. Plus les jours passent, plus ça m'ennuie qu'elle ne sache pas pourquoi j'ai agi comme je l'ai fait. Et je refuse de ne pas le lui dire de vive voix.

Je comprends qu'elle ait peur, mais il devient urgent de trouver une façon de lui parler seul à seule.

Le jeudi suivant, mon agent australien m'appelle pour m'annoncer qu'il m'a peut-être trouvé un nouveau contrat de publicité. Du coup, je fais ce que n'importe qui ferait à ma place avant d'accepter : je prends conseil auprès d'un avocat.

Chapitre 18

— J'ai rendez-vous avec mademoiselle Bloom. La réceptionniste me sourit avant de vérifier sur l'agenda.

— Monsieur Bastardo ?

— Le seul et unique.

Je souris de toutes mes dents comme un idiot. La jeune femme doit penser que c'est à cause d'elle. Elle est jolie ; je parie que beaucoup d'hommes la draguent. Mais une seule femme m'intéresse. Quand j'entends sa voix dans l'intercom, mon cœur bat plus fort.

— Oui, Kelly ? demande Aubrey.

— Votre rendez-vous de onze heures est arrivé.

— Merci. Faites-le entrer dans cinq minutes. Je ne suis pas prête.

J'imagine son bureau envahi par la paperasse. Kelley lâche le bouton.

— Asseyez-vous, je vous en prie. Je vais lui donner dix minutes, en fait. C'est l'une de nos meilleures avocates mais son bureau est un désastre permanent.

Je feuillette un magazine sans parvenir à me concentrer. J'ai attendu presque une semaine pour obtenir ce rendez-vous. Hier, je suis allé chercher le nouveau costume que j'ai fait faire sur mesure. Quand je me regarde dans le miroir, je me plais, pour la première fois depuis deux ans.

Je rajuste ma cravate en espérant que la vendeuse qui m'a aidé à la choisir m'a bien conseillé. Elle a affirmé que le bleu faisait ressortir la couleur de mes yeux – et qu'aucune femme n'y résisterait. C'est exactement ce que je veux : qu'Aubrey craque pour moi. Pour le restant de nos jours. Je n'ai passé que huit jours avec cette femme mais nous en avons appris plus sur nous-mêmes que les autres en six mois. Depuis que je suis à Temecula, j'ai la confirmation de ce que je sais depuis deux ans – en ce qui concerne Aubrey, je suis cuit.

Kelly se dirige vers moi.

— Monsieur Bastardo ? Si vous êtes prêt, je vais vous conduire.

Je prends une profonde inspiration.

— Je suis prêt.

On emprunte deux longs couloirs dans lesquels on croise quelques hommes en costard. Cet endroit est une usine à Biffy. Encore un coin et Kelly s'arrête devant une porte. Ce bureau occupe tout un coin.

Chouette, Princesse. Son travail est apprécié. Je suis fier d'elle.

— Aubrey. Monsieur Bastardo.

— Merci.

Kelly s'efface pour me laisser entrer. Mon avocate a la tête baissée et elle commence à parler avant de lever les yeux.

— Ravie de...

Elle se fige. Je jurerais avoir vu une lueur d'excitation dans ses yeux, mais elle disparaît rapidement, remplacée par... de la colère. Je m'y attendais.

— Monsieur Bastardo ? dit-elle en levant les yeux au ciel. Pourquoi je n'ai pas deviné ?

— Parce que tu ne parles pas espagnol.

Je lui souris mais ça ne l'amuse pas.

— Chance. Je travaille. Je ne peux pas jouer à tes jeux ici. Tu ne peux pas rester.

Je boutonne ma veste.

— Je suis ici pour affaires.

— Bien essayé. Je suis spécialisée dans les droits d'auteur. Si tu as été arrêtée pour ivresse sur la voie publique ou attentat à la pudeur, c'est trois portes plus loin, chez Celino et Barnes.

— J'ai besoin d'un avocat spécialisé dans les droits d'auteur.

— Vraiment ?

Je vois bien qu'elle ne me croit pas.

— Oui.

— Eh bien, dans ce cas, prends-en un autre.

Elle contourne son bureau et croise les bras. Son attitude est la chose la plus sexy que j'aie vue depuis longtemps.

— Je ne veux pas un autre avocat.

— Tant pis pour toi.

On se dévisage un instant. Puis elle sourit. Ce n'est pas un sourire joyeux, plutôt un sourire qui dit *je vais te foutre quelque chose dans le cul et ça va me faire kiffer* mais je m'en fiche. J'aime la voir sourire. Je lui souris en retour. Largement.

Elle soupire et quitte son bureau.

Elle revient quelques minutes plus tard. Je me suis tranquillement installé dans le fauteuil face au sien. Je me lève quand elle entre, suivie par un homme. *Oh, la garce.*

— Richard, voici monsieur Bateman, dit Aubrey sur un ton satisfait. Monsieur Bateman a besoin d'un avocat spécialisé dans les droits d'auteur et il s'avère que j'ai deux rendez-vous en même temps. Du coup, je me suis dit que tu pourrais t'en occuper.

Le sosie de Clark Kent me tend la main.

— Richard Kline.

— Permettez que je vous appelle Dick [2]. Je suis ravi de faire votre connaissance.

Je lui serre la main très fermement. Je vois du coin de l'œil Aubrey crisper ses mâchoires avant de me corriger sèchement.

— Il s'appelle Richard.

— Pas de problème, intervient Dick. Je suis habitué. Je n'utilise pas de diminutif mais mon père se prénommait Richard lui aussi et tout le monde l'appelait Dick.

Je fais un petit sourire à Aubrey. Elle est furax.

— Et si vous veniez dans mon bureau, que je voie ce que je peux faire pour vous ?

— J'aimerais mieux attendre que mademoiselle Bloom soit disponible. Elle m'a été spécifiquement recommandée.

---

2. Dick, en anglais, est à la fois le diminutif de Richard et un terme très familier désignant le sexe masculin qu'on peut traduire par bite ou queue.

— Je ne suis pas disponible, rétorque sèchement Aubrey.

Dick a l'air stupéfait de sa réaction. Ça me fait plaisir. Elle n'est pas culottée avec lui. Tant mieux. C'est tout pour moi. Je veux ton culot et ton cul, bébé.

— Bien, fait Dick en se tournant vers Aubrey. Quels sont tes autres rendez-vous ? Je peux peut-être en prendre un.

— Je préférerais que tu prennes monsieur Bateman.

Dick me lance un regard contrit avant de se tourner de nouveau vers Aubrey à qui il s'adresse de manière un peu condescendante.

— On dirait bien que monsieur Bateman veut que tu t'occupes de son cas, Aubrey.

— Il me tarde vraiment que vous vous *occupiez* de moi, mademoiselle Bloom.

Dick vole à mon secours.

— Et si on allait dans mon bureau voir ce qu'on peut faire pour ton emploi du temps afin que tu puisses prendre en charge monsieur Bateman ?

Ils quittent le bureau et Aubrey revient cinq minutes plus tard avec Kelly.

— Asseyez-vous.

Elle a amené un chaperon. Je suis déçu de ne pas me retrouver seul avec elle mais ça n'entame pas ma détermination. Aubrey, de son côté, n'est pas contente du tout. Elle renifle, sort un calepin jaune du tiroir et le pose brutalement sur son bureau.

— Quelle est la nature des services que vous requérez, monsieur Bateman ? demande-t-elle, le stylo en l'air et sans lever les yeux vers moi.

Kelly a l'air perplexe.

— J'en ai deux, en réalité.

J'ouvre le dossier que je porte avec moi et j'en sors une grande enveloppe kraft que je fais glisser dans sa direction.

— J'ai reçu une proposition de la part d'une compagnie qui souhaite utiliser des photos de moi dans une campagne publicitaire.

Elle ricane.

— Oh. C'est vrai que vous êtes mannequin lingerie.

— Bref, je poursuis sans prêter attention à sa remarque, cette compagnie veut l'exclusivité, or un site américain utilise la même photo sans ma permission. Je dois leur envoyer un courrier leur enjoignant de la retirer de leur site avant de pouvoir signer le contrat.

— Bien.

— Et je veux que le contrat soit relu.

— Autre chose ?

— On pourrait peut-être discuter des termes du contrat en dînant.

— Non.

— En petit-déjeunant ?

— Sortez, monsieur Bateman.

Je me lève. Je suis allé assez loin et je ne veux pas en rajouter.

— Vous savez comment me joindre ?

— Oui, répond-elle en levant enfin les yeux. On dirait que vous êtes enfin disponible tout le temps.

Elle est furieuse, mais étrangement, sa réaction ravive mon espoir. Si elle se fichait de moi, elle serait plus cool.

— Merci d'avoir pris le temps.

— Kelly, vous voulez bien reconduire *monsieur Bastardo*, s'il vous plaît ?

***

Durant les trois jours qui suivent, je m'en tiens à ma routine. Enfin, presque. J'arrive sur Jefferson Street à l'heure normale, sauf que je m'installe au Starbucks, où je bois mon café en lisant le journal. Je paie le café d'Aubrey tous les matins et j'y ajoute toujours quelque chose. Hier, c'était un muffin banane-noix. Aujourd'hui, c'est une part de gâteau au chocolat. Je mange la même chose et je bois le même café qu'Aubrey. C'est presque comme si je prenais le petit déjeuner avec elle.

Melanie, la barista, et moi sommes en passe de devenir bons amis. Elle me tend mon latte.

— Elle sourit quand je lui dis que vous avez déjà payé, vous savez.

— Vraiment ?

Melanie acquiesce.

— Elle essaie de le cacher, mais je le vois.

Elle ne sait pas qu'elle vient d'illuminer ma journée.

— Merci, Melanie.

Elle se penche par-dessus le comptoir comme pour m'avouer un secret.

— On est tous de votre côté.

C'est gentil. Mais ils ne savent pas ce que je lui ai fait.

À huit heures, je regagne mon pick-up. Je ne veux pas m'éloigner d'elle, mais sans l'agacer en étant trop près. Elle m'ignore mais sait très bien que je suis dans les parages.

À neuf heures trente, réglée comme une horloge, Aubrey entre au Starbucks, d'où elle ressort quelques minutes plus tard. Elle commence à se diriger vers son bureau, latte et gâteau en main, avant de se raviser et de revenir vers moi, à ma grande surprise.

Je baisse ma vitre.

— Tu ne pourrais pas m'offrir un petit déjeuner light, au moins ?

Je me retiens juste à temps de lui répliquer que je suis prêt à lui préparer ce qu'elle veut chez elle tous les matins, et je me contente de répondre :

— Pas de problème.

Elle hoche la tête, se détourne mais s'immobilise immédiatement.

— Les fleurs ont éclos ce matin, dit-elle sans se retourner. Elles sont magnifiques.

Puis elle disparaît pendant dix heures.

Je vais à la salle de sports. Je passe ensuite chez Home Depot afin d'acheter le matériel dont j'ai besoin pour mon nouveau projet. Quand j'ai mis le cap sur Temecula, j'ai choisi de prendre le pick-up plutôt que la moto pour être moins facilement reconnaissable. J'ai bien fait, le pick-up se révèle très utile.

Il fait une chaleur de plomb et j'enlève mon tee-shirt pour essuyer la sueur qui dégouline sur mon visage. J'ai fait huit voyages pour décharger dans le jardin d'Aubrey tout le cèdre que j'ai acheté, le tout alors qu'il fait plus de 30 °C. Au moment où je rabats le vantail de la plateforme du pick-up, une femme que j'ai souvent aperçue dans le coin s'arrête pour me parler.

— Bonjour. Je m'appelle Philomena.

Elle porte une jupe de tennis blanche, des bottes de pluie qui lui arrivent aux genoux et un débardeur ultra moulant et très décolleté. Le ciel est bleu et il n'a pas plu depuis des jours. Je ne peux pas m'empêcher de regarder ses seins, qui sont pour le moins volumineux.

— Chance, réponds-je avec un hochement de tête.

Brusquement, elle lève la main, qui est plâtrée, pour désigner la rue.

— J'habite juste là, Chance. Je vous ai observé toute la semaine. Je me demandais si vous pouviez vous occuper de moi ?

Elle me propose de tondre quelque chose, et certainement pas sa pelouse. Je n'ai pas baisé depuis deux ans : je veux bien regarder, mais pas toucher.

— Merci, mais je ne m'occupe que d'Aubrey.

— Heureuse femme. Vous avez ajouté... un certain attrait à son jardin.

Je jette un œil à son pavillon naguère triste. C'est vrai qu'il est joli, maintenant.

— Merci. Ce sont des fleurs princesses.

— Je ne parlais pas de ça.

J'essaie de changer de sujet.

— J'espère que votre blessure à la main n'est pas trop grave.

— J'ai trébuché sur mon cochon au beau milieu de la nuit. On vit tous les deux. C'est l'homme de la maison. Elle me fait un clin d'œil et me lance par-dessus son épaule en partant : Si vous changez d'avis, je suis au numéro 41.

Vous pouvez passer *quand vous voulez.*

Plus tard, ce soir-là, je suis en train de raconter ma journée à Carla lorsque mon téléphone se met à vibrer sur le comptoir. J'ai envoyé un texto à Adele un peu plus tôt et je me dis que ça doit être elle. Je découvre, surexcité, que c'est Aubrey.

Ta photo a été enlevée du site aujourd'hui et j'ai négocié des dommages et intérêts.

Ouah. Génial. Tu es bonne.

Je suis bonne dans mon job. Tu dois signer une renonciation. Et j'ai des changements à te suggérer pour le contrat.

T'es où ? Je peux te retrouver maintenant.

Je t'attends à mon bureau demain matin à 9 h 30.

J'apporte le café.

Plus de vibration. Notre conversation a l'air terminée. Mais une minute plus tard, mon téléphone frétille de nouveau et mon cœur avec lui. C'est fou comme un rien vous donne de l'espoir quand on est désespéré.

Tu construis un enclos pour Pixy ?

Oui.

Elle va adorer.

Mon téléphone n'a plus vibré après ça mais je m'en fous royalement. J'ai rendez-vous avec Aubrey demain matin.

Chapitre 19

Le vert est ma nouvelle couleur préférée. Il est évident qu'Aubrey l'adore, vu que c'est la deuxième fois que je lui vois porter un chemisier de cette couleur. Le vert accentue la pâleur de sa peau et ses yeux me rappellent le péridot, la pierre de naissance de ma mère. Je me rends soudain compte que ma mère me manque et que j'ai raté deux anniversaires d'Aubrey.

Je m'éclaircis la voix.

— Tu es très belle.

— Tu as écouté ce que j'ai dit ?

Non. J'étais trop occupé à la déshabiller en pensée. Tout ce que je brûle de lui faire. Le bureau m'empêche de me concentrer. Elle a beau être assise derrière, j'imagine ses fesses posées dessus et ma tête enfouie entre ses jambes. Nos regards se croisent et elle devine mes pensées.

— Arrête, fait-elle en levant une main, le regard suppliant.

Mais aujourd'hui je veux aller plus loin.

— Aubrey, il faut qu'on parle.

— Non. On est dans mon bureau et c'est un rendez-vous de travail. D'où la présence de Kelly, conclut-elle en faisant un geste en direction de la réceptionniste, qui est là de nouveau.

Si Aubrey croit que sa présence va m'empêcher de dire ce que j'ai sur le cœur, elle a mal évalué la profondeur de mon désespoir.

— Voyons-nous après le boulot, alors. Pour le petit déjeuner. À deux heures du matin. Le lieu et l'heure n'ont aucune importance. Mais voyons-nous. On a besoin tous les deux de mettre les choses au clair.

On se dévisage en silence pendant une minute. La première à céder est la pauvre Kelly. Elle s'agite sur son siège comme si elle avait une envie pressante. C'est moi qui finis par briser le silence.

— Très bien, Aubrey. Tu ne me laisses pas le choix.

— De quoi tu parles ?

— On va discuter ici et maintenant.

Aubrey se lève d'un bond, les mains sur le cœur.

— Pas question !

Je me lève et l'imite.

— Si.

— Vous voulez que je sorte ? demande Kelly sur un ton craintif.

Aubrey et moi répondons exactement en même temps. Sauf que je dis oui et qu'elle dit non.

Kelly se lève puis se rassied en croisant le regard noir d'Aubrey.

— On commence par où, Aubrey ? Puisque Kelly ne connaît pas notre histoire, si on débutait par la dernière fois où on s'est retrouvés ensemble dans une pièce avec un bureau ?

Aubrey me lance un regard meurtrier.

Je me tourne vers Kelly.

— Vous êtes déjà allée à Las Vegas ? Il y a un hôtel...

— Vous pouvez disposer, Kelly.

Cette dernière ne se le fait pas dire deux fois : elle se précipite hors de la pièce et ferme la porte derrière elle. Il faudra que je pense à la remercier en partant.

— Pourquoi tu fais ça, Chance ? demande-t-elle d'un ton qu'elle voudrait ferme, mais sa voix tremble.

— Je veux juste que tu écoutes ce que j'ai à te dire. Et après, si tu veux que je te fiche la paix, je disparaîtrai. Je te donne ma parole.

— Ta parole ?

— Quinze minutes. Je ne t'en demande pas plus.

— Dix.

Insolente. Je ne peux m'empêcher de sourire.

— D'accord. Dix. On peut s'asseoir ?

Elle s'exécute à regret. Il y a plus de deux ans que j'attends cet instant, et pourtant je ne sais pas par où débuter. Je choisis de commencer par le commencement.

— Tu te souviens de ce que je t'ai raconté sur ma sœur, Adele ?

Elle acquiesce.

— Je t'ai dit qu'elle en avait bavé. Mais je ne t'ai pas dit à quel point.

Son expression s'adoucit un peu. Je pousse un soupir et passe la main dans mes cheveux. Je sens de l'acidité remonter de mon estomac vers ma gorge. Le temps n'a rien adouci. J'aurais pu avoir cette conversation avec l'inspecteur deux ans auparavant. Les mots sont toujours aussi douloureux.

— Adele a été violée.

Aubrey me dévisage, et porte la main à son cœur.

— Je n'étais pas là pour elle. Elle a eu de mauvaises fréquentations.

— Je suis tellement désolée. Est-ce qu'elle va bien ?

Je souris en pensant à ma sœur telle que je l'ai vue l'autre jour. Avec un chignon.

— Oui. Elle va beaucoup mieux.

Aubrey hoche la tête.

— C'est pour ça que tu es parti ?

— Oui. Mais il y a autre chose.

— Quoi ?

— C'est une longue histoire. Pour résumer, disons que les flics n'arrivaient pas à mettre la main sur le mec qui lui a fait ça et que j'ai fait des trucs.

— Quel genre de trucs ?

— J'ai roué un homme de coups, réponds-je en la regardant droit dans les yeux. Jusqu'à ce qu'il me dise où se planquait le type en question.

Ma plus grande crainte est qu'elle ait peur en entendant ça. Mais elle ne cille pas. *Je reconnais bien là ma nana. Elle n'a peur de rien.* Sa réaction m'encourage à poursuivre.

— Je l'ai salement amoché. J'ai dû payer pour ça. L'après-midi après t'avoir quittée, j'ai entamé ma peine : deux ans de prison.

Aubrey ne me quitte pas des yeux. Je lui donne une minute pour digérer ce que je viens d'avouer. Puis j'achève ce que je suis venu lui dire.

— J'ai été libéré la veille du jour où je suis venu ici. Je n'avais pas prévu de te rencontrer avant de commencer à purger ma peine. J'ai fait de mon mieux pour garder mes distances pendant ce voyage. Mais je n'ai pas réussi.

— Pourquoi tu ne m'as rien dit ?

— Parce que tu méritais mieux. Je ne voulais pas que tu m'attendes pendant deux ans. Tu venais juste de larguer un loser et tu étais prête à tourner la page. Il n'était pas question de te retenir.

— Tu as préféré me briser le cœur ?

Elle ne pose pas la question méchamment ; elle cherche à comprendre.

Je hoche la tête. *J'ai brisé mon propre cœur par la même occasion.*

Le silence plane pendant un long moment. Elle a les yeux baissés sur ses mains posées sur le bureau. J'ai encore quelque chose à dire, et je veux qu'elle l'entende. Je me penche vers elle et pose les mains sur les siennes.

— Tu veux bien me regarder ?

Elle obéit après un instant d'hésitation.

— Je suis désolé, Princesse. Pour tout. De t'avoir fait du mal. De t'avoir abandonnée. De ne pas avoir été là quand tu t'es réveillée. Et de ne pas avoir été là tous les jours qui ont suivi.

Aubrey ferme les yeux. Je lis de la souffrance sur son visage et je me déteste d'en être responsable. Je meurs d'envie de la serrer contre moi, mais je me retiens. J'en ai assez fait comme ça. Je ne veux pas me montrer égoïste. Mon cœur bat à tout rompre et quand elle finit par ouvrir les yeux, elle les pose sur nos mains jointes – sur l'anneau que je porte toujours. *Mon alliance.*

Ses yeux se remplissent de larmes.

Son silence est une torture.

— Je suis navrée qu'Adele et toi ayez vécu tout ça, finit-elle par dire, d'une voix rauque.

— Moi aussi. Je voudrais juste tourner enfin la page.

Un silence.

— Je suis enfin heureuse. Richard me rend heureuse.

Cet aveu me fait un mal de chien.

— J'ai besoin de temps pour digérer tout ça. J'ai passé les deux dernières années à te haïr.

— Je comprends.

Laisse-moi me rattraper, Princesse.

— Tu comptes rester combien de temps en ville ?

Jusqu'à ce que tu sois mienne à nouveau.

— Je n'ai pas vraiment de plan. Mais je suis en plein milieu d'un projet.

Elle sourit faiblement en entendant ça, mais retrouve vite son sérieux.

— J'ai besoin de temps, répète-t-elle.

Deux longues années se sont écoulées mais je suis enfin en paix. Maintenant, il faut que j'attende qu'Aubrey trouve la sienne.

***

Je ne sais pas ce que je pensais éprouver après avoir raconté la vérité à Aubrey. Peut-être du soulagement. Mais la vérité, c'est que je suis encore plus anxieux. Avant, il restait quelque chose à régler. Mais maintenant... Et si, sachant tout ce qui s'est réellement passé, elle me pardonne mais ne veut pas de moi ? Soit on a ouvert une nouvelle porte, soit on a définitivement fermé l'ancienne.

Je reste assis dans mon pick-up, garé devant son bureau, pendant deux heures, même si j'ai promis de la laisser tranquille. J'ai besoin de vérifier de visu qu'elle va bien. J'ai la migraine et j'abaisse le siège vers l'arrière, prêt à fermer les yeux pendant quelques minutes. Mais un éclair vert attire mon attention à cet instant précis. Aubrey est sortie de son immeuble, un attaché-case à la main. Elle enfile ses lunettes, regarde devant elle, puis traverse. Contrairement aux autres jours, elle ne consulte pas son téléphone ni ne marche d'un pas vif. Elle traîne les pieds d'un air vaincu. Une minute plus tard, elle repart au volant de son Audi en direction de chez elle.

À ma grande surprise, je ne la suis pas.

Je décide de reconcentrer mon énergie. Pour se préparer à combattre, il faut apprendre à connaître son adversaire. Il est temps que j'en apprenne davantage sur ce cher Dick.

Il fait son apparition vers dix-neuf heures. Il se précipite vers sa BMW et prend la direction opposée à celle d'Aubrey. Je fais rapidement demi-tour pour le suivre. Le connard me balade pendant une demi-heure avant de quitter enfin l'autoroute. Je ne connais pas cette partie de la Californie, mais pas besoin d'être un expert en géographie pour deviner qu'on est dans un quartier qui craint.

Les signes sont évidents : immeubles aux fenêtres brisées remplacées par du carton, graffitis, jardins pourris, voitures rouillées qui ont l'air abandonnées. Les quelques boutiques que je croise ont des barreaux aux fenêtres. Une voiture de patrouille est garée au beau milieu d'un carrefour, bien visible.

Il vit où, bordel?

Je le suis à distance, bien décidé à ne pas attirer son attention sur mon pick-up. Il emprunte un dédale de ruelles qui me donnent envie de verrouiller mes portières. Il finit par ralentir et se garer. Je m'arrête de l'autre côté de la rue, un peu avant lui. Si je dois poursuivre ce genre d'activité, il faut que j'achète des jumelles. Dick attrape un sac sur sa banquette arrière et change de vêtements dans sa bagnole.

Qu'est-ce qu'il fait, bon sang?

La rue dans laquelle nous nous trouvons est bordée de pavillons délabrés. Une demi-douzaine de mecs portant des bandanas traîne sur un perron. Je suis certain que la plupart d'entre eux ont fait de la taule. Dick descend de sa voiture, jette un regard nerveux à la ronde et se dirige vers l'un des pavillons. Il disparaît dans un escalier en ciment qui a l'air de mener vers un sous-sol.

Quelques minutes plus tard, un homme emprunte le même chemin. Le type a une longue barbe mal entretenue, un bonnet et une veste militaire, même s'il fait toujours 30 °C. Il se gratte frénétiquement le visage en jetant des regards éperdus autour de lui.

Dick est dans un repaire de fumeurs de crack? De plus en plus intéressant.

Après avoir passé deux ans au milieu de criminels endurcis, je n'ai pas envie de rester là une fois la nuit tombée. Le quartier, qui paraissait désert un peu plus tôt, s'anime soudain – et se remplit de gens qui ne sortent que dans l'obscurité.

Mais j'attends. Si Dick peut être ici, alors moi aussi. Plus d'une heure s'écoule avant qu'il ne remonte l'escalier au petit trot, un sac en papier à la main.

Il s'engouffre dans sa voiture sans perdre un instant et démarre aussitôt.

Je ne le suis pas.

Je suis dévoré par la curiosité et me voici en train de verrouiller ma portière. Je ne sais pas ce que je vais faire une fois parvenu à la porte – acheter du crack pour prouver à Aubrey que son petit ami est un connard n'est certainement pas la meilleure idée du monde. Je vais me contenter de comprendre ce qui se passe et j'aviserai ensuite.

L'escalier, très étroit et très court, mène à une porte fermée. Quand j'y parviens, je découvre qu'elle est en fait entrouverte. De la musique me parvient de l'intérieur. Je la pousse légèrement. Puis plus fort. Elle s'ouvre alors brutalement et je manque de m'étaler.

Je regarde autour de moi, m'attendant à voir un flingue pointé sur ma tempe pour être entré dans un repaire de junkies. Mais la réalité est bien différente. Un prêtre tient la porte ouverte et me tend une main chaleureuse.

— Entrez. La Louche de l'Amour est heureuse de vous nourrir ce soir.

Il me faut quelques secondes pour comprendre où j'ai mis les pieds. Une soupe populaire. L'autre abruti ne consomme pas du crack : il donne à manger aux pauvres.

Putain de merde.

Je dois définitivement passer à la vitesse supérieure.

Chapitre 20

Apparemment, Aubrey et Dick sont une sacrée paire de philanthropes.

Installé dans mon pick-up quelques jours plus tard sur Jefferson Street, j'ouvre le journal local et voici qu'en plein milieu de la section consacrée à la communauté, je tombe sur le sourire éclatant d'Aubrey dans un article consacré à un refuge pour animaux qui vient d'ouvrir.

Les avocats Aubrey Bloom et Richard Kline, qui travaillent pour la firme Sherman, Kline et Lefave, seront présents à l'inauguration du Refuge pour Animaux Park Street. Kline et Bloom, qui font partie du conseil d'administration, ont réussi à lever plus de cinq mille dollars pour le nouveau refuge.

À la fin de l'article, je tombe sur le numéro de téléphone du refuge. Je le compose immédiatement.

Une voix féminine me répond.

— Refuge pour Animaux Park Street.

— Bonjour. Je me demandais si vous cherchiez des bénévoles ?

— Absolument, monsieur. Nous avons besoin de gens pour promener les chiens. Êtes-vous intéressé ?

— Tout à fait. Je peux passer cet après-midi.

— Il faudra remplir un formulaire, vous ne pourrez peut-être pas commencer avant la fin de la semaine.

— Très bien. Il me tarde de donner un coup de main.

Dans tes dents, le connard.

***

Espion, jardinier, gardien de chèvre... et maintenant promeneur de chien : j'en aurai fait des choses, pendant mon séjour à Temecula.

Dorénavant, tous les jours, je prends un petit déjeuner virtuel avec Aubrey, je vais à la salle de sports, je jardine (c'est-à-dire que je passe du temps avec Pixy), puis je promène de trois à cinq chiens à la fois. Pour quelqu'un sans emploi, je suis plus occupé et en bien meilleure forme que jamais.

Un vendredi après-midi, alors que je suis dans un parc, en train de promener un dogue allemand, un berger allemand et un lévrier, je reçois un texto d'Aubrey.

Je viens de recevoir ton nouveau contrat. Tu dois le signer sans attendre pour qu'ils puissent lancer la suite.

J'utilise la fonction micro pour répondre tout en tentant de maîtriser les trois chiens d'une seule main.

Je promène des chiens à Slater Park. Je peux passer après.

Tu promènes des chiens ?

Je savais que ça éveillerait son intérêt. Je comptais dessus. C'est le moment idéal pour lui raconter mes dernières aventures.

Je suis bénévole dans ton refuge. J'ai lu l'article dans le journal. Je sais que cet endroit est très important pour toi. Je voulais me rendre utile.

T'es sérieux ?

Je peux venir à 17 heures après les avoir ramenés ?

J'ai un truc prévu ce soir, je serai déjà partie. Et si je passais au parc te le faire signer ?

Je te retrouve où ?

À la buvette à l'entrée. Vers 16 h 15.

À tte.

Parfait.

Pour être tout à fait honnête, je promène moins les chiens qu'ils ne me promènent, moi. Je les laisse aller où ils veulent. Je ramasse leurs crottes dans des sachets en plastique rose fournis par le refuge, puis je les jette dans les poubelles publiques.

Ce que je ne ferais pas pour toi, Aubrey Bloom.

Quand vient le moment de retrouver Aubrey, je dois reprendre le contrôle de mes chiens.

— Doucement ! On va par là.

Je m'arrête net quand je l'aperçois. Elle ne me voit pas tout de suite. Elle est seule, un dossier sous le bras, et elle mange une glace. Je suis le trajet de sa langue sur la crème glacée et l'eau me vient à la bouche. Le soleil joue dans ses cheveux roux et une brise légère soulève un peu sa jupe. Ses jambes m'ont manqué.

Ce qui m'a beaucoup manqué, en fait, ce sont ses jambes enroulées autour de ma taille pendant que je la prends.

Je sens une réaction dans mon pantalon à cette idée. Les chiens ne sont pas ravis que j'aie cessé de marcher pour la contempler. Ils se vengent en chargeant soudain vers elle et me tirent derrière eux.

Aubrey éclate de rire en me voyant me débattre avec ces trois fauves.

— Tu es bien occupé, je vois.

Elle m'adresse un sourire sincère et, tout d'un coup, tout ça en vaut la peine. Il y a bien longtemps qu'elle ne m'a pas souri comme ça. Une trace de glace orne sa lèvre inférieure et je meurs d'envie de la lécher. Les chiens ont l'air aussi amoureux d'Aubrey que moi. Ils se mettent à bondir autour d'elle. Le dogue parvient à lui voler un peu de glace. Comme cette dernière est désormais pleine de bave, elle la lui abandonne. Elle a l'air ravie et les laisse presque lui lécher le visage. Le berger allemand a l'air tout prêt à se faire sa jambe.

On pardonne n'importe quoi à un chien.

Je n'ai jamais autant désiré en être un.

J'affermis ma prise sur les laisses.

— Ça suffit, les gars. Laissez la pauvre Aubrey tranquille.

— Voilà un conseil intéressant venant de toi, monsieur Bastardo.

— Moi, au moins, je n'ai pas tenté de te lécher. J'y ai pensé, remarque.

— Bien sûr.

— À l'instant, pour être honnête. Mais je suis capable de me retenir quand il le faut. Un bon point pour moi, non ? dis-je avec un clin d'œil.

— Je te félicite de ne pas te comporter comme un animal.

— C'est pas toujours facile, parce que je sais ce que je rate, vu que j'ai déjà goûté tes croquettes.

— Tu es répugnant, répond-elle en secouant la tête.

— Tu aimes ça.

— Non, réplique-t-elle en levant les yeux au ciel, mais je vois bien que je l'amuse.

Ma coquine.

Elle ouvre le dossier et sort un stylo de son sac.

— Il faut que tu signes ton contrat. Je l'ai relu attentivement. Il contient tout ce qu'on a exigé, aucune surprise de ce côté-là, mais n'hésite pas à le relire de ton côté.

Je gribouille ma signature aussi vite que possible puis je lui rends le stylo.

— Ce n'est pas la peine. Je te fais entièrement confiance. Je doute que tu puisses dire la même chose pour moi, j'ajoute en la regardant droit dans les yeux, mais je m'efforce de changer ça.

Elle se ferme brusquement.

— Tu as raison. Je ne peux pas en dire autant, fait-elle en glissant de nouveau le dossier sous son bras. Je dois y aller. Je suis attendue.

— Tu as rendez-vous avec Dick ?

— Arrête de l'appeler comme ça. Son prénom c'est Richard.

Je deviens soudain sérieux.

— Allez, Princesse... je plaisante... tes croquettes... Dick... tout. Tu connais mon sens de l'humour. Tu l'appréciais.

— Ah bon ? Vraiment ? C'est marrant parce que je ne me rappelle pas de ce qui s'est passé avant que je me réveille endolorie et seule ce matin-là.

Merde.

J'ai l'impression qu'elle vient de me donner un coup de poing dans le ventre.

Quand est-ce que tout s'arrangera ?

Je fais un pas vers elle.

— On devrait discuter de ce qui s'est passé. Je...

— Je dois vraiment y aller, rétorque Aubrey en jetant un coup d'œil à sa montre tout en reculant.

Les chiens deviennent nerveux et ils me tirent vers deux yorkshire terriers qui courent en liberté.

— Et merde ! Moins vite ! crié-je à l'adresse de mes chiens.

Ils ne me sont d'aucune utilité pour pécho.

Quand je me retourne, Aubrey a disparu.

***

Après ce fiasco, je me rends tout de suite au bar pour tout raconter à Carla.

Elle me sert un deuxième verre en secouant la tête.

— Tu veux savoir ce que je pense ? Elle est aussi terrible que toi.

— Comment ça ?

— Vous jouez le même jeu tous les deux.

Je fais tourner mon verre entre mes mains.

— Si c'est un jeu, j'avoue qu'il ne m'amuse plus.

— Elle prétend qu'elle ne veut pas que tu restes là, mais on l'a surprise en train de t'espionner en personne. Si elle ne voulait plus te parler, elle n'aurait pas accepté de s'occuper de ton contrat. Elle aurait dit la vérité à son mec et il t'aurait foutu à la porte manu militari. Elle ne lui a rien raconté parce qu'elle a encore des sentiments pour toi et qu'elle ne veut pas qu'il le sache. T'es aveugle ou quoi, l'Australien ?

Mon cœur bat plus vite, empli par un regain d'espoir.

— Je n'avais pas envisagé les choses sous cet angle.

— Tu dois mettre un terme à ce jeu du chat et de la souris. Découvre quelles sont vraiment ses intentions. T'es un mec bien, Chance. Je sais que tu lui as fait beaucoup de mal, mais tu as morflé toi aussi. Il faut que tu le lui dises. Arrête de faire semblant.

— Qu'est-ce que tu me suggères ?

— Arrête de jouer les héros patients. Combien d'arbustes tu vas planter, monsieur la main verte ? Ça ne sert à rien. C'est toi que tu dois planter dans son buisson ! Arrête de perdre ton temps et dis-lui ce que tu veux.

Je me mets à glousser.

— Oublie la main verte. C'est ma bite qui l'est à force de ne pas servir.

— T'es le Géant Vert, plaisante-t-elle.

— Shrek.

On éclate de rire. Quand on finit par se calmer, je lève les yeux vers elle, l'oreille attentive. Son amitié est très importante pour moi.

— Qu'est-ce que je ferais sans toi, ma chère Carla Babes ?

Elle rougit, ce qui ne lui ressemble pas.

Elle s'éclaircit la voix et se penche sur le comptoir.

— Écoute, je pense vraiment que tu dois aller la trouver dès ce soir. Révèle-lui tes sentiments. Sois sincère. Et dis-lui que tu ne vas pas rester dans les parages pour toujours. Le temps file. Il y a plein de femmes qui seraient ravies d'avoir la chance de pouvoir te rendre heureux si ça ne l'intéresse pas.

Et pendant une fraction de seconde, je me demande si ce n'est pas à elle qu'elle fait allusion.

***

Je n'espionne pas Aubrey de tout le week-end. C'est la première fois que je passe une journée complète sans ne serait-ce que l'apercevoir. Mais j'ai vraiment besoin de réfléchir sans être troublé par son visage magnifique et son cul sublime.

Pourtant, même si la conversation avec Carla a boosté ma confiance en moi, plus je passe de temps seul avec moi-même, plus le doute s'installe.

Le dimanche, je passe une bonne partie de la journée à la laverie. La vision de mes vêtements en train de tourner dans le tambour m'aide à méditer et à envisager les choses.

Je sais bien que j'ai affirmé que je resterais en ville le temps qu'il faudrait, mais si Aubrey ne veut pas de moi, je suis prêt à partir tout de suite. Si elle a l'intention de rester avec Dick quoi qu'il arrive, je dois le savoir. C'est une chose d'obtenir son pardon. C'en est une autre qu'en plus elle m'accorde une deuxième chance et qu'elle quitte un homme qui soi-disant la rend heureuse et était là quand je ne l'étais pas.

Je décide d'obtenir une réponse définitive de sa part le lendemain après le boulot.

Chapitre 21

Je zappe le petit déjeuner au Starbucks le lundi matin et je me rends directement chez Aubrey. La journée s'annonce longue : je veux terminer l'enclos pour Pixy et tout mettre en ordre au cas où les choses ne tourneraient pas à mon avantage ce soir.

J'achète au passage les burritos que la chèvre préfère – sans maïs – et je la nourris par la fenêtre.

Je lui gratte la tête en la regardant gober le tout en quelques bouchées.

— J'ai quelque chose d'important à te dire.

Elle est trop occupée à lécher le papier d'emballage pour lever les yeux vers moi.

— Je veux que tu saches que si je pars, ce n'est pas à cause de toi, d'accord ?

— Bêêêê.

— Ce que je veux le plus au monde, c'est te voir tous les jours et qu'on soit ensemble tous les trois. Mais je ne sais pas si ce sera possible. Peut-être que je serai obligé de partir une deuxième fois. Parce que je serais trop triste de rester.

Elle pose sur moi ses yeux tombants. Même si elle est censée être aveugle, il y a vraiment des fois où j'ai l'impression qu'elle me voit.

— Si ça arrive, je promets de ne jamais t'oublier, espèce de chieuse.

Pixy pose le menton dans le creux de ma main et je fais un truc que je n'ai jamais fait. Je me penche et dépose un baiser sur son front. Ce n'est pas vraiment le baiser pour lequel je suis venu à Temecula, mais c'est sans conteste mon deuxième choix. Cet animal est la mascotte officielle du temps que j'ai passé avec Aubrey et il est au centre de tous nos bons souvenirs. Je ne l'oublierai jamais. Je prends un selfie de nous. Maintenant, je peux effacer « embrasser une chèvre » dans la liste des choses à faire avant de mourir.

Je passe le reste de l'après-midi à chercher des fleurs princesses. Je ne veux pas les couper dans les arbustes que j'ai plantés, alors je cherche un fleuriste qui en aurait. Je finis par dénicher un bouquet et je rentre au motel.

Je me douche, enfile un jean et une chemise noirs et m'asperge de parfum. Il faut que je sois séduisant, ce soir. Je décide de ne pas prévenir Aubrey de mon arrivée. Je ne veux pas qu'elle me dissuade de le faire. Je vais me pointer sur le pas de sa porte et on verra bien.

C'est une belle soirée. De la lumière se déverse depuis les fenêtres de son pavillon dans la rue sombre.

Elle est à la maison.

Moi aussi.

Je me gare, le cœur battant, au coin de la rue et je reste assis une vingtaine de minutes à répéter ce que je compte lui dire. Soudain, quelqu'un sort du pavillon devant lequel je suis garé.

La femme qui s'approche de moi roule du cul, tout seins dehors, seulement vêtue d'une nuisette, chaussons aux pieds. Elle a la main plâtrée et je reconnais alors Philomena, la voisine peu subtile d'Aubrey. Elle a aussi la jambe dans le plâtre, à présent. C'est quoi, ce bordel ? Cette nana est un danger ambulant.

— Salut, beau gosse. J'ai aperçu votre pick-up.

— Désolé. Je n'avais pas compris que vous habitiez ici. Je n'aurais pas dû me garer là.

— Vous plaisantez ? Je suis tout excitée à l'idée que vous ayez peut-être décidé de venir tondre ma pelouse.

— Non, j'ai à faire dans le quartier.

— Ça vous dit de me sauter ?

— Ouah... euh... eh bien, même si c'est une proposition sympathique... étant donné que vous êtes plâtrée de partout, je ne suis pas vraiment disponible... mais merci, en tout cas.

— Et si vous entriez prendre un verre ? Je ne mords pas, promis.

— Non. Je vais chez Aubrey.

Elle pose sa main plâtrée sur sa hanche.

— Vous êtes au courant qu'elle a un petit ami ?

— Oui.

— Bon, si vous changez d'avis, vous savez où me trouver, dit-elle en suivant une voiture des yeux. Ah, tiens, il vient juste de tourner au coin de la rue. Voilà qui promet d'être intéressant.

— De qui vous parlez ?

— Du mec d'Aubrey, bien sûr. C'est sa BMW qui vient de passer.

Mon ventre se noue. *Merde.*

Philomena finit par me foutre la paix et rentrer chez elle. Je reste dans ma bagnole pendant un temps qui me paraît infini. Que faire ? Je me décide à laisser le bouquet sur le perron sans frapper.

Lorsque j'approche de chez elle, la scène que je découvre par la fenêtre me cloue sur place. Aubrey est assise sur le canapé, la tête sur l'épaule de Richard. Elle a l'air heureuse. *En paix.* J'ai l'impression qu'ils regardent un film.

Même si ça me détruit, je ne parviens pas à détourner les yeux. Cette vision est l'essence même de mes rêves. Il n'y a rien que je veuille davantage : rentrer chez nous tous les soirs et faire exactement ça – être avec elle, c'est tout. Chaque seconde qui passe accroît mes doutes. Soudain, pour la première fois depuis mon arrivée à Temecula – malgré tout l'espionnage auquel je me suis livré –, j'ai l'impression d'être un étranger. Cette sensation me frappe vraiment. La prison m'a fait perdre deux ans, deux années pendant lesquelles le temps a continué à passer. Aubrey a tourné la page.

Elle a tourné la page.

Espèce d'idiot.

C'est pour ça que t'as agi comme ça, tu te rappelles ? C'est soi-disant ce que tu voulais pour elle.

Vingt minutes s'écoulent avant que je me rende compte que je n'ai pas bougé, paralysé sur cette pelouse que j'ai parfaitement tondue. Je me sens mal.

Je suis en deuil.

Quand je l'ai abandonnée deux ans plus tôt, je lui ai brisé le cœur. Cette fois-ci, c'est le mien qui explose en mille morceaux. Sauf que je ne sais pas comment partir. Je ne peux pas ne pas lui dire au revoir. Je vais laisser le bouquet, et je lui enverrai un texto demain ou je l'appellerai pour lui dire que je rentre chez moi, à Hermosa Beach.

Une fois devant sa porte, je m'agenouille pour déposer les fleurs sur le paillasson. Un coup frappé à la fenêtre du salon, juste à côté de la porte, me fait sursauter. C'est Pixy. La chèvre a dû sentir mon odeur ou un truc du genre.

Elle se met à bêler.

— Chuuuut!

Je commence à m'éloigner mais, au même instant, la lumière du perron s'allume et la porte d'entrée s'ouvre. Je me retourne.

Aubrey est juste là.

— Chance...

Je lève lentement la main.

— Salut...

— Qu'est-ce que tu fais là?

Elle baisse les yeux, aperçoit le bouquet et se penche pour le ramasser.

— C'est toi qui les as laissées?

— Oui. Je ne voulais pas sonner.

Dick fait son apparition et place une main possessive sur la taille de guêpe d'Aubrey. Je lève les yeux et croise le regard apeuré d'Aubrey.

— Monsieur Bateman, dit Dick. Qu'est-ce qu'on peut faire pour vous?

On.

Va te faire foutre, connard.

— Je voulais juste déposer un petit quelque chose pour remercier Aubrey de l'aide qu'elle m'a apportée.

— C'est très aimable à vous mais vous auriez dû passer au bureau, plutôt.

Abruti.

— En fait, je m'en vais demain matin. Je n'avais donc pas d'autre choix.

En entendant ça, Aubrey, qui contemplait les fleurs, lève la tête et plonge son regard dans le mien.

— Vous partez ?

— Oui. Ma tâche ici est terminée.

Je ne la quitte pas des yeux afin qu'elle comprenne que je suis parfaitement sérieux.

— Il n'était pas question que je parte sans dire au revoir.

Elle ne sait que dire. Pixy est juste à côté d'elle. Je devine ce qu'elle veut, aussi je m'accroupis à côté d'elle et je la laisse me lécher le visage une dernière fois. Lorsque je me relève, Dick, surpris par le lien entre l'animal et moi, nous regarde tour à tour.

Il affermit son emprise sur la taille d'Aubrey.

— Eh bien, nous vous souhaitons une bonne continuation.

— Merci.

Je m'éloigne un peu avant de pivoter.

— Prenez soin d'elle, dis-je d'une voix tendue.

Je me fiche que ma remarque soit inappropriée. J'ai besoin de le dire.

Je ravale mon chagrin et traverse le jardin sans un regard en arrière. Je ne peux pas me retourner. Une fois dans mon pick-up, je démarre et m'en vais le plus vite possible.

***

Je vais directement au motel. J'ai prévu de dire au revoir à Carla mais j'ai trop peur de me bourrer la gueule pour oublier. Je lui écrirai pour lui dire à quel point sa présence a été importante pour moi.

Aubrey ne m'envoie pas de texto et ne me téléphone pas. Ça me conforte dans l'idée de ficher le camp.

Je me tourne et me retourne, incapable de trouver le sommeil. L'idée de ne plus jamais la toucher provoque une douleur physique si forte que je sais que je ne dormirai pas. Je m'assieds sur le bord du lit et je fourrage dans mes cheveux, en proie à une intense frustration, puis je vérifie mon portable pour la centième fois.

Je baisse les yeux sur mes mains et ôte la fausse alliance que je jette brusquement à la poubelle. Même si une part de moi ne s'attendait pas qu'elle appelle, une part plus grande est dévastée qu'elle ne le fasse pas. Le plus douloureux, dans tout ça, c'est que je ne parviens toujours pas à envisager mon avenir sans elle.

Un coup frappé à la porte me fait sursauter. Le motel se trouvant dans un quartier mal famé, je vérifie par le judas avant d'ouvrir. J'aperçois une image déformée d'une Aubrey bouleversée. Mon cœur perturbé se met à battre plus vite, même s'il n'espère plus rien. J'ouvre la porte sans dire un mot. Aubrey pénètre dans la pièce et s'assied sur le lit. Je reste loin d'elle. Nous nous dévisageons dans un silence assourdissant. Puis elle prend la parole.

— Je t'ai attendu pendant six heures à la réception de l'hôtel, ce jour-là...

Une larme roule sur sa joue. Je lui tends un mouchoir en papier et je m'assieds à côté d'elle, tendu.

— J'étais tellement sûre que tu allais revenir. Je n'arrêtais pas de me repasser ce que tu m'avais dit le soir où tu as mis du temps à rentrer et où j'ai eu peur. Tu m'avais dit : « Je ne ferais jamais une chose pareille. » Alors, j'ai espéré. Comme une idiote. J'avais bien vu que tu avais pris toutes tes affaires et j'avais bien compris ce que ça voulait dire. Je sais bien qu'on n'a passé que huit jours ensemble mais je me sentais plus proche de toi que de quiconque. J'avais imaginé un avenir avec toi.

Mon cœur se serre.

— Raconte-moi ce qui s'est passé quand tu es arrivée à Temecula. Je veux tout savoir, même si ça me fait mal.

— J'ai été très déprimée pendant longtemps. Je me suis jetée à corps perdu dans mon boulot. Quelques mois après mon arrivée, j'ai rencontré quelqu'un. On est devenu très amis. Il s'appelait Jeremy. Il était très gentil avec moi. On a été amis pendant six mois avant de sortir ensemble. Il savait ce qui s'était passé entre nous.

Elle rit faiblement et me regarde pour la première fois.

— Il te détestait.

Je souris, même si tout cela est douloureux à entendre.

— J'avais bâti une forteresse autour de moi, poursuit-elle, et je ne l'ai pas laissé entrer. Je ne pensais qu'à toi, même si tu avais disparu et que tu m'avais fait terriblement souffrir. Je ne voulais que toi et tu me manquais follement. Partout où j'allais, tout me rappelait ton souvenir. Jeremy le savait. Il désirait plus que ce que je pouvais lui donner. Il voulait mon cœur et, même si tu l'avais brisé, il t'appartenait toujours.

— Comment tu as rencontré Richard ?

— Après ma rupture avec Jeremy, je me suis dit que j'avais besoin d'aide. Entre ma carrière, mes relations sentimentales, ma famille... je me sentais coincée. J'ai commencé une thérapie. Elle m'a aidée à y voir clair et j'ai arrêté de me sentir coupable de ton départ. Elle m'a aidée aussi à surmonter le syndrome de l'abandon. Ce n'est pas encore réglé. Et elle m'a montré que je devais admettre que tu ne reviendrais pas. Quand j'ai rencontré Richard, il y a sept mois, j'étais prête à laisser de nouveau un homme entrer dans ma vie. Il a été embauché comme associé. C'est comme ça qu'on s'est connus.

— J'ai beau me moquer de son nom, ça a l'air d'être un mec bien.

— Je ne lui ai jamais parlé de toi. Oui, c'est un homme merveilleux. On a beaucoup d'intérêts communs. Il m'encourage à vivre mes passions. C'est grâce à lui que je me suis investie dans le refuge pour animaux.

— C'est bien.

— Mais ce n'est pas le premier à m'inspirer comme ça. Toi aussi tu as fait ça, Chance. Tu m'as beaucoup appris en peu de temps, notamment comment vivre à fond. Et même si tu m'as brisé le cœur, je n'ai jamais regretté notre rencontre. Je ne changerais ça pour rien au monde. C'est un truc qui m'a toujours paru tordu. Celle que je suis devenue te doit beaucoup.

— Tu l'aimes ?

— Oui, répond-elle sans hésiter.

Une balle en plein cœur n'aurait pas été plus meurtrière.

— D'accord...

— J'ai été très perturbée. Et même si je tiens beaucoup à Richard, je ne vais pas te mentir. Quand tu es revenu, mon monde a été fortement ébranlé. Je n'aurais jamais pu deviner que c'était pour ça que tu avais disparu. Tout ce que j'ai longtemps cru... était faux. Je pensais que tu m'avais abandonnée pour d'autres raisons.

— Je croyais te rendre service.

— Pourquoi est-ce que tu ne voulais pas que je t'attende ? J'aurais attendu chaque seconde de chaque jour, ajoute-t-elle, peinée.

Je lui caresse les cheveux. Je ne peux pas m'en empêcher.

— Je n'en ai jamais douté. Mais je pensais que tu aurais fini par m'en vouloir. Je ne savais pas si la prison allait me changer et je ne voulais pas que tu attendes un homme qui n'en valait pas la peine. Finalement, l'expérience a fait de moi quelqu'un de plus fort, mais je ne pouvais pas savoir que ça allait se produire. Et puis tu ne méritais pas de mettre ta vie entre parenthèses pendant deux ans alors que tu voulais tout recommencer.

— Même si je comprends mieux la situation à présent, la façon dont tu es parti reste traumatisante. Et même si les choses étaient différentes avec Richard, je ne sais pas si je pourrais te faire confiance de nouveau.

C'est très désagréable à entendre. J'arrête de tourner autour du pot.

— Réponds-moi sincèrement. Est-ce qu'il est vraiment trop tard ?

Mon cœur bat la chamade. Elle hésite et quelque chose dans ses yeux me donne un minuscule espoir. J'ai l'impression que c'est ma dernière chance et je suis prêt à supplier.

Je m'agenouille devant elle et pose la tête sur ses genoux.

— Dis-moi ce que je dois faire, Aubrey. Dis-moi juste ce que je dois faire pour que tu me donnes une deuxième chance.

Personne ne m'a touché depuis deux ans et quand elle passe la main dans mes cheveux, je ressens un plaisir intense. J'en ai le souffle coupé. Le sien est irrégulier. Chacune de ses respirations m'excite. Je suis si près d'elle que j'ai envie de la goûter. Je ne reculerai devant rien, pas même me servir de l'attirance qu'elle éprouve pour moi.

Je suis prêt à tout.

— Laisse-moi me rattraper, dis-je lentement sans lever la tête. Je te jure que je te ferai oublier le chagrin que je t'ai causé. Tu en oublieras jusqu'à ton nom.

— Non, refuse-t-elle dans un souffle.

Je baisse la bouche pour que mes lèvres effleurent son nombril.

— Est-ce qu'il te donne du plaisir? Est-ce qu'il te donne ce dont tu as besoin?

Ses jambes tremblent.

— Chance, arrête.

Sa réaction me suffit.

Je suis de nouveau dans la course.

— Regarde, Princesse, j'ai fait ma valise. Je suis prêt à partir. Est-ce que j'ai une raison de rester? À toi de me le dire.

Je lis de la souffrance sur son joli visage.

— Je ne peux rien te promettre.

— Je n'ai pas demandé de promesse. Je veux juste une deuxième chance. J'aimerais commencer en étant ton ami... comme au début.

Elle se lève et se met à faire les cent pas.

— Je sors toujours avec Richard. Je refuse de le tromper.

— Je ne te l'ai pas demandé.

J'avance lentement vers elle, histoire qu'elle ne me prenne pas pour un lion en train de fondre sur sa proie.

— Je vais te reposer la question. Est-ce que tu veux que je reste ?

Elle plonge son regard dans le mien.

— Oui, murmure-t-elle.

— Alors je suis là.

Elle recule un peu.

— Je dois rentrer. Je lui ai dit que j'allais acheter des glaces et faire le plein d'essence.

— Vas-y, alors. Sois prudente. Il est tard. Quand est-ce que je te verrai ?

— Richard a une réunion tôt demain matin. Retrouvons-nous au Starbucks à neuf heures.

— Tous les deux ? Ensemble ? Au Starbucks ?

— Oui. Mais ne commande pas la même chose que moi. C'est flippant.

Je souris.

Quand la porte se referme derrière elle, mon sourire devient plus grand et plus radieux.

Je récupère l'alliance dans la poubelle et je la replace à mon doigt.

Rien ne sert de courir, il faut partir à point.

Chapitre 22

Je passe une partie de la nuit à essayer de mettre un stratagème en place pour tenter de regagner la confiance d'Aubrey. Deux longues années se sont écoulées et je voudrais si désespérément qu'elle me reprenne – dans tous les sens du terme – que j'ai l'impression que je suis sur le point d'exploser. Mais je sais bien qu'il n'est nul besoin de plan. Les choses doivent se faire comme la dernière fois. Naturellement. En étant nous-mêmes, un pas à la fois.

Mais cela ne veut pas dire que je ne vais pas user de tous les moyens qui sont à ma disposition. Il faut juste que j'utilise ces avantages avec parcimonie.

Sous la douche, je dresse mentalement la liste de tout ce qui fait briller les yeux d'Aubrey. La première fois que ses yeux se sont remplis d'étoiles, c'était au petit déjeuner, quand je l'ai nourrie de saucisses et d'œufs avec la sauce pimentée. Je me souviens avoir pensé que je ne pourrais plus jamais manger sans elle après ça. Je suis aussi certain qu'elle aime mon accent. Avec ces deux choses en tête, ma douche se révèle plus longue que prévu. Mais je suis prêt à temps pour mon rendez-vous. Et j'ai faim d'elle.

Je m'arrête dans une épicerie en chemin pour acheter de quoi préparer un petit déjeuner australien. Avant de partir de chez moi, j'ai emporté des trucs dans ma valise, piqués dans les placards de ma sœur. J'arrive au Starbucks plus tôt, un grand sac à la main. Je veux tout organiser avec Melanie avant l'arrivée d'Aubrey.

— Vous êtes en retard, ce matin, constate Melanie en attrapant un gobelet sur lequel elle note les instructions au marqueur noir pour le barista.

— J'en veux deux. J'attends quelqu'un.

Mon sourire arrogant renseigne Melanie sans que j'aie besoin de parler.

Elle me regarde, stupéfaite, ravie pour moi.

— Vous voulez dire que vous allez prendre le petit déjeuner ensemble ? Vous n'allez pas vous contenter de payer pour elle ?

— Voilà.

Elle frappe dans ses mains.

— Je le savais ! Richard est un type sympa et tout mais c'est pas pareil. Avec vous, elle montre une facette de sa personnalité qu'on n'avait jamais vue.

J'espère que cette facette est la véritable Aubrey et qu'elle la garde cachée pour moi. Je me demande si ce bon vieux Dick sait qu'elle est combative et qu'elle peut se montrer carrément cochonne. Je table sur le fait qu'il n'en a aucune foutue idée.

— Dites-moi, Melanie, est-ce que ça vous ennuie si j'ai apporté mon propre petit déjeuner ce matin ? J'aurais voulu partager certaines choses avec Aubrey.

— Pas du tout. Faites tout ce que vous devez faire.

— Merci, Melanie.

Je choisis l'endroit le plus confortable. Deux fauteuils marron en cuir dans un coin avec une petite table. Je rapproche les sièges avant qu'Aubrey arrive, à neuf heures tapantes.

Je me lève lorsqu'elle rejoint notre table. Une légère gêne plane entre nous. J'ai envie de l'embrasser, ne serait-ce que sur la joue, mais son langage corporel est raide, presque nerveux.

— Bonjour, dis-je avec un hochement de tête.

— Salut, répond-elle avec un petit sourire forcé.

Je fais un geste en direction de la table derrière nous.

— Le café nous attend et j'ai choisi le petit déj.

— C'est quoi, tout ça ? demande-t-elle en s'asseyant.

— Un petit déjeuner australien.

— Ici, au Starbucks ?

— Je l'ai apporté. Melanie est d'accord.

Aubrey jette un regard par-dessus son épaule en direction du comptoir. Melanie et deux autres employés nous dévisagent ouvertement, un grand sourire aux lèvres. Aubrey lève les yeux au ciel.

— Qu'est-ce que tu comptes me faire manger ?

Je souris, narquois, et elle fronce les sourcils.

— Il faut qu'on établisse des règles.

— Tu sais très bien que je vais échouer, alors.

— Comment ça ?

— Si tu édictes des règles, je ne pourrai pas m'empêcher de les transgresser.

— Règle numéro 1 : on ne transgresse aucune règle.

— C'est un peu extrême, non ? Si je transgresse la règle numéro 4, j'en ai transgressé deux, en réalité. Tu fais déjà la difficile.

— Je peux partir.

— Quelle idée. Je préfère quand tu es difficile.

— Ça ne m'étonne pas de toi.

— Mange quelque chose. Je suis sûre que tu es de mauvaise humeur parce que tu n'as encore rien avalé.

— Comme tu veux.

Elle regarde la nourriture en se léchant les lèvres.

Merde. Ça va être plus dur que prévu.

Je lui tends un toast.

— J'ai tartiné de la *vegemite* dessus. Un best-seller en Australie.

Ma sœur et moi avons quitté l'Australie mais l'Australie ne nous a pas quittés.

— Ça a l'air… dégueu.

— Si tu la manges seule, peut-être. Mais si tu la mélanges avec du beurre, c'est super bon.

Je lui tends un morceau de toast. Elle tente de s'en emparer. J'écarte la main.

— Encore une tradition australienne : la *vegemite* doit s'offrir à manger mutuellement. C'est une offrande de paix entre deux nouveaux amis.

Je viens de l'inventer. Mais je n'ai pas eu le droit de lui faire la bise, alors je me rattrape comme je peux.

Elle secoue la tête, amusée.

— D'accord.

Et elle ouvre la bouche et ferme les yeux.

Bon sang. Cette nana aura ma peau. *Deux ans.* Et voilà que je dois regarder cette femme sur laquelle j'ai fantasmé pendant tout ce temps, ses lèvres laquées et ses yeux fermés, qui attend après moi. Et moi qui croyais que la prison m'avait permis de tester mes limites.

Contrairement à la plupart des Américains, Aubrey aime la *vegemite*. Je ne sais pas pourquoi, mais j'en étais sûr. On dévore tout ce que j'ai apporté en bavardant à bâtons rompus. Je sais que pour regagner sa confiance je dois commencer par lui expliquer ce qu'Adele représente pour moi. Je veux aussi me confier – la transparence provoque la confiance. On avait le droit de regarder des émissions de psycho en taule et j'ai retenu des trucs.

— Quand Adele et moi étions gamins, j'aimais bien lui jouer des tours. Comme l'attacher à son lit avec du film alimentaire quand elle dormait. Sceller l'abattant des toilettes avec du plastique pour qu'elle fasse pipi sur le sol. Me cacher sous son lit jusqu'à ce qu'elle soit couchée et qu'elle ait éteint la lumière. Puis je jaillissais pour lui faire une peur bleue.

— Et dire que je me sentais privée d'être fille unique.

— Elle s'est vengée une fois.

Je lui tends le dernier morceau de toast, qu'elle avale sans hésitation. Pourquoi ça me plaît qu'elle mange des salades quand elle est avec Dick alors qu'elle me laisse la remplir de glucides et de calories ?

— Comment ?

— Elle avait huit ou neuf ans, et moi dix ou onze. Je venais de découvrir l'existence du foot et des filles. Il y en avait une, en particulier, qui me plaisait beaucoup et à qui j'avais l'impression de plaire. Elle s'appelait Izzy. Elle a assisté à l'entraînement un jour et je frimais à mort, en jonglant avec le ballon sur mon genou et sur ma tête. Izzy était impressionnée. J'étais très fier de moi. Jusqu'à ce que je me retourne.

— Adele avait fait quoi ?

— Elle avait recouvert le fonds de mon short blanc avec de la *vegemite*. Tu l'as vu entre deux toasts, mais je peux t'assurer que tartiné ailleurs, c'est bien moche.

Elle éclate de rire.

— Merci de m'avoir raconté ça *après* qu'on a fini de manger.

— Izzy ne m'a plus jamais regardé et je suis devenu Chance au cul sale.

Ça nous fait rire tous les deux.

— Et dire que des années plus tard, ce même cul deviendrait célèbre.

— Tu sais, il y a ma gueule sur cette affiche aussi. Et on ne voit pas vraiment mon cul, on le devine plutôt.

— Crois-moi, c'est le cul qui fait tout.

— Serais-tu en train de dire que tu préfères mes fesses à mon visage ?

Elle secoue la tête sans répondre mais rougit un peu.

— Comment tu t'es vengé d'Adele ?

— Je ne me suis pas vengé. J'étais fier d'elle, en fait.

On discute pendant deux heures. De rien. De tout. J'aurais pu rester assis là pendant des jours. Lorsque le portable d'Aubrey, qu'elle a posé sur la table, se met à vibrer, on lit le nom qui s'affiche sur l'écran en même temps avant que nos regards se croisent de nouveau. Richard. *Dick*.

— Je dois y aller. Je n'arrive pas à croire qu'on soit là depuis deux heures et demie. Je n'ai même pas prévenu le boulot que je serais en retard.

Elle se lève et je l'imite.

— Tu fais quoi, aujourd'hui ?

— Je promène des chiens et j'arrose les fleurs de mon avocate. La routine.

Elle farfouille dans son sac à main d'où elle tire un trousseau de clefs. Elle en enlève une de l'anneau et me la tend.

— Tiens. Au cas où tu voudrais utiliser les toilettes ou autre chose pendant que tu jardines.

C'est tellement plus qu'un bout de métal. Je lui prends la clef des mains et entrelace mes doigts aux siens.

— Merci.

Je fais un pas en avant. *Qu'elle sent bon, putain.*

— Private Collection Tuberose Gardenia, je murmure.

Pavlov lui-même en aurait bavé de joie en voyant l'effet que me fait son parfum. Je me souviens soudain de notre première nuit à l'hôtel. Cette odeur avait envahi sa salle de bain et ses sous-vêtements en dentelle noire posés à côté du lavabo. *Merde.* J'ai eu beau me branler sous la douche ce matin, ma soif d'elle n'est pas étanchée. Mon pantalon devient trop étroit.

— Tu te rappelles du nom de mon parfum.

Là, je ne peux pas me retenir. Je passe le bras autour de son cou et je l'attire à moi.

— Je me rappelle de tout ce qui te concerne, chuchoté-je au creux de son oreille.

Elle a les joues roses quand elle s'écarte de moi, et elles deviennent écarlates quand ses yeux se posent par mégarde sur mon jean et qu'elle voit le renflement au niveau de ma braguette.

— Ça fait plus de deux ans, dis-je à voix basse.

— Tu n'as pas...

— Couché avec une femme depuis deux ans.

Je me rends soudain compte que ma phrase peut prêter à confusion.

— Je n'ai pas touché une autre femme depuis que je t'ai rencontrée. Et je n'en ai pas l'intention.

Elle déglutit.

— Merci pour le petit déjeuner.

— Quand est-ce que je te reverrai, Princesse ?

— Je quitte la ville tôt demain matin. Et je rentrerai probablement tard. Je t'enverrai peut-être un texto après-demain.

Sa réponse ne me plaît pas du tout. Mais je fais avec.

— Sois prudente.

***

Je promène quelques chiens, je vais à la salle de sports et je décide de zapper Aubrey pour la journée. Après avoir passé la matinée avec elle, pas question de tout gâcher en lui donnant l'impression que je l'espionne quand elle rentre chez elle. Je me connais : une fois entré chez elle, je vais fouiller partout. Je prends une douche et je vais passer du temps avec ma barmaid préférée. À cette heure-ci, le bar est toujours vide.

— Tu es très en beauté aujourd'hui, Carla Babes.

Elle porte un tee-shirt rouge à gros pois blancs avec un gros nœud sous ses seins qui sont magnifiquement exposés. Un foulard rouge complète son look de pin-up.

— Tu es de bonne humeur, aujourd'hui, constate-t-elle en me servant un verre. Tu t'es acheté une paire de couilles et t'as récupéré ta nana ?

— J'y travaille.

— Ça fait deux semaines que t'y travailles.

— C'est un marathon, pas un sprint.

Je bois une gorgée.

— Tu te prends pour qui ? Le dalaï-lama ?

— Je suis en train de me transformer en moine bouddhiste. Ils ne baisent pas, eux non plus, hein ?

— Dis-moi un truc. Pourquoi tu n'irais pas lever une nana dans un bar pour la sauter ? Ça fait longtemps que tu fais ceinture. C'est juste du cul. Moite et bruyant. Du cul pour du cul. Tu te sentiras mieux après.

Pour être tout à fait honnête, j'ai remarqué quelques femmes récemment. Il faudrait être mort pour ne pas le faire. Mais mon corps ne veut qu'elle.

— J'aurais l'impression de la tromper.

— Même si elle couche avec un autre ?

Putain, le coup bas.

— Merci, Carla.

— Désolée, répond-elle en souriant. Fais-moi signe si tu changes d'avis.

Je baisse les yeux sur mon alliance. On était ivres quand on a prononcé nos faux vœux devant Elvis, mais je me sens engagé quand même. Et je me demande si elle ressent la même chose, maintenant que je suis de retour dans sa vie.

salle de bain. Dans la baignoire il n'y a que des produits féminins. Il se peut que j'aie ouvert l'immense tube de crème posé à côté du lavabo et que je l'aie sniffé. Ça sent Aubrey. Je souris comme un idiot. Jusqu'à ce que j'ouvre le placard derrière le miroir. Du Doliprane, du déodorant, des rasoirs, des stocks de crèmes et de ne je sais quoi et... un*e plaquette de pilule.* Je vois qu'elle a déjà pris les cachets de lundi, mardi et mercredi de cette semaine. J'ai une envie soudaine de jeter le reste dans les chiottes. Mais les conséquences de cet acte sont tellement compliquées que je refuse d'y penser. Je m'aventure dans le couloir.

J'ouvre le dressing de sa chambre. L'une des portes coulissantes a déraillé et manque de me tomber sur la tête. *Son connard de copain ne répare rien.* Aucun vêtement masculin là-dedans, ce qui atténue la découverte dans le placard de la salle de bain.

Quelques photos encadrées sont disposées sur la commode. Sur l'une d'entre elles, Aubrey pose aux côtés d'un homme que je suppose être son père, au cours de sa cérémonie de remise de diplôme de la fac. Elle le regarde, alors qu'il a les yeux rivés sur l'objectif avec fierté. Je me souviens qu'il était avocat, lui aussi. Une photo d'elle ado entourée de ses amis. Une autre d'elle avec une femme âgée. Elles se ressemblent et je devine qu'il s'agit de sa grand-mère. La dernière photo me bouleverse. Elle pose avec Dick... et Pixy entre eux. *Méchoui, espèce de sale traître.* Cette photo me déchire le cœur mais je ne peux pas m'empêcher de la contempler pendant un long moment. Aubrey sourit de toutes ses dents. Elle a l'air... heureuse. Ça aurait dû être moi.

J'en ai assez vu. Je suis sur le point de quitter la pièce

quand mon regard se pose sur les tiroirs de la commode. Celui du haut est carré – exactement le genre de tiroir dans lequel on range des sous-vêtements. Puisque je me comporte comme un connard depuis tout à l'heure, je peux bien continuer. À l'intérieur, je trouve de la dentelle. Et un petit mot.

Branleur – puisque tu n'as rien de mieux à faire, tu veux bien réparer la porte du placard ?

Je ris pendant cinq bonnes minutes. On se connaît par cœur. Puis je répare la porte.

***

Je n'ai pas de nouvelles d'Aubrey depuis la veille au matin. J'espère vraiment qu'elle m'appellera ou m'enverra un SMS demain matin et, lorsque mon téléphone vibre vers vingt et une heures, ce soir-là, je suis excité comme une puce.

Merci pour la porte du placard, pervers.

Je ferais n'importe quoi pour toi.

Quelques minutes s'écoulent. Je me demande si je dois m'excuser d'avoir fouillé dans ses tiroirs.

Tu n'as essayé aucune culotte, pas vrai ?

Je préfère sentir que me travestir. Et puis c'est ton cul que j'aime voir recouvert de dentelles, pas le mien.

Très drôle.

Je suis très sérieux quand je dis que j'aime voir ton cul recouvert de dentelles.

Pas de réponse. J'ai déplacé cette conversation hors du territoire amical. Je décide de pousser un peu ma chance.

Tu me manques. On se voit quand ?

Et si on allait balader des chiens demain après-midi ? Je devrais avoir fini vers 16 heures.

Rendez-vous au refuge à 16 h 30.

OK.

Bonne nuit, Princesse.

Bonne nuit, Chance.

On se retrouve au refuge le lendemain. Aubrey arrive après moi, toujours aussi belle dans son tailleur chic. Mais quand elle ressort des toilettes en jean, tee-shirt blanc, tongs et queue-de-cheval, elle est spectaculaire. Je ne peux pas m'empêcher de l'observer tandis qu'on se dirige vers le parc avec deux chiens chacun.

— Quoi ? Tu me regardes comme s'il y avait un problème.

— Non, je te regarde, c'est tout. Je ne sais pas si c'est possible, mais je te trouve chaque fois plus belle.

On entre dans le parc en silence. On se promène un moment avant de s'asseoir sur un banc.

— Je peux te demander quelque chose ?

— Tout ce que tu veux.

— C'était comment ? La prison ?

Je suppose que c'est normal qu'elle se demande à quoi j'ai occupé ces deux dernières années, vu que tout ce que j'ai fait pendant deux ans, c'est me demander ce qu'elle faisait. Elle rattrape le temps perdu.

— C'était... humiliant. Bondé et solitaire en même temps.

— Tu recevais des visites ?

— Adele venait un dimanche sur deux.

— Et ta mère ? Elle s'occupe toujours de ta grand-mère ?

— Non. Elle est morte.

Aubrey me dévisage, navrée.

— Je suis désolée. Je n'ai pas réfléchi. Ta grand-mère était malade. J'aurais dû me douter.

— Tu ne pouvais pas savoir.

Je m'éclaircis la voix.

— Elles sont décédées toutes les deux. Ma mère a fait un AVC la première année où j'étais en prison.

— Oh mon Dieu, Chance, je suis vraiment désolée.

— Merci.

J'ouvre la bouteille d'eau que je trimballe avec moi pour en donner aux clébards. Une fois la bouteille vide, je me rends compte qu'elle me regarde toujours. Je lui accorde toute mon attention et j'attends la suite.

Une larme roule sur sa joue.

— Tu as perdu tellement de choses.

J'efface sa larme du pouce et j'empaume son visage. Elle se laisse aller contre ma main. J'ai du mal à respirer en songeant à tout le chagrin que j'ai enduré.

— Oui.

Je ferme brièvement les paupières pour me ressaisir. Quand je les rouvre, le regard d'Aubrey est toujours fixé sur moi.

— Mais parfois il faut tout perdre pour comprendre ce dont on a réellement besoin.

Elle entrelace ses doigts aux miens et les presse doucement. On reste assis sur ce banc pendant une bonne heure avant que les chiens ne décident qu'ils ont assez couru. Je lui parle de l'équipe de foot que j'ai créée en prison, elle me raconte tout ce qu'elle a fait pour mettre le refuge sur pied. Sa firme lui permet de faire pas mal de bénévolat, ce qui la remplit de joie. On dirait qu'elle a trouvé l'équilibre qu'elle cherchait il y a deux ans.

Une fois les chiens ramenés au refuge, je ne suis pas prêt à la laisser partir. On est gênés comme à la fin d'un premier rencard.

— Ça te dit qu'on aille manger un morceau ?

Elle se mordille la lèvre inférieure.

— J'ai un truc de prévu ce soir.

Dick. J'acquiesce et baisse les yeux.

— Mais...

Je relève la tête, plein d'espoir. Je suis à deux doigts de lui faire les yeux du Chat botté.

— C'est un truc que je peux annuler.

— J'adorerais, réponds-je, sincère. Je ne suis pas prêt à te laisser rentrer.

Elle s'éloigne pour passer un coup de fil. Elle revient et range son portable dans son sac à main.

— Tu veux aller où? Quoi qu'il en soit, je dois passer chez moi me changer. Je suis toute sale à cause des chiens et je ne veux pas remettre mon tailleur.

— Et si on se faisait livrer ?

Elle réfléchit un instant avant de répondre.

— Je ne pense pas que ce soit une bonne idée, Chance.

Je lève trois doigts.

— Je serai irréprochable. Parole de scout.

Malgré un regard soupçonneux, elle finit par accepter.

— Bon, d'accord.

Elle ne voit pas mes doigts croisés dans le dos.

***

On commande des spaghettis à la carbonara et des escalopes de poulet à la parmesane au restaurant italien à côté de chez elle. On partage les deux plats. Une fois qu'on a terminé, elle sauce avec gourmandise ce qui reste avec du pain.

— Je vois que tu as levé l'interdiction qui pesait sur les glucides et les féculents. Il me semble me souvenir que tu ne t'autorisais qu'un seul repas gras par mois.

— J'ai décidé que j'aimais trop manger. Du coup, j'ai échangé le pain et les pâtes contre un planning de sport plus strict. Richard m'a convertie au jogging et j'ai découvert que je pouvais éliminer une part de cheesecake en moins d'une demi-heure. Ça vaut le coup.

Je détourne les yeux. Quand elle parle de lui et du bien qu'il lui a fait, je me sens partagé. Je suis content de voir qu'elle profite davantage de la vie mais triste de ne pas être celui qui lui a appris ça. Et je dois avouer que je n'aime pas entendre son nom.

— Désolée.

Elle a surpris mon expression et ses excuses sont sincères.

— Je suis un connard. Je suis content que tu manges et que tu fasses du sport.

J'ai besoin de me ressaisir. Je me lève pour débarrasser. Aubrey nettoie la table pendant que je remplis le lave-vaisselle. Tout ça est très... conjugal. Et normal. Je me demande si elle ressent ça avec lui aussi.

Il est à peine vingt heures quand on a terminé. Je ne veux pas m'imposer tout en ne voulant pas partir. Je contemple le carrelage de la cuisine. Il y a des joints à réparer – un projet pour un autre jour.

— Tu veux que je m'en aille ?

Je ne relève pas la tête, seulement les yeux, remplis d'espoir. Elle secoue la tête.

— On regarde un film ? demande-t-elle à mi-voix.

Pixy nous rejoint dans le salon. Dès qu'on est installés dans le canapé, la petite chieuse se love sur le fauteuil d'à côté, la tête sur l'accoudoir, les yeux fixés sur nous.

— C'est sa place, explique Aubrey.

On se dispute pour choisir que regarder, avant de finir par se mettre d'accord sur une série Netflix sur laquelle Aubrey ne tarit pas d'éloges. C'est une histoire de gang de bikers avec l'actrice qui incarnait la mère dans cette vieille série, *Mariée, deux enfants.* Il y avait une télé dans la salle commune de la prison mais une série sur les bikers n'avait aucune chance d'être approuvée. Je suis à la ramasse, même sur les choses sans importance comme les séries télé.

— Tu sais, quand j'ai vu ta moto, ce jour-là, sur le parking de cette aire d'autoroute, je me suis imaginée dessus, cramponnée à un type.

Elle montre du doigt un acteur blond qui monte sa Harley avec des baskets blanches.

— Je me suis demandé quel effet ça faisait de chevaucher un engin pareil.

— Ah oui ?

Elle ramène ses jambes sous elle et ses pieds effleurent ma cuisse. Je m'empare d'un de ses pieds sans réfléchir et commence à le masser. Elle a d'abord l'air songeuse mais elle se détend rapidement.

— C'est bon ?

— Mmmm... mmmm.

— Je vais faire un saut à Hermosa Beach.

— Pour quoi faire ?

— Récupérer ma bécane. Je te dois une balade.

Elle ferme les yeux tandis que je continue à pétrir ses pieds.

— Ça me plairait.

Moi aussi, Princesse. Moi aussi.

— Tu veux savoir ce que j'ai pensé, la première fois que je t'ai vue ?

Elle glousse.

— Probablement pas.

— Je n'arrivais pas à détourner les yeux. Tu étais magnifique, mais ta façon de sourire en jouant avec cette figurine m'a fait quelque chose.

— Je croyais que tu me détestais.

— Je me suis demandé quel effet ça ferait moi aussi. Sauf que ce n'était pas une moto que je voulais chevaucher.

Nos regards se croisent et je vois ses pupilles se dilater. *Merde.* Elle est excitée. Je presse mes pouces sous sa voûte plantaire ; elle ferme les yeux et laisse échapper un petit gémissement.

— J'aime ce bruit.

Ma voix est rauque. Et mon sexe durcit.

Je sens toute raideur la quitter, mais un autre type de tension la remplace. Une énergie sexuelle brute emplit la pièce. Elle savoure ma caresse et cède peu à peu aux sensations qu'elle lui procure. Je remonte sur sa cheville. Sa respiration se fait plus courte. La douceur de sa peau m'a manqué. J'ai tellement envie de sentir son corps sous le mien que ma patience est presque douloureuse. Je fais glisser les mains derrière ses genoux et me rapproche un peu. Son corps réagit parfaitement à mes caresses.

— Chance, gémit-elle sans ouvrir les yeux.

Je me penche lentement vers elle.

— Aub...

La sonnette de la porte d'entrée retentit, faisant à Aubrey l'effet d'une douche glacée. Elle ouvre grand les yeux et se raidit. Pas la peine d'être chercheur à la NASA pour comprendre qui elle pense être responsable de ce coup de sonnette.

— Et si c'était... Richard ?

— Et alors ? On n'a rien fait de mal.

— Mais... je ne lui ai pas raconté pour nous. Tu t'es pointé l'autre jour en disant que tu quittais la ville. Je suis certaine que ça a dû éveiller ses doutes. S'il te trouve ici, il va penser qu'il y a quelque chose entre nous.

Je suis soudain sur la défensive.

— Il y a quelque chose entre nous.

— Tu comprends ce que je veux dire.

La sonnette retentit de nouveau. Je meurs d'envie de marcher vers la porte, de l'ouvrir brusquement et de dire à Dick d'aller se faire foutre. Mais Aubrey a l'air paniquée. Je me passe la main dans les cheveux.

— Qu'est-ce que tu veux que je fasse ? Que je m'en aille par la porte de la cuisine ? demandé-je, sarcastique.

Mais je vois bien à sa tête que c'est exactement ce qu'elle espère.

— Tu te fous de moi, c'est ça ?

— Je suis désolée. Vraiment. Je... je... ne veux pas qu'il te trouve ici.

On se dévisage un instant. Partir comme ça est horrible. C'est comme si c'était moi l'autre et pas Dick. Ça me fait un mal de chien mais j'obéis. Je quitte la maison par la porte arrière sans dire un mot.

J'attends près de la fenêtre de le voir entrer puis je contourne la baraque. Je ne regarde pas à l'intérieur. Ça me tuerait. Et il n'est pas question de voir sa bagnole rester garée là toute la nuit. Alors, je me barre. En laissant peut-être des traces de pneus derrière moi, mais je m'en vais.

Furieux, je prends l'autoroute en direction de Hermosa Beach. C'est soit ça, soit m'apitoyer sur mon sort dans les bras de Carla et je ne me fais pas confiance. Au bout d'une heure, le voyant lumineux m'indique que le réservoir est presque vide. Je m'arrête dans une station-service et pose le front sur le volant pendant quelques minutes.

Qu'est-ce que je fous ? Aubrey est heureuse. Du moins elle l'était avant que je ne fasse égoïstement irruption dans sa vie. Je veux tellement la récupérer que je finis par me demander si je ne suis pas en train de me faire des films. Pendant la dernière heure, j'ai oscillé entre la certitude qu'elle a juste besoin de temps pour me faire confiance de nouveau et celle que j'ai pris la mauvaise décision en restant à Temecula.

Au moment où je m'apprête à descendre de la voiture, le ciel se déverse sur ma tête. La pluie s'abat sur le bitume brûlant qui se met à fumer comme de la glace. C'est une vision surréaliste. Et solitaire. C'est peut-être un signe.

Je cours jusqu'à la boutique. Comme je ne peux pas esquiver les gouttes, mes vêtements sont trempés quand je parviens à destination. Je vais aux toilettes m'asperger le visage. Je me contemple dans le miroir en essayant de me motiver. Je ne suis même pas capable de me convaincre que tout va s'arranger et je crois pouvoir persuader Aubrey ? Mon portable vibre dans ma poche et, pendant une seconde, je sens l'espoir renaître. C'est un texto de mon opérateur téléphonique m'annonçant que je suis presque au bout de mon forfait. *En voilà un, de signe. Le temps m'est compté.*

Je sors des chiottes en grommelant et décide de manger un morceau avant de faire le plein et de reprendre la route. Je ris en voyant le choix qui s'offre à moi : Starbucks ou Popeyes. C'est ironique. Je devrais peut-être faire un tour au rayon souvenirs et acheter une figurine Obama. Je me réprimande intérieurement. Quel connard pathétique je fais.

Je commande du poulet, impatient de me tirer de là, et je glisse la main dans ma poche pour chercher un billet. Quelque chose tombe sur le sol avec un bruit métallique. C'est la clef qu'Aubrey m'a donnée. Je la ramasse et la garde serrée dans ma paume en attendant la monnaie.

Et c'est alors que je comprends. J'attendais un signe alors que la clef était dans ma poche depuis le début. *Dick* a sonné à la porte. Ça fait sept mois qu'ils sortent ensemble et elle ne lui a toujours pas donné de clef. Je ne suis pas l'autre mec. Elle ne l'a juste pas encore admis. Mais je compte bien l'aider.

Chapitre 24

Adele est assise sur le canapé, jambes croisées.

— Tu repars ce soir ?

J'opine du chef.

— Je n'ai pas de temps à perdre. Chaque seconde que je passe loin d'elle, il reprend l'avantage. Je suis juste revenu pour embarquer ma moto dans le pick-up. Elle veut que je l'emmène se balader, conclus-je en agitant les sourcils d'un air entendu.

— Super. J'espère juste que c'est pas toi qu'elle va envoyer balader.

— J'ai juste envie de faire un p'tit tour avec elle, si tu vois ce que je veux dire.

— Très bien ! Je ne voudrais juste pas qu'elle te fasse lanterner, c'est tout. Si son copain est un mec bien, ça complique les choses. Elle ne voudra pas lui faire de mal.

— Je sais. Mais voilà la clef de mon succès.

pour Aubrey. Je manque mourir de rire au magasin en tombant sur un casque qui est censé imiter une pastèque dont il manquerait une tranche. Je me dis qu'elle me tuerait si je lui faisais porter ça. J'en choisis un autre qui lui ira parfaitement. Comme je ne transporte jamais de passager, j'ajuste la suspension arrière.

Une fois de retour au motel, je cherche sur Internet un itinéraire sympa avec un endroit agréable où s'arrêter. Je découvre une ville appelée Julian à cent vingt kilomètres d'ici. Un trajet de deux heures. C'est dans une région montagneuse à une heure à l'est de San Diego apparemment renommée pour ses tartes aux pommes. *Parfait.* Je fantasme à l'idée de trouver un Bed & Breakfast où passer la nuit, mais je sais qu'elle n'acceptera jamais. Il faut donc qu'on puisse faire l'aller et retour dans la journée et ne pas rentrer trop tard.

***

Le dimanche finit par arriver. Je prends bien garde d'être en tout point conforme au fantasme du biker d'Aubrey. Avec mon blouson en cuir marron, un jean et mon casque noir brillant, je suis prêt à conquérir la seule femme que j'ai jamais eu envie de faire monter sur ma bécane. Charlie Hummer n'a qu'à bien se tenir.

Plutôt que d'aller sonner à sa porte, je fais vrombir ma moto sur le trottoir pour la faire sortir. Tout le quartier est au courant de mon arrivée. Aubrey sort de chez elle et son sourire me réchauffe le cœur. Son court Perfecto noir met ses seins en valeur. *Putain.* Ses cheveux sont lâchés et elle porte des bottes noires sur son jean moulant.

Je lui tends son casque, un grand sourire aux lèvres.

— Putain que t'es sexy !

Elle baisse les yeux sur le casque rose sur lequel s'étale *Princesse Biker* et éclate de rire.

— Princesse Biker ? Tu l'as fait faire exprès ?

— Non. Je l'ai trouvé à la boutique de moto. C'est parfait, non ? C'est le destin.

— Ce qui serait génial, ce serait qu'il y ait écrit sur le tien *Branleur Condescendant*, répond-elle avec un clin d'œil.

Je suis ravi de voir qu'elle est d'humeur fougueuse ce matin. Ça s'agite dans mon pantalon.

— Prête, Princesse ?

— J'ai un peu peur, j'avoue. Je ne suis jamais montée sur un engin comme ça.

— Tu vois ce que ça fait de rouler en décapotable ?

— Oui.

— Eh bien, c'est dix fois mieux. Ça va être génial, Aubrey.

Ça n'a pas l'air de la tranquilliser.

— Toujours inquiète ?

— Je ne peux pas m'en empêcher.

— N'aie pas peur. Reste bien cramponnée à moi. Tu n'as que ça à penser.

Ne me lâche jamais.

— Crois-moi, je ne te lâcherai pas.

— C'est une promesse ?

Elle rougit en comprenant le sous-entendu et ignore ma question.

— C'est la première fois pour moi aussi, tu sais.

— Comment ça ? Tu fais de la moto depuis des années.

— Mais tu es la première femme à monter avec moi.

— Vraiment ?

— Vraiment. Je vais t'aider, dis-je en ajustant la jugulaire, le regard plongé dans ses yeux magnifiques. J'ai des choses à te dire avant de démarrer. Pour ta sécurité.

— D'accord.

Avec cet énorme casque sur la tête, elle est adorable. J'enfourche la bécane.

— Installe-toi derrière moi.

Elle obéit.

— Mets tes bras autour de ma taille.

Je m'immobilise en les sentant m'enserrer.

— Fais ça tout le temps. Ne lâche pas. Tiens-moi le plus fort possible.

— D'accord.

— Et maintenant, la chose la plus importante. Chaque fois que je tournerai, tu devras te détendre. Tu vas avoir envie de te raidir et de résister au mouvement, mais ne le fais pas. Compris ?

— Compris.

— Deuxièmement, on ne pourra pas se parler à moins de hurler. Donc, si tu veux que je m'arrête, pour n'importe quelle raison, tape-moi sur l'épaule. Mais c'est la seule fois où tu auras le droit de me lâcher.

J'exagère un peu avec cette histoire de ne jamais me lâcher. Mais j'ai décidé de profiter de sa proximité.

— On y va. Prête ?

— Oui.

Je démarre et on emprunte quelques rues avant de gagner l'autoroute. Aubrey ne me lâche pas un seul instant. Je n'aurais jamais imaginé que ce serait si bon d'avoir une passagère. Je suppose que c'est parce que c'est elle et pas une autre. J'ai oublié à quel point j'aimais faire de la moto, l'excitation de la vitesse, le vent sur mon visage et tous les sens en éveil. C'est la chose que je préfère après le sexe – je ressens un sentiment de pouvoir absolu. Concentré sur la route et sur mon environnement, je suis envahi par un étrange calme.

Mais même si c'est génial, je ne perds pas de vue que la vie d'Aubrey est entre mes mains et que je dois donc me montrer très prudent. Conduire une moto vous rend très conscient de votre propre mortalité, surtout sur l'autoroute. Notre itinéraire nous fait passer de celle-ci à des routes de campagne entourées de montagnes. Il me tarde de la voir, le visage rougi par le vent et les cheveux emmêlés par le casque.

L'un des trucs les plus drôles du trajet, c'est ma tentative de communication avec Aubrey. Elle n'entend pas ce que je dis, du coup je balance tout ce que j'aimerais lui dire.

On est presque arrivés à destination quand je m'écrie :

— Il me tarde de te bouffer la chatte !

— Hein ?

— J'ai dit : « On est presque arrivés, j'ai hâte ! »

Une autre fois :

— On devrait se marier pour de bon.

— Quoi ?

— J'ai envie de bonbons.

Une fois que nous sommes parvenus à Julian, je découvre qu'Aubrey ressemble exactement à ce que j'espérais. Son visage est écarlate et ses cheveux en bataille. Je dois me retenir pour ne pas l'embrasser.

Elle secoue sa chevelure.

— On commence par quoi ?

Je suis tellement envoûté que je ne comprends pas tout de suite la question.

— Pardon ?

— On commence par quoi ? répète-t-elle.

— Il paraît que cette ville est réputée pour sa tarte aux pommes. On va en acheter ?

— On a fait deux heures de moto pour une tarte aux pommes ? demande Aubrey en gloussant.

— Absolument.

— Il n'y a que toi pour faire une chose pareille. C'est ce que j'apprécie le plus chez toi. Tout devient une aventure. Même acheter une tarte aux pommes.

— C'est un compliment ?

— Oui, fait-elle avec un sourire tendre. Et rien ne me ferait plus plaisir que partager une tarte aux pommes avec toi.

Quelque chose a changé en elle. C'est peut-être à cause de la balade. Faire de la moto avec quelqu'un est une expérience intime, surtout quand on est le passager et qu'on remet sa vie entre les mains du conducteur. Je l'ai peut-être impressionnée.

Bateman, un point.

Dick... zéro.

On se dirige vers le Julian Café, qui prétend faire la meilleure tarte aux pommes de la ville. On s'installe dans un coin tranquille près du mur de briques. On nous sert des généreuses tranches de tarte tiède saupoudrées de cannelle sur lesquelles repose une boule de glace à la vanille. Ils ne mentent pas : c'est la meilleure tarte aux pommes que j'aie jamais mangée. J'aurai eu au moins un orgasme, même s'il n'est que gustatif, aujourd'hui.

La conversation démarre facilement. On évoque le refuge, sa volonté de transformer sa chambre d'amis en bureau et le nouveau yoga qu'elle vient de découvrir. *J'es-*

père bien en récolter les fruits un jour. Je lui raconte mon bref passage à Hermosa Beach et lui parle de l'appentis que je veux bâtir dans son jardin pour entreposer les outils de jardinage. Et puis tout d'un coup, je gâche tout.

— Dick... euh, je veux dire Richard, pense que tu es où, aujourd'hui ?

— Avec un ami.

Je laisse échapper un ricanement sarcastique.

— Ah. Ce n'est pas vraiment la vérité.

— Pourquoi ça te fait rire ? On n'est pas censés être amis ? C'était ton idée, pourtant.

— Disons que c'est un terme que j'utilise dans un sens très vaste. Plutôt dans le sens de – je ne sais pas – ma *petite amie.*

— Je ne suis pas ta petite amie.

— Non. Tu es ma femme.

— Chance...

— Détends-toi. Je plaisante. *En fait, non.* Ce que je veux dire, c'est que tu peux t'auto-convaincre que c'est innocent pour le moment mais je doute fort que Dick accepterait que tu passes du temps avec un prétendu pote qui n'a qu'une envie c'est te mettre le grappin dessus. Ledit pote qui a d'ailleurs la clef de chez toi et pas lui. Ne crois pas que je n'ai pas remarqué ça. Ne te trompe pas, Aubrey. Je n'ai qu'un seul but : te récupérer. Je suis ton ami pour le moment mais ça ne me suffit pas. Et ça ne me suffira jamais. Je te veux dans mon lit tous les soirs et à ma table tous les matins. Soyons bien clairs : c'est toi que je veux pour le petit déjeuner. Je ne serai satisfait que lorsque je te posséderai tout entière.

Je m'en veux de m'être laissé emporter comme ça alors qu'on était censés faire une balade sympa et manger de la tarte aux pommes. Je me passe la main dans les cheveux et baisse les yeux vers mon assiette.

— Je suis désolé, dis-je sur un ton plus mesuré. C'est juste que je ne peux pas faire semblant.

Elle me regarde, stupéfaite, puis hoche la tête.

— Ce n'est pas grave.

Après cette tirade embarrassante, il est temps de changer de décor. Je me lève.

— On va se promener ? Voir ce qu'il y a à voir avant de reprendre la route ?

— Avec plaisir.

Nos pas finissent par nous mener dans une petite librairie qui vend aussi des bijoux. Aubrey a l'air de trouver très à son goût un bracelet avec une breloque en forme de symbole de la paix bouddhiste. Je profite du fait qu'elle feuillette, concentrée, un livre de Deepak Chopra pour acheter le bracelet sans qu'elle s'en rende compte.

Je le lui offre une fois dehors.

— Tiens. Je voulais que tu aies un souvenir de ton premier voyage en moto. J'espère que ce ne sera pas le dernier.

— Comme si je pouvais oublier une journée pareille. Mais c'est très gentil. Merci. Je l'adore.

— Je sais. J'ai vu la façon dont tu le regardais, parce que je ne peux pas te quitter des yeux, quoi que tu fasses, alors...

Je mets les mains dans les poches et je jette un coup d'œil alentour sans finir ma phrase.

Elle enfile le bracelet.

— Il va peut-être me permettre de ramener la paix dans ma vie. J'en ai bien besoin.

Et soudain, alors qu'on est là, côte à côte sur le trottoir, il me vient à l'esprit que la situation est aussi compliquée pour elle. Je passe tellement de temps immergé dans mes propres peurs que j'en ai oublié de penser à Aubrey. Me voir surgir d'entre les morts juste au moment où elle commençait à mettre de l'ordre dans sa vie l'a bouleversée. Je meurs d'envie de lui prendre la main mais je me retiens en serrant les dents. Au lieu de ça, je dis :

— Il y a plein de chemins de rando par ici. Si on avait eu plus de temps, on aurait pu louer un chalet pour le week-end. Mais je sais que tu dois rentrer.

— Peut-être une autre fois, répond-elle en souriant.

— Oui.

Une heure plus tard, on a repris la route. Mais ce retour est bien différent de l'aller. Le soleil se couche, parant l'horizon de rouge, et Aubrey relâche un peu sa prise sur ma taille. À mi-chemin, elle pose son menton sur mon dos. Ce petit geste me fait frissonner de la tête aux pieds. Sa signification est immense. J'imagine sans problème passer tous nos week-ends à faire ce genre de balade. Aucun sentiment n'arrive à la cheville de celui-là : avoir sa femme sur sa moto.

Parce que c'est ma femme. En revanche, suis-je son mari ? La question reste en suspens.

Quand je me gare devant son pavillon, le chant des crickets remplace le vrombissement de ma moto. On reste assis en silence. Elle ne me lâche pas et ne descend pas, aussi, je ne bouge pas.

Elle finit par parler, d'une voix douce et basse.

— Je ne vais pas te laisser mariner longtemps, Chance. Je te le promets. Ce ne serait pas juste. Il faut que je prenne une décision.

Je m'empare de ses mains, qui reposent toujours sur ma taille et je les serre étroitement contre mon torse.

— Je ne suis pas pressé, Princesse.

Elle pousse un long soupir et descend de la moto. Je ne l'imite pas. J'aperçois le museau de Pixy en train de nous espionner derrière la fenêtre. *Cette chèvre est aussi aveugle que moi.*

J'attrape le pan de son Perfecto et je joue avec d'un air aguicheur.

— On se revoit quand ?

— Je ne sais pas.

— Réfléchis-y.

— Merci pour la balade. Je ne l'oublierai jamais.

Cette remarque m'angoisse.

Je ne l'oublierai jamais.

— Tu t'en es super bien sortie, Princesse. Il me tarde de remettre ça.

En rentrant au motel, ce soir-là, je prends une décision difficile. Je vais faire le mort pendant quelques jours, histoire de la laisser respirer. On dit que si on laisse partir quelque chose et qu'il ne vous revient pas, c'est qu'il n'a jamais été à vous. Mais comme c'est moi qui suis parti le premier, impossible de prédire la suite.

Chapitre 25

Deux jours plus tard, je commence à construire l'appentis dans le jardin d'Aubrey. Ce sera plus simple de pouvoir entreposer mon matériel et de ne plus avoir à le transporter. Je suis bien obligé d'admettre qu'Aubrey a le plus beau jardin de Temecula, à présent.

Il fait vraiment trop chaud et je commence à vraiment me déshydrater. Je décide de m'arrêter là pour aujourd'hui.

J'utilise ma clef pour entrer chez elle, histoire de boire et d'aller aux toilettes avant de partir. Pixy est tellement habituée à ma présence qu'elle ne sursaute même plus en m'entendant.

Je n'ai envoyé aucun texto à Aubrey depuis dimanche et je ne sais pas où elle en est. J'ai l'impression qu'on ne s'est pas parlé depuis une éternité. Je pourrais chercher des réponses en fouillant chez elle mais l'idée me répugne. Heureusement, je ne vois aucune trace d'une éventuelle présence de Dick ces derniers jours, et ça me fait plaisir. La maison est Dick-free et c'est comme ça que je l'aime.

Après tout ce bricolage, je suis en nage. Je me demande si Aubrey aurait une objection à ce que je prenne une douche chez elle. Comme j'ai juré de ne plus la contacter, je ne peux pas lui envoyer un texto pour lui poser la question. Mais je ne vois pas pourquoi ce serait un problème.

— Tu ne me dénonceras pas, hein ? dis-je à la chèvre, qui me suit partout.

— Bêêêê.

— Brave fille.

Je me déshabille et entasse mes fringues sales sur le sol devant la salle de bain. Une fois sous la douche, je me mets à penser à Aubrey, évidemment. J'utilise son gel douche et j'ai l'impression de me baigner dans une mer qui aurait son parfum. Douce torture. J'empoigne mon sexe et commence à me branler avant de m'arrêter net. Même si je suis super excité, pas question de salir sa baignoire. Avec le bol que j'ai, je serais capable de laisser une trace de sperme derrière moi. « Je te donne la permission de rentrer dans ta salle de bain, Aubrey ! » Elle se douterait évidemment que c'est moi, ce qui n'arrangerait pas mon cas. Je m'astiquerai le manche en rentrant à l'hôtel.

Je sors de la douche. La vapeur a envahi la salle de bain. Je m'essuie et contemple mon corps dans le miroir tout en faisant jouer mes muscles.

Je suis super en forme, dis donc.

Avec tout le temps passé au grand air et à la salle de sports, je n'ai jamais été aussi musclé. Dommage que personne n'en profite.

Je me dirige vers la chambre d'Aubrey en me frottant vigoureusement les cheveux. Un tableau mettant en scène une femme aux seins nus attire soudain mon attention. Il n'était pas là la dernière fois. Il doit être nouveau. *Bon sang.* C'est une belle toile mais je ne m'attendais pas à trouver ça chez elle.

Tout en la contemplant, je songe à tout ce que je ne sais pas sur Aubrey. Elle aime le sexe, ça j'en suis certain, et je suis désolé de ne pas avoir eu le temps d'explorer cet aspect de sa personnalité, de repousser ses limites et de faire avec elle des expériences inédites.

Tout ce qu'on aurait pu faire pendant ces deux années perdues.

Je bande de nouveau, merde. Une goutte perle sur mon gland. Je suis vraiment très excité.

C'est alors que j'entends sa voix, ce qui me fait frissonner de la tête aux pieds.

— Oh mon Dieu ! hurle-t-elle.

Je pivote, exposant ma bite dressée.

— Merde ! fais-je en enroulant la serviette autour de ma taille pour dissimuler mes parties intimes.

Non seulement elle a eu un aperçu de mon cul en entrant, mais elle a aussi eu droit à l'autre côté.

— Qu'est-ce que tu fais ? demande-t-elle, à bout de souffle.

— Je... euh... voilà... j'avais très chaud et je voulais me rafraîchir. Je me suis permis de prendre une douche. Je pensais que ça ne te dérangerait pas, conclus-je dans un rire nerveux.

— Effectivement, ça ne me dérange pas, mais bon sang, ça t'arrive souvent de rester planté à poil devant le mur ?

— J'admirais ton tableau.

Mes yeux errent sur son corps. Elle porte sa tenue de sport, une brassière moulante violette qui comprime ses magnifiques nichons et des leggings. Elle ne s'attendait manifestement pas à tomber sur moi. D'habitude, à cette heure-ci, je suis parti, mais j'ai perdu la notion du temps en construisant l'abri de jardin. Et puis elle ne rentre jamais aussi tôt.

— Qu'est-ce que tu fais là ?

— C'est à moi de te poser la question. Dois-je te rappeler que je suis chez moi ?

— Non, je veux dire qu'en général tu ne rentres jamais aussi tôt.

— J'avais rendez-vous chez le médecin. J'ai décidé de ne pas retourner au boulot mais d'aller plutôt à la salle de sports. Je suis rentrée pour me doucher.

— Je t'ai ratée, alors. On aurait pu faire ça ensemble.

Elle lève les yeux au ciel mais ne peut s'empêcher de sourire.

Rien n'est plus sexy que la vision d'Aubrey en nage. Mon érection est hors de contrôle. De même que mes sentiments. Je fais un pas vers elle. Elle se raidit.

— Tu m'as manqué, Aubrey. Tu as certainement compris que j'ai essayé de te laisser tranquille.

— Je sais. Tu as arrêté, on dirait.

— Juste. J'ai arrêté.

Elle baisse les yeux sur mes tablettes de chocolat avant de les relever. Ce n'est pas un regard à la dérobée. Elle m'observe ouvertement. Ses pupilles se dilatent.

Je fais encore un pas vers elle. Je ne peux pas m'empêcher de lui dire ce que je ressens.

— Tu te demandais pourquoi je regardais le mur. Tu sais à quoi j'étais en train de penser quand tu es entrée ?

— À quoi ?

— Je me disais que, sous tes dehors de fille bien élevée, tu es une friponne. Ce tableau est là pour le prouver. Tu aimes le cul et le sexe vanille ne te satisfera jamais. Tu es du genre – que tu l'admettes ou non – à vouloir tout essayer et sans cesse repousser tes limites. Je sais que si nous étions ensemble, tu me laisserais faire tout ce que je veux avec toi. Et tu adorerais ça.

— Quel genre de choses ? murmure-t-elle à ma grande surprise.

Bonne fille. Entre dans mon jeu.

— Commençons par ce que je te ferais maintenant si je pouvais. Je lécherais la moindre goutte de sueur salée sur ton corps en commençant par ces merveilleux nichons. Je te nettoierais avec la langue et te baiserais violemment jusqu'à ce que tu jouisses, pleine de mon foutre, comme il se doit.

J'ai l'impression qu'elle se tortille.

— Et après ? demande-t-elle en reculant un peu.

Je la suis. Nos visages se touchent presque.

— Je te rebaiserais avec ma bouche. J'adorerais te bouffer la chatte pendant que tu me sucerais. Ça te plairait. Je voudrais que tu me chevauches, je voudrais te clouer au lit et fesser ce joli cul. Il me tarde de te sauter de nouveau. Et quand je dis sauter, je veux dire te faire l'amour sauvagement, parce qu'il ne peut être question d'autre chose entre nous, d'amour ardent et de baise fougueuse.

— Bon sang, murmure-t-elle en fermant les yeux.

Profitant de sa faiblesse, je presse ma bouche affamée sur la sienne et je prends sans honte ce dont j'ai été privé pendant deux ans. Elle ouvre la bouche et ma langue l'envahit, à la recherche de la sienne. Le gémissement qu'elle pousse me traverse de part en part. Elle passe les doigts dans mes cheveux humides et je la pousse brutalement contre le mur, faisant vaciller sa lampe de chevet. Je sais que je dois reculer mais je ne sais pas comment.

C'est Aubrey qui en prend l'initiative.

— S'il te plaît. Arrête.

Entre deux respirations haletantes, je trouve la force de répondre :

— Tu ne vois pas la façon dont tu réagis ? C'est évident qu'on est faits pour être ensemble.

Elle gagne l'extrémité de la pièce et commence à faire les cent pas.

— On ne se met pas en couple à cause de l'alchimie sexuelle.

— Bien sûr que si. C'est super important. Je me fous que Dick soit sympa, s'il ne sait pas utiliser sa bite, tu ne seras pas heureuse avec lui. Et puis de toute façon, là n'est pas la question. Tu sais très bien qu'entre nous ça clique dans tous les domaines. C'est bien plus qu'une attirance physique. Et je suis certain que c'est notre connexion émotionnelle qui te fout la trouille. C'est quoi le problème, alors ? La confiance ? Parce que je donnerais mon bras gauche pour te prouver que tu peux me faire confiance de nouveau.

Elle lève les mains tout en secouant la tête.

— C'en est trop. Je ne m'attendais pas à te trouver là.

— Quand est-ce que ce ne sera plus trop, alors ? Est-ce que ce sera jamais le bon moment ?

J'ai haussé la voix et je le regrette immédiatement.

Pixy laisse entendre un gémissement. Elle assiste au spectacle, assise dans un coin.

— Tu lui fais peur.

— Tant qu'elle ne s'est pas évanouie, tout va bien.

Aubrey se dirige vers la salle de bain, et je lui emboîte le pas.

— Arrête de fuir dès que tu ressens quelque chose.

Je pose les mains sur ses épaules pour l'arrêter.

— Regarde-moi, Princesse.

Elle se retourne, au bord des larmes.

— Quoi ?

Nous y voilà. C'est maintenant ou jamais. Je ferme brièvement les yeux puis les rouvre avant de prendre une profonde inspiration.

— Je t'aime, Aubrey. Tu ne le vois pas ? Je suis raide dingue amoureux de toi. Je t'aime plus que tout au monde. Quand je plonge mon regard dans le tien, ce n'est pas uniquement toi que je vois mais nos enfants. Une armée entière d'enfants et de chèvres sourdes, aveugles et connes. Je vois mon avenir. Sans toi, je ne vois plus rien. *Rien*. Pendant les deux ans que j'ai passés en taule, ce sont les souvenirs de toi qui m'ont permis de tenir bon. Je sais que tu dois résoudre des choses avec lui et je n'attends pas une réponse immédiate. J'attendrai. Et je reste là. Je suis là pour toi. La seule question, c'est : me garderas-tu ou m'enverras-tu balader ?

Je ne m'attendais pas du tout à sa réponse.

— Richard m'a annoncé il y a quelque temps déjà que la firme était dissoute. Les bureaux fermeront d'ici à la fin de l'année. On lui a proposé un poste d'associé dans un cabinet de Boston spécialisé dans les brevets. Je l'ai appris hier. Il veut m'embaucher. Même si je refuse, il m'a demandé de le suivre.

L'adrénaline court dans mes veines comme si je m'apprêtais à monter sur le ring. J'essaie d'avaler la boule qui s'est formée dans ma gorge.

— Il part quand ?

Une larme roule sur sa joue.

— Dans deux semaines.

Chapitre 26

Après la révélation fracassante d'Aubrey, je ne dors pas de la nuit. Je sais que je suis en train de gagner son cœur même si elle résiste. Mais deux semaines, c'est court pour regagner sa confiance. Cependant, vu les circonstances, ai-je vraiment le choix ?

Treize jours. J'attrape mon portable pour regarder l'heure. Les minutes passent plus vite que jamais. En prison, les journées duraient une éternité. Et maintenant, j'ai l'impression que les aiguilles tournent à toute allure.

Je passe au Starbucks prendre mon café. Je paye pour celui d'Aubrey, en même temps qu'un beignet aux pommes, et je demande à Melanie de le réchauffer avant de le lui servir. J'espère que ça lui rappellera notre excursion en moto.

Je suis crevé et je dois absolument me débarrasser de la frustration qui m'envahit insidieusement: je décide d'aller à la salle de sports. Vers midi, j'ai suffisamment mal partout pour avoir cessé de penser en boucle « treize jours, treize jours ».

Comme je ne sais pas quoi faire d'autre, je vais chez Aubrey, avec une dizaine de pots de fleurs. Dans deux semaines, quelqu'un d'autre profitera du jardin. Mais je refuse de penser à ça.

Je suis en train de pousser une brouette pleine de compost dans l'allée quand je vois Dick se garer le long du trottoir. Il me regarde bien en face. De toute façon, je n'ai plus aucune envie de me cacher.

Peut-être que le connard ne me reconnaîtra pas, vu que je suis torse nu et en nage. Je continue ma route.

— Monsieur Bateman ? demande-t-il, perplexe.

— C'est bien moi. Que puis-je faire pour vous ?

— Qu'est-ce que vous faites là ?

Je baisse les yeux sur la brouette puis les repose sur Dick avec une expression qui signifie: « Tu peux pas deviner tout seul ? ».

— Je plante des fleurs, fais-je en haussant les épaules.

— Ça, je vois. Mais pourquoi ici ?

— Parce qu'Aubrey aime les fleurs.

Ce que tu ne sais pas et dont tu te fous éperdument vu l'état dans lequel était ce jardin quand je suis arrivé.

Dick croise les bras.

— Je croyais que vous deviez repartir en Australie ?

Je serre les dents. Je suis partagé entre l'envie de l'engueuler pour n'avoir pas été capable de s'occuper du terrain d'Aubrey et celle de lui balancer mon poing dans la figure pour tenter de me voler la femme que j'aime.

À ce moment-là, la voiture d'Aubrey tourne au coin de la rue. J'ai beau avoir envie de tout gâcher, je ne peux pas lui faire ça.

— Oooooh.

Je hoche la tête comme si je venais de comprendre quelque chose.

— Vous me prenez pour mon frère, Chance.

— Pardon ?

— Chance. C'est le plus beau de nous deux, sûr. C'est mon jumeau. Je m'appelle Harry, je fais en lui tendant la main.

Il me considère un instant, sceptique, mais cet abruti finit par avaler la connerie que je viens de lui servir. Ma main est chaude, moite et sale. Ce sale snob donne l'impression de vouloir essuyer la sienne après l'avoir serrée. *Tu ne sais pas ce qu'est une main d'homme, hein, Dick ?*

— Tout s'explique, alors. Votre frère est un client d'Aubrey. Je l'ai rencontré au bureau.

— Oui. C'est moi qui lui ai recommandé Aubrey. Les frères Bateman ne permettraient à personne d'autre qu'elle de toucher leur zigouigoui.

— Pardon ?

— Zigouigoui. C'est un mot australien qui désigne les dossiers importants.

Il opine et reporte son attention sur la voiture d'Aubrey en train de se garer.

Gros con. Suce mon zigouigoui.

Comme je ne suis pas supposé savoir qui il est, je peux me foutre de sa gueule.

— Comment vous trouvez le jardin ? Pas mal, non ? C'était un vrai bordel quand je suis arrivé. Je suis surpris qu'Aubrey n'ait pas un petit ami pour prendre soin de sa maison.

Dick s'éclaircit la voix.

— Oh, elle en a un. Mais il n'a ni le temps ni le goût de s'occuper de ce genre de chose.

— Quel dommage. Aubrey mérite d'être avec un homme qui répond à tous ses besoins.

Dick me lance un regard intrigué. Aubrey descend de sa voiture à toute allure. Elle est pâle et a l'air épuisée.

— Tu ne m'avais pas dit que le frère de monsieur Bateman était ton jardinier ? lui dit Dick.

— Son frère ?

Elle me regarde et je lui souris de toutes mes dents.

— J'ai confondu Harry et Chance quand je suis arrivé, poursuit le débile. Maintenant, je vois les différences, bien sûr. Même les vrais jumeaux ne se ressemblent pas à cent pour cent.

— Harry ?

Un faible sourire éclaire les traits paniqués d'Aubrey. Je me tourne vers Dick.

— Aubrey m'appelle Harrison. Elle déteste les diminutifs, vous avez remarqué ?

Il ignore ma remarque. J'ai comme l'impression qu'il ignore facilement tous ceux qui ne portent pas un costume.

— J'étais sur le point de dire à Harry que tu n'avais plus besoin de ses services, puisqu'on part pour Boston dans peu de temps.

— Je n'ai encore rien décidé, répond-elle sur un ton égal.

— Je t'ai dit que ce n'est qu'une formalité. J'ai parlé à mes associés. Ils veulent absolument t'embaucher.

Dick pose la main au creux des reins d'Aubrey. Je dois me faire violence pour ne pas l'arracher de là.

— Ravie de vous avoir rencontré, monsieur Bateman, poursuit-il sans me regarder. On ferait bien de prendre ce dossier, ma chérie, ou on sera en retard pour la déposition.

Aubrey acquiesce. Elle regarde deux fois par-dessus son épaule avant de disparaître chez elle. Ils ressortent cinq minutes plus tard. Dick me fait un signe de tête et Aubrey baisse les yeux en passant devant moi. J'ai commencé à creuser un trou pour planter des fleurs quand ils sont rentrés dans la maison mais j'ai oublié de m'arrêter. Je suis enfoncé dans la terre jusqu'à la taille. Je suis incapable de regarder leurs voitures pendant qu'ils s'installent au volant. Ma retenue ne tient qu'à un fil.

J'entends une voiture s'éloigner. N'entendant pas le moteur de la deuxième, je finis par jeter un coup d'œil en direction de la rue. Dick est parti mais Aubrey est toujours là, assise dans sa bagnole, la tête posée sur le volant. Je la rejoins et m'installe sur le siège du passager.

On reste silencieux un instant.

— Qu'est-ce que je vais faire maintenant ? finit-elle par murmurer.

Je pousse un long soupir.

— Suis ton cœur, Aubrey. S'il te dit de ne pas me choisir, ce sera dur, je ne vais pas te mentir. Mais je veux que tu sois heureuse. C'est pour ça que je sais que je suis amoureux de toi. Si je dois choisir entre ton bonheur et moi... il n'y a pas vraiment de choix. Toi d'abord.

— Je te crois, tu sais.

Je saisis sa main et la porte à mes lèvres pour l'embrasser.

— Tu as raison. Parce que je suis sincère. Il n'y a rien que je ne ferais pour toi, Princesse.

Elle sourit. J'avance dans la bonne direction.

Elle me croit.

— Je dois y aller. On a une déposition à faire dans un quart d'heure à l'autre bout de la ville et je suis tellement préoccupée que j'avais laissé le dossier chez moi.

J'ouvre la porte. Si on avait plus de temps devant nous, j'en serais resté là pour la journée. Mais *treize jours*... il faut que je pose la question.

— Tu veux bien venir passer le week-end chez moi ?

— Chance...

— Je sais. Mais je n'ai plus de temps à perdre. Tu as une décision à prendre. Et Dick est tout le temps avec toi. Je veux t'emmener chez moi. Te montrer à quoi pourrait ressembler notre vie. Pas de voyages fous. Pas d'interruptions. Juste toi et moi. Tu dois me laisser une vraie chance.

— Je te l'ai déjà dit, je ne peux pas coucher avec toi. Richard est un type bien. Je ne veux pas le tromper. Le baiser de l'autre jour était bien assez affreux comme ça.

— Affreux ? Comment ça, affreux ? Il était fabuleux.

— Ce n'est pas ce que je voulais dire, et tu le sais.

— D'accord. Je ne te toucherai pas. Sexuellement, j'entends.

Elle me regarde comme si elle ne me croyait pas.

— Fais-moi confiance. Je te donne ma parole. Je ne poserai pas un doigt sur toi de manière sexuelle.

Elle a l'air de réfléchir. J'aurais dû la fermer. Mais ça ne me ressemble tellement pas.

— Et quand tu te jetteras sur moi, je te repousserai.

Elle hausse les sourcils.

— Comment ça, « quand » ?

— Absolument. Quand.

— Tu es bien sûr de toi, Branleur.

Elle n'a aucune idée de ce que ça me fait quand elle m'appelle comme ça.

— Mais oui. Celui de nous deux qui ne peut pas se contrôler, c'est toi.

— Je peux très bien me contrôler.

— Alors viens avec moi. Donne-moi un week-end avant de prendre une décision. S'il te plaît.

Elle a l'air partagée.

— Laisse-moi y réfléchir.

C'est toujours mieux qu'un refus.

— D'accord.

— Je dois vraiment y aller.

Je sors de la voiture et reste sur le trottoir. Juste avant de déboîter, elle baisse sa vitre et se penche vers moi.

— Sympa, ton prénom, au fait.

Puis elle disparaît.

***

À la fin du deuxième jour qui suit cette conversation, je suis toujours sans nouvelles d'elle. *Onze jours.* Le temps presse et je ne peux rien y faire.

Sauf me bourrer la gueule.

Il est possible que j'aie bu davantage, assis au bar en face du motel, que durant les cinq années qui viennent de s'écouler.

— Carla. Un verre.

— T'as assez bu, beau gosse.

Mon cerveau est encore fonctionnel.

— Non. Pas du tout, fais-je en levant mon verre dont je fais tinter les glaçons.

Elle s'en empare et le remplit de ce qui me semble être de l'eau gazeuse, puis elle contourne le bar et vient s'asseoir à côté de moi. C'est presque l'heure de la fermeture. Je suis assis sur ce tabouret depuis six heures. On est les derniers.

Carla attend que je la regarde bien en face avant de parler.

— C'est une idiote. T'es un mec super. Même pas besoin de connaître ce Dick pour savoir qu'elle fait une grosse connerie. Et je ne dis pas ça uniquement parce que t'es ultra sexy et que je suis certaine que ton corps est à la hauteur de ta belle gueule. C'est parce que t'es dévoué.

— Bien sûr, ouais.

— C'est la vérité, Chance. Si un mec en avait fait rien que la moitié pour moi, j'aurais été impressionnée. Tu ne lâches pas l'affaire alors qu'elle pourrait très bien piétiner ton cœur.

— Merci, Carla Babes.

— De rien. Mais c'est la vérité. Et puis j'ai vu une dizaine de femmes essayer de te draguer ici et tu n'as jamais ne serait-ce qu'envisagé de te laisser faire. Si on considère que t'as pas baisé depuis deux ans, c'est un exploit.

— Onze jours. Il faudra bien que je me remette en selle si les choses ne tournent pas comme je l'espère.

— Écoute bien. Heure de la fermeture dans onze jours. Si les choses ne se déroulent pas comme prévu, viens me retrouver ici. Je serais honorée de te filer un coup de main. Pas de conversation. Pas d'attache.

On ira dans ta chambre et on chevauchera ensemble, cow-boy.

— Tu ferais ça pour moi, Carla ?

— *Pour toi ?* Depuis le jour où tu as franchi la porte de ce bar, je rêve de te faire des choses à toi.

Elle dépose un léger baiser sur mes lèvres et me renvoie chez moi.

Chapitre 27

Le lendemain matin, je n'entends pas l'alarme et je dors trop longtemps. Quand j'arrive au Starbucks, il est presque neuf heures et il y a plus de monde que d'habitude. Je n'ai pas encore consulté mon téléphone. Je l'allume en attendant mon tour. Il se met à vibrer dans ma main.

Un texto. Mon cœur bat plus fort.

OK. Vendredi, 18 h. Je suis tout à toi pour le week-end.

Je pousse un long soupir, comme si j'avais arrêté de respirer pendant des jours. Melanie est obligée de m'appeler pour que je lève la tête de mon téléphone.

— Deux cafés ?

Je ne peux pas m'arrêter de sourire.

— Et comment !

— Et que prend Aubrey pour son petit déjeuner, ce matin ?

Je me penche pour examiner la vitrine.

— Deux cookies tout chocolat, une part de gâteau au citron, trois carrés à la noix de pécan, un cookie aux flocons d'avoine et une verrine à la mousse de fruits.

Melanie me dévisage comme si j'étais fou. Vu que j'ai presque perdu l'esprit, elle n'a pas tort.

— Tout ça dans une boîte ? C'est pour Aubrey ?

— Oui.

Je paie et jette un coup d'œil à mon téléphone. Elle n'arrive jamais avant neuf heures trente.

— Mel, gardez mon café au chaud, je reviens tout de suite.

Je me précipite chez le fleuriste non loin de là et je reviens avec un énorme bouquet de fleurs : tout ça devient ridicule. Mais j'en ai rien à cirer. Aubrey va être à moi pendant tout le week-end. Il faut fêter ça.

Melanie m'adresse un sourire si grand que je vois toutes ses dents, en haut et en bas.

— Vous voulez bien lui donner les fleurs avec le petit déjeuner ?

— Bien sûr.

Je me gare au coin de la rue et je me planque dans une porte cochère non loin du Starbucks. Si je n'étais pas si heureux, cette nouvelle façon de l'espionner m'aurait semblé assez malsaine. À neuf heures trente tapantes, Aubrey sort du Starbucks avec une boîte et le bouquet géant. Son sourire est rayonnant.

Je reste là pendant dix minutes. Je finis par recevoir un texto.

J'avais très faim, ce matin ?

Désolé, je me suis laissé emporter. On a quelque chose à fêter.

Quoi ?

Toi. Qui vas passer le week-end avec moi.

Plus rien pendant quelques minutes.

Je suis nerveuse. Je ne suis pas sûre que ce soit une bonne idée.

Moi aussi, mais je refuse de l'admettre. Si je rate mon coup, je ne m'en remettrai pas.

Fais-moi confiance. S'il te plaît.

Sa réponse met quelques minutes à me parvenir.

OK.

***

Je sonne chez elle vendredi à dix-huit heures, prêt à passer le week-end avec elle. Quand elle ouvre la porte, elle ressemble exactement au fantasme récurrent qui est le mien depuis deux ans. Elle porte un débardeur et un short blancs et une paire de sandales argentées. La journée a été particulièrement humide et ses cheveux frisent plus que d'habitude. *Fais-moi confiance ?* C'est la promesse que je lui ai faite. *Meeeeerde.*

— Qu'est-ce qui ne va pas ? demande-t-elle en voyant la tête que je fais. On prend la moto ? Je dois me changer ?

— Non. Oui. Non.

Elle a l'air perdue.

— Non. On ne prend pas la moto, j'explique. Oui, tu dois te changer.

Elle baisse les yeux sur ses vêtements.

— Qu'est-ce qu'elle a, ma tenue ?

— Rien du tout. Elle est parfaite.

— Mais...

Je me passe la main dans les cheveux.

— Sauf que j'ai un fantasme récurrent dans lequel tu es habillée tout en blanc.

— C'est mignon, dit-elle. Comme un ange ?

— Pas vraiment, réponds-je avec un sourire coquin.

— Oh, fait-elle en rougissant.

Je me mets à rire.

— Pas la peine de te changer. Mais sache que si je ne parle pas pendant le trajet c'est parce que je me passe mon fantasme en boucle dans ma tête.

J'attrape la valise rouge posée près de la porte.

— Je prends mon sac à main.

Méchoui se frotte contre ma jambe pour attirer mon attention.

— Ah, n'oublie pas la laisse de Méchoui. Je n'ai pas de jardin comme toi. Il faudra la sortir.

Aubrey se tourne vers moi.

— On prend Pixy ?

— Bien sûr. On est une famille.

On dirait que la chèvre comprend parfaitement de quoi on parle. Elle enfouit le museau dans ma main en bêlant.

— C'est ça, ma grande. Toi, moi et maman, dis-je en lui grattant le sommet du crâne. T'aimes ça, pas vrai ?

— Je suis prête, dit Aubrey en revenant avec son sac et la laisse. Il faut juste que je passe chez Philomena pour lui dire qu'elle n'aura pas besoin de s'occuper de Pixy, finalement.

— Philomena ?

— Ma voisine. Elle s'occupe d'elle quand je bosse tard. Quand je suis allée lui demander si elle pouvait s'en occuper ce week-end, elle a parlé de mon jardin en long en large et en travers. Elle rêve de te débaucher. Puis elle m'a expliqué que le facteur s'est trompé et lui a livré quatre Balles Magiques qu'elle n'avait pas commandées et elle a insisté pour m'en donner une, explique Aubrey en tendant la main vers un carton fermé posé sur le plan de travail. Elle est bizarre mais très gentille.

— C'est quoi une Balle Magique ? C'est comme une baguette magique ? Tu joues toujours avec ?

— Non ! C'est un robot ménager... pour faire les smoothies.

En temps normal, il faut deux heures pour faire le trajet entre Temecula et Hermosa Beach, mais avec les embouteillages, il nous faut deux fois plus de temps. Je m'en fous complètement. Il fait beau, je suis libre et ma copine vient passer le week-end chez moi. Puisque je ne peux pas faire ce dont j'ai vraiment envie, j'ai décidé de montrer à Aubrey à quoi ressemblerait un week-end normal avec moi. On est très attirés l'un par l'autre mais mon petit doigt me dit que c'est une des choses qui retient Aubrey : elle pense qu'il n'y a rien d'autre entre nous.

Adele est encore chez moi quand on arrive. Elle fait semblant d'être en retard, mais je sais qu'elle a traîné exprès pour rencontrer Aubrey.

— Désolée. J'avais prévu d'être chez Harry à cette heure-ci mais j'avais encore du ménage à faire.

Aubrey me lance un regard incrédule.

— Harry ?

— Hallucinant, non ? Le jour où je suis sorti de prison, je rentre chez moi et je tombe sur un mec en caleçon en train de repasser dans ma cuisine. Et il me dit qu'il s'appelle Harry.

Aubrey et moi éclatons de rire. Adele ne comprend pas pourquoi mais elle a un grand sourire aux lèvres.

— Je suis ravie de faire ta connaissance, dit-elle en tendant la main à Aubrey. J'ai beaucoup entendu parler de toi.

Les deux femmes se dévisagent en silence pendant une éternité. Je ne comprends pas ce qui se passe, mais on dirait qu'elles communiquent. Puis elles tombent dans les bras l'une de l'autre et s'étreignent comme si elles étaient les meilleures amies du monde. Ça dure longtemps.

Je suis stupéfait. Quand elles se séparent, elles ont toutes les deux les larmes aux yeux. J'entends ma sœur murmurer :

— On a beaucoup perdu toutes les deux. J'ai enfin retrouvé mon chemin. J'espère que toi aussi.

Je m'éclaircis la voix et dit au revoir à ma sœur. Elle a préparé un sac de voyage pour passer le week-end chez Harry.

— J'ai rempli les placards avec l'essentiel.

— Des saucisses, des gaufrettes au chocolat et des Pixy Sticks ?

— Évidemment. Et j'ai pensé à elle, aussi, dit-elle en caressant Pixy.

Une fois ma sœur partie, je fais visiter le loft à Aubrey. Je vis dans un ancien entrepôt, avec une belle hauteur sous plafond et un grand espace à vivre recouvert de parquet. Il y avait trois chambres au départ, mais j'en ai transformé une en studio d'art. Ma sœur utilise la deuxième. Quand je lui ai annoncé qu'Aubrey dormirait dans la chambre d'amis, elle a protesté mais l'a préparée quand même.

Je m'arrête d'abord devant ma chambre.

— Notre chambre.

— Chance...

— Je sais. Pas ce soir. Mais si on décide de vivre ici près de la mer, ce sera notre chambre.

Le truc tordu, c'est que j'ai vraiment l'impression que ça l'est déjà.

— Elle est très jolie. C'est une repro de Klimt ?

Ma petite coquine.

— Oui, réponds-je en souriant. *Les Trois Âges de la femme.* On a beaucoup de choses en commun, tu vois. On aime les tableaux de femmes seins à l'air. Sauf qu'ici, je ne remarquerai que les tiens.

— Pervers.

— Tu adores ça.

Je lui fais visiter tout le reste et dépose à regret sa valise dans la chambre d'amis. La dernière pièce est mon studio de peinture. Je n'ai rien produit depuis belle lurette. La plupart des toiles sur lesquelles je travaillais avant que ma vie ne parte en couille sont dissimulées sous des tissus. J'allume la lumière et je m'apprête à simplement traverser la pièce, mais Aubrey s'attarde.

— C'est toi qui as fait ça ? demande-t-elle en apercevant une grosse moto faite d'éléments recyclés.

— Oui.

— Ouah. C'est... incroyable.

Elle en fait le tour, attentive.

— Tout est de la récup' ?

— Je n'ai rien acheté. J'ai tout trouvé dans les poubelles.

— Tu es très doué. Je ne sais pas à quoi je m'attendais. Ça raconte une histoire.

Je souris. Elle a évidemment tout compris. J'ai toujours pensé que les pièces que je ramasse ont une histoire. La façon dont elles se mélangent crée une sorte de livre. Je la rejoins pour lui expliquer d'où viennent certaines pièces. Je suis encore plus amoureux d'elle qu'avant si c'est possible.

On se fait livrer du chinois et on mange directement dans les cartons. Aubrey s'endort, la tête sur mes genoux, tandis qu'on regarde un film. Je tiens parole : je pose une couverture sur elle et je rejoins mon propre lit.

Le lendemain matin, elle dort toujours quand je me lève pour aller promener Pixy. Mais lorsque je rentre, deux cafés et plein de bouffe hors de prix du Starbucks à la main, elle est réveillée.

— Bonjour.

Elle s'assied sur le canapé et s'étire. Son tee-shirt remonte, dévoilant sa peau parfaite. J'ai envie de la dévorer. Je me détourne.

— On attire de drôles de regards quand on promène une chèvre.

Aubrey pouffe.

— Je sais.

Elle pénètre dans la cuisine et s'installe sur un tabouret de l'autre côté de l'îlot central.

— Je voudrais savoir un truc. Cette promesse que j'ai faite de manière inconsidérée. Elle ne concerne que les caresses, pas vrai ? Je peux dire tout ce que je veux.

Elle sirote son café.

— J'ai peur de dire oui. Mais... oui.

— Bien. Parce qu'il faut que je te dise que la vision matinale de tes tétons qui pointent vaut tous les levers de soleil du monde.

— Vous avez une langue acérée, monsieur Bateman, dit-elle en secouant la tête.

— Je ne demande pas mieux que de vous la montrer, madame Bloom Bateman.

— Madame Bloom Bateman ?

— On est mariés, n'est-ce pas ? Je me suis dit que tu voudrais garder ton nom. Vu que tu travailles, et tout.

— On dirait que je suis une pute.

— Avocate... prostituée. C'est la même chose, dis-je avec un grand sourire.

— Très sympa. Et dire que j'étais prête à abandonner mon nom pour prendre celui de mon mari. J'ai des doutes à présent.

— Ah oui ? J'aurais pourtant juré que tu étais du genre à apposer les deux noms.

Elle attire le sac plein de viennoiseries à elle et pioche dedans.

— Non. Pas moi. Je suis très rétrograde. J'envisage de tout donner à mon mari.

— Je suis ravie de t'entendre dire ça, madame Bateman, parce que j'envisage de tout prendre. Tous les jours.

***

Je veux lui faire visiter le quartier. Puisque sa boîte met la clef sous la porte, on pourrait vivre à Hermosa Beach. J'ai besoin d'être près de l'océan, même si je suis prêt à vivre dans le désert pour lui faire plaisir. Après le déjeuner, on se balade sur la promenade en bois le long du rivage. Il fait un temps magnifique et elle ne proteste pas quand je lui prends la main.

— Et si on se baignait ?

Je suis content de lui avoir suggéré de mettre son maillot avant de quitter la maison. Il fait une chaleur à crever.

— D'accord.

On gagne le bord de l'eau et j'enlève mon tee-shirt. Elle m'imite et les yeux manquent de me sortir de la tête. *C'était peut-être pas une bonne idée, finalement.* Elle porte un tout petit soutien-gorge rouge dont ses seins cherchent à s'évader. Quand elle ôte son short, je l'admire ouvertement. Tant pis. Je n'ai pas le droit de toucher mais je peux au moins regarder.

— J'ai presque de la peine pour toi.

— Pourquoi ça ?

— Parce que le jour où tu accepteras enfin que je te touche, dis-je en laissant mon regard errer sur son corps de rêve, je te prendrai avec sauvagerie, histoire de rattraper le temps perdu.

J'ai besoin de me rafraîchir et je veux qu'elle vienne avec moi. À sa grande surprise, je me penche, l'attrape et la balance sur mon épaule à la manière d'un pompier avant de courir vers l'eau. Elle crie et se débat tout du long, mais je devine au ton de sa voix qu'elle sourit. Je lui donne une vigoureuse tape sur les fesses avant de la jeter à l'eau. On nage et on se balade sur le rivage jusqu'à ce que le soleil se couche. J'aurais voulu que cette journée ne se termine jamais.

— On devrait rentrer. Pixy doit avoir besoin de sortir.

— Les enfants, ça gâche tout, je plaisante.

Sur le chemin du retour, la conversation prend un tour plus sérieux.

— Tu veux des enfants ?

Je réponds avec sincérité.

— Je n'y ai jamais pensé. Jusqu'au jour où je t'ai rencontrée. Mais maintenant je veux absolument que tu portes ma progéniture.

Elle éclate de rire.

— Tu en veux combien ?

— Six.

— Six ?

Elle s'arrête net.

— Ne me demande pas pourquoi. Mais l'idée que tu sois enceinte, c'est… ça m'excite.

— Tu as vraiment besoin d'une thérapie. Je me demande si tu n'es pas un *sex addict.*

— Je dois être le premier *sex addict* qui n'a pas baisé depuis deux ans.

Elle me lance un regard compatissant.

— Je suis désolée. Ça doit être dur.

— Quand je te vois en maillot de bain, assurément.

— Est-ce que tu… enfin, tu vois…

— Quoi ?

— Tu sais très bien de quoi je parle.

— Non.

Bien sûr que si.

— Tu sais bien. Est-ce que tu t'occupes de toi ?

— Tu veux dire est-ce que je vais chez le coiffeur ? Oui. Je fais même du sport.

Elle éclate de rire.

— Tu veux que je dise le mot, c'est ça ?

— Tu me fais trop rire, Princesse.

On est arrivés devant chez moi. Je lui tiens la main, mais elle pivote et me prend les deux mains. Puis elle penche la tête sur le côté.

— Est-ce que tu te masturbes, Chance ?

Putain, oui. J'adore l'entendre dire ça.

— Oui. Fréquemment, depuis quelque temps. Il suffit que je sente ton parfum enivrant pour que je me mette à bander. Si je ne me branlais pas, j'aurais les couilles bleues.

— Désolée.

Je l'attire à moi.

— Tu veux savoir autre chose ?

Elle se mordille la lèvre et secoue la tête.

— Quand je serai en toi, tout ça en aura valu la peine, Princesse.

On rentre chez moi et je propose à Aubrey de se doucher en premier. Après cette journée à la plage, j'ai du sable dans des endroits où il ne devrait jamais se glisser. Pendant qu'elle est dans la salle de bain, je mets de la musique, des bières au congélo, et il se peut que j'aie dansé avec une chèvre.

La voix d'Aubrey me parvient entre deux couplets.

— Chance ?

Je gagne la porte de la salle de bain, mitoyenne de ma chambre, et parle la porte entrebâillée.

— Tout va bien ?

— J'ai oublié d'apporter une serviette. Il y en a dans la salle de bain ?

J'entends le bruit de l'eau couler dans la douche.

— Non. Elles sont rangées dans ma chambre. Je vais t'en chercher une.

Je choisis la serviette de toilette la plus douce possible et la plus féminine qui soit, puis j'ouvre la porte sans réfléchir. La douche est fermée par des panneaux vitrés.

Ils ont beau être embués, je devine quand même sa silhouette sexy. Elle me tourne le dos, m'offrant une vision parfaite de son délicieux cul. Je suis cloué sur place. Mon contrôle est en train de se faire la malle.

Quand elle pivote et me surprend à la mater, elle ne fait aucun effort pour se couvrir. Au contraire. Elle se lave les seins.

Putain de merde.

J'avance de deux pas avant de m'empêcher d'aller plus loin. Avec la porte ouverte, la buée devient plus dense.

— Princesse, dis-je, et dans ma bouche, le mot est à mi-chemin entre le gémissement et la supplique. J'ai promis de ne pas te toucher.

J'ai du mal à distinguer sa réponse par-dessus le bruit de l'eau.

— Je sais. Je me suis dit que peut-être tu aimerais que... que...

Elle s'interrompt. Ses remparts sont en train de s'effondrer. C'est elle qui repousse les limites. Et je n'ai jamais rien vu d'aussi excitant. Elle achève sa phrase sur un ton plus élevé. Je la sens déterminée.

— Je me disais que tu aimerais peut-être me regarder me caresser.

La voilà. Ma magnifique coquine.

— Oh, bébé, je pourrais devenir aveugle après une chose pareille, ça n'aurait aucune importance. Tu me laisserais t'aider ? Je te dirai ce que je veux que tu fasses. Comme ça, on le ferait à deux. D'accord ?

Elle hoche la tête.

— C'est bon, bébé, putain, que c'est bon. Tu aimerais que je me branle en même temps ?

— Oui.

J'enlève mon short. Même si je n'avais pas déjà été super dur, je le serais devenu en voyant le regard qu'elle me jette. Ses yeux sont rivés sur ma queue. Ils suivent ma main qui va et vient sur mon sexe dressé.

— Voilà l'effet que tu me fais. Tous les jours. Je rêve que je suis en toi. Dans ton cœur et dans ton corps. Je veux lécher ces tétons que tu caresses. Les mordre jusqu'à ce que tu gémisses de douleur.

Aubrey penche un peu la tête et se détend sous l'effet conjugué de ma voix et de sa propre caresse. Ses mains, qui encerclaient gentiment ses tétons, ralentissent et elle les pince.

— Plus fort. Encore plus fort.

Elle obéit et ses lèvres s'entrouvrent.

— Écarte les jambes.

Elle s'exécute tout de suite.

— Je veux t'étaler sur un lit et te lécher jusqu'à ce que tu ne puisses plus respirer. Puis je veux t'entendre me supplier pour que je te prenne. Tu feras ça, Aubrey ? Tu me supplieras ?

— Oui. Je te supplierai.

— Vas-y. Fais-le maintenant. Dis que tu me veux et je te laisserai te doigter.

Elle fait glisser sa main avec une lenteur douloureuse le long de son ventre. Elle parle si bas que je dois tendre l'oreille.

— Je rêve que tu es en moi. Ta façon de t'enfoncer en moi comme si ce n'était jamais assez profond. S'il te plaît. Tu me manques.

Sa voix tremble et sa main hésite au-dessus de sa chatte.

— Caresse-toi le clitoris. Mais interdiction de te pénétrer pour le moment.

Son corps est hâlé par le soleil de la journée et ses joues rosies par l'excitation. La scène est plus incroyable que tout ce que j'ai pu imaginer. Je me branle de plus en plus vite. J'ai du mal à parler.

Je fais deux pas vers la douche. Je dois faire appel à toute ma volonté pour ne pas l'ouvrir. Mais j'ai besoin d'entendre son souffle court.

— S'il te plaît, Chance.

Ça me rend fou de savoir qu'elle est prête à me supplier. Qu'elle a envie de moi autant que moi d'elle.

— Glisse deux doigts en toi. Ferme les yeux et fais comme si c'était moi. Sens ma queue.

Quand je vois ses doigts disparaître en elle, c'est plus fort que moi, je ne peux plus me retenir. Il nous faut moins de deux minutes. Elle va et vient rapidement et je fais de même. Elle ouvre la bouche et je comprends qu'elle n'est pas loin.

— Chance...

— Jouis, bébé. Avec moi.

Elle jouit sous mes yeux et c'est le spectacle le plus merveilleux du monde. Quand elle prononce mon nom, je trouve ça totalement érotique.

Il nous faut un moment pour reprendre notre souffle. Aubrey finit par s'adosser au mur de la douche, épuisée. Je ferme le robinet. Elle n'ouvre pas les yeux. Je la prends dans mes bras et la porte vers mon lit. Puis je me glisse sous le drap en prenant bien garde de ne pas me serrer contre elle. Je ne veux pas transgresser la règle que nous nous sommes fixée. Et je me sens étrangement rassasié pour l'instant.

Un quart d'heure plus tard, elle marmonne « je suis désolée » avant de s'endormir.

Je m'endors peu de temps après, soulagé et heureux d'être au lit avec la femme que j'aime.

Hélas pour moi, ce sentiment disparaît au petit matin et il ne me faut pas longtemps pour comprendre pourquoi.

Chapitre 28

Comment passer de la joie au désespoir. Pour la première fois, je comprends exactement ce qu'Aubrey a ressenti le matin où je l'ai quittée.

Elle est partie.

Avec Pixy.

Le soleil matinal inonde le loft. J'aperçois une feuille sur le plan de travail de la cuisine et mon cœur se met à battre plus vite. Je me frotte les yeux, histoire de bien lire.

Chance,

Hier a été une journée incroyable. Mais je me suis laissée emporter. Ça prouve une fois de plus que je ne parviens pas à résister à l'attirance que j'éprouve pour toi. Tant que je suis avec Richard, ce n'est pas honnête. Je crains qu'il ne se passe plus que ça si je passe la journée avec toi. Je ne peux plus te résister. Je suis désolée.

Je sais que je t'avais promis de passer le week-end avec toi. J'essaie juste de me comporter correctement.

Je roule la lettre en boule et la balance à travers la pièce en criant :

— Merde !

Ma voix résonne dans la cuisine vide. C'est fini ? C'était ma dernière chance de lui faire bonne impression et moi, qu'est-ce que j'ai fait ? Je me suis branlé devant elle avant de m'endormir. Après tout ce qui s'est passé entre nous, c'est comme ça que ça se termine ? *Bien joué, Bateman.* Comment elle a fait pour rentrer si vite à Temecula avec une chèvre ? Elle avait dû prévoir une solution de repli avant même notre départ et avoir le numéro d'une compagnie de taxis sous la main. Ça y est, Chance a sorti sa bite, vous pouvez venir me chercher !

Désespéré, je m'accoude au comptoir et me masse les tempes. J'envisage de l'appeler, mais finalement je décide de ne pas le faire pour l'instant. Pour la première fois depuis que j'ai refait mon apparition dans sa vie, je n'ai pas de stratégie. Je ne sais vraiment pas quoi faire.

Deux heures plus tard, Adele, à qui j'ai dit qu'Aubrey était partie, rentre.

Je fais les cent pas en me passant la main dans les cheveux.

— Je vais retourner à Temecula ce soir.

— Ne fais pas ça.

— Ne fais pas ça ?

— Non.

Elle pose les mains sur mon bras pour calmer mon agitation.

— Écoute, elle me plaît vraiment. J'espère que ça va marcher entre vous, mais tu as fait absolument tout ce qui était en ton pouvoir pour lui prouver tes sentiments. Il est temps de prendre du recul et de la laisser tranquille afin qu'elle prenne la bonne décision – du moins je l'espère. J'ai vu dans son regard qu'elle a des sentiments pour toi. Elle a pleuré, bon sang. La seule chose qui la retient c'est la peur de souffrir à nouveau.

— Et si la peur l'emporte et qu'elle choisisse de rester avec cet abruti ?

— Alors tu devras tourner la page.

En serai-je capable ? Je n'arrive pas à concevoir que je pourrais de nouveau éprouver de tels sentiments. Mais si elle choisit l'autre, je devrai bien reprendre le cours de ma vie, sortir avec d'autres femmes et mettre enfin un terme à deux ans d'abstinence.

Adele ouvre un paquet de gaufrettes au chocolat et nous sert deux grands verres de lait. Ce sont des gaufrettes australiennes qu'on ne trouve pas aux États-Unis et Adele se les fait envoyer de Melbourne par une amie.

J'en trempe une dans mon lait avant de mordre dedans.

— Comment je vais pouvoir rester ici à me morfondre, dis-je la bouche pleine, en sachant que si elle décide de partir avec lui je ne la verrai jamais plus ? Il s'en va dans quelques jours.

Adele a l'air perplexe.

— Tu penses qu'elle peut déménager si vite pour Boston ? Elle ne doit pas vendre sa maison et se débarrasser de ses meubles ?

— Elle est locataire d'une maison meublée. Son plus gros problème, c'est notre chèvre.

— Tu te rends compte que tu as dit *notre* chèvre ? Comme si elle était aussi à toi ?

— Merde. Je voulais dire sa chèvre.

Adele m'adresse un sourire compatissant.

— Non, tu ne voulais pas.

— Tu as raison.

Plus tard dans la journée, une fois Adele repartie, la colère prend le pas sur toutes les autres émotions. J'envoie un texto à Aubrey.

La course est terminée. Je te laisse tranquille. Si tu veux me parler, tu sais où me trouver.

Sa réponse est simple.

Merci.

***

Dans les jours qui suivent, je suis très fier de moi. Je ne l'appelle pas, je ne lui envoie pas de SMS et je m'occupe. Je me mets à un nouveau projet avec des pièces recyclées et je fais quelques travaux chez moi. Mais je suis malheureux.

Bien que ce soit dur de ne pas la contacter, j'écoute le conseil de ma sœur et je garde mes distances en espérant qu'Aubrey prendra la bonne décision toute seule.

À la fin de la semaine, mon impatience augmente. Un soir, alors que j'essaie en vain de me changer les idées en regardant un épisode inintéressant de Top Gear [3], je transgresse la règle que je me suis fixée et je lui envoie un texto.

---

3. Top Gear est une émission de la chaîne BBC consacrée à la voiture et aux sports automobiles.

T'es là ?

Oui.

Salut.

Désolée de ne pas t'avoir appelé.

Pas de problème. Je ne t'ai pas contactée exprès pour que tu puisses réfléchir.

Tu es de retour à Temecula ?

Non. Il n'y a rien pour moi là-bas à part toi et j'ai décidé de te foutre la paix. Mon foyer est ici, même si, depuis que tu es partie, il est incomplet.

Désolée que tu regrettes de m'avoir emmenée chez toi.

La seule chose que je regrette, c'est de ne pas avoir ouvert la porte de la douche, Princesse.

Elle ne répond pas tout de suite. Quelques minutes plus tard, mon téléphone vibre.

Merci de ne pas l'avoir fait.

Tu serais toujours là si je l'avais fait.

Ah bon ?

Tu ne pourrais plus marcher, mais tu serais toujours là.

Je vois.

Elle n'ajoute rien, du coup je lui écris de nouveau.

Tu vas bien ?

Oui. Je ne peux pas t'écrire. Je te promets de t'appeler ce week-end.

Il est là ?

Oui.

La jalousie me submerge. Une voix, qui ressemble étrangement à celle de ma mère, résonne dans ma tête. *Sors-toi les doigts du cul et va chercher ta femme !* Et soudain, je comprends. Qu'est-ce qui me retient ? L'orgueil ? Qu'il aille se faire foutre. Il n'y a qu'elle qui compte. La reconquérir est le plus important.

Je ne vais pas bien. Rien ne va. Je sais au plus profond de moi qu'elle est amoureuse de moi. Je l'ai vu dans ses yeux. Elle a juste peur de souffrir. Et si je ne fais rien, je laisse l'autre gagner. Si je dois la perdre, ce ne sera pas sans combattre. Je dois la retrouver.

Changement de programme.

J'attrape mes clefs, monte dans mon pick-up et prend la route de Temecula. La route est déserte et je roule à cent trente-cinq kilomètres heure.

J'ai décidé de passer la nuit au motel et de commencer la journée reposé et d'attaque. Je ne sais pas de quoi demain sera fait. Je sais juste que je veux rester avec elle jusqu'au bout, quelle que soit sa décision.

Je suis là pour tout le voyage, Princesse.

Je choisis une radio qui passe de la musique classique. Mes nerfs malmenés ne supportent rien d'autre.

Quand j'arrive au motel, il est déjà tard. Par je ne sais quel miracle, je m'endors. Je veux être sur Jefferson Street à la première heure. Vivement demain.

***

Le lendemain commence normalement. Il y a toujours autant d'animation devant le bureau d'Aubrey. Mais quand je pénètre dans le Starbucks pour commander son petit déjeuner, je comprends que c'est tout sauf un jour ordinaire.

— Bonjour, Melanie.

— Chance. Je pensais que vous aviez quitté la ville.

— Je suis de retour.

— Je suis surprise.

— Pourquoi ?

— Vous ne savez pas ?

— Quoi ?

— Aubrey est partie hier. Elle est venue nous dire au revoir.

Quoi ?

— Elle n'est plus là ?

— Non. Je suis désolée. Je pensais que vous étiez amis, à présent, et que vous saviez qu'elle avait démissionné.

— Amis. Oui. On est amis. Elle a juste oublié de me donner cette petite information. Elle ne vous a pas dit où elle allait ?

— Non. Juste qu'elle ne nous verrait plus tous les matins.

Je me gratte le menton en réfléchissant.

— Vous voulez encore quelque chose ? me demande Melanie.

— Oui. Un café latte au lait écrémé avec de la vanille, crème allégée et super chaud, je réponds sans réfléchir.

— Vous prenez la boisson d'Aubrey ?

— Euh... oui.

Je ne m'en suis même pas rendu compte.

— Pourquoi pas ? dis-je en haussant les épaules. En souvenir du temps jadis.

Je m'assieds dans le coin et fais tourner la mousse dans mon café en essayant de me convaincre que ce n'est pas parce qu'elle a omis de me dire qu'elle avait démissionné que ça veut forcément dire qu'elle part à Boston avec Dick. Je pourrais lui envoyer un texto mais une partie de moi n'est pas prêt à entendre la réponse. Elle a peut-être juste décidé d'anticiper sur la fermeture de la firme. Quoi qu'il en soit, c'est la dernière fois que je mets les pieds dans ce Starbucks qui a servi de toile de fond à mon histoire avec Aubrey. Si elle ne travaille plus sur Jefferson Street, je n'ai aucune raison de revenir. Je vide mon portefeuille de toute la monnaie qu'il contient et je glisse plus de cent dollars dans la boîte à pourboire.

— Merci, les gars. J'ai vraiment apprécié votre aide au cours des dernières semaines.

Melanie me lance un regard stupéfait.

— Ouah. Merci. Vous ne reviendrez plus ?

— J'ai bien peur que non.

***

La première chose que je vois quand je m'arrête devant chez Aubrey, c'est un panneau bleu et blanc planté dans la pelouse. Mon cœur se met à battre la chamade.

C'est quoi, ce bordel ?

Une fois plus près, je lis À louer. Mon cœur se serre. Je sors la clef de ma poche et ouvre la porte d'entrée. La gamelle de Méchoui est toujours dans la cuisine, mais elle est vide. Aucun signe de la chèvre. Les meubles sont toujours là, mais les affaires d'Aubrey ont disparu.

Je vole quasi de pièce en pièce. Une fouille rapide de la chambre confirme mes pires craintes. Le dressing est vide. Je m'assieds sur le lit, regarde autour de moi et la réalité me saute aux yeux. L'adrénaline court dans mes veines.

Calme-toi, Chance.

Je sors de la maison, sous le choc. J'ouvre l'appentis et je commence à charger mon matériel dans mon pick-up. C'est alors que j'entends un sifflement.

Je pivote et découvre la voisine tarée d'Aubrey, Philomena. Elle est sortie récupérer un colis auprès du livreur d'UPS : elle porte un gros carton dans les bras.

Elle me rejoint d'un pas nonchalant en traînant ses pantoufles sur le trottoir. Elle a des rouleaux dans les cheveux et le pourtour de ses lèvres est dessiné au crayon alors que l'intérieur est vierge de tout rouge à lèvres.

— Salut, beau gosse.

Je tâche d'être poli malgré mon humeur de dogue.

— Ravi de vous revoir, Philomena. Qu'est-ce qu'il y a dans ce carton ?

— Qui sait ? Je commande des trucs quand je fais des crises de somnambulisme et je ne m'en souviens jamais.

— Ah, oui. Les Balles Magiques. Vous en avez donné une à Aubrey.

— Vous en voulez une ? Je vous l'échange contre un tour de tondeuse.

— Non, merci. Je viens de prendre ma retraite de jardinier.

— Parce qu'elle est partie ?

— Vous savez où elle est ? dis-je, soudain intéressé.

— Je ne lui ai pas parlé mais je l'ai vue partir avec son mec, hier. Elle faisait des cartons. J'ai demandé à son petit ami ce qui se passait et il a répondu qu'elle partait à Boston avec lui. Et ce matin, il y avait cette pancarte sur la pelouse.

J'ai l'impression que mes oreilles me brûlent.

— Ah, tiens...

— Oui.

Je ne sais pas ce que j'ai dit à Philomena après ça. Je ne me rappelle même pas être rentré au motel. Je m'attendais à ressentir de la colère ou de l'incompréhension mais je suis juste anesthésié.

Assis sur le lit, le portable en main, j'ai envie de lui envoyer un texto mais plus j'y pense, moins ça me paraît une bonne idée. Si elle est vraiment partie pour Boston, elle n'a même pas jugé bon me prévenir. Est-ce qu'elle est déjà là-bas ? Est-ce qu'elle va vraiment me téléphoner ce week-end comme elle l'a promis ? Soudain, ma léthargie est balayée par une vague de fureur pure.

Je prends mon portefeuille et me dirige vers le bar. Je ne veux pas ressentir la douleur de l'avoir perdue. Je ne veux rien sentir.

Les mots laissent sur ma langue un goût amer.

— Sers-moi à boire, Carla.

Elle me regarde m'installer à ma place habituelle, sidérée.

— Je pensais ne plus jamais te voir, l'Australien.

— Je suis venu te dire au revoir. Je pars demain matin et je ne remettrai plus jamais les pieds ici.

Elle me sert plus vite que d'habitude, ayant senti l'urgence.

— Qu'est-ce qui s'est passé ?

Je bois mon verre cul sec et le repose brusquement sur le comptoir.

— C'est fini.

— Comment ça ? Aubrey a choisi Dick ?

Je suis content qu'elle l'appelle par son diminutif, elle aussi.

— Oui. Je suis passé chez elle tout à l'heure et tout est vide. Un panneau annonce que la maison est à louer. Le connard a dit à une voisine qu'Aubrey partait à Boston avec lui.

— Tu te fous de ma gueule ?
— Fin de l'histoire.
— Elle n'a pas eu la décence de te prévenir ?
— La décence ou le courage, je ne sais pas.
— Vous en étiez où?
— J'étais rentré à Hermosa Beach. Elle pense que j'y suis toujours. Elle était censée me téléphoner ce week-end. J'ai décidé de venir ici pour voir ce qui se passait. Je comprends maintenant ce qu'elle comptait me dire ce week-end.
— Je suis désolée.
— Tu n'y es pour rien.
— J'espérais vraiment que ça marche entre vous. Tu mérites un happy end.
— On peut arrêter de parler d'elle ?
Je déglutis. C'est trop douloureux.
— Bien sûr. Comme tu veux.
Carla me sert verre après verre sans rien dire. Elle sait que je n'ai pas envie de parler et elle me laisse tranquille. Elle finit par refuser de me donner d'autres verres au bout d'un certain temps. Je pose la tête sur le bar tandis qu'elle nettoie les tables. Le bar est prêt à fermer. Je n'ai aucune idée de l'heure qu'il est. Le bruit de la télévision et des dernières conversations me parvient assourdi.
Elle me tapote l'épaule.
— Viens, mon grand, je te raccompagne.
Je monte dans sa Prius rouge et je pose la tête sur l'appuie-tête, les yeux fermés. Je suis encore un peu ivre mais je commence à dessouler. Je me serais certainement bourré la gueule à mort pour oublier cette journée. Je suis furieux contre Carla de m'en avoir empêché mais je lui suis reconnaissant de s'occuper de moi.

Elle me conduit jusqu'à ma chambre et me suit à l'intérieur. Je m'allonge sur le dos, croise les bras et ferme les yeux. Quand je les rouvre, Carla a disparu. J'entends l'eau couler. Elle est dans la salle de bain.

Je ferme de nouveau les yeux. Mais cette fois-ci, lorsque je les rouvre, Carla est debout à côté du lit. Elle a lâché ses cheveux et ôté son rouge à lèvres carmin. Et, plus étonnant, elle ne porte plus qu'un soutien-gorge rouge et une culotte assortie. Ses seins débordent et ses fesses sont plus que visibles.

Ma propre voix me paraît ensommeillée.

— Qu'est-ce que tu fais ?

— Tu te rappelles notre conversation ? Ma proposition tient toujours. Je vais te faire tout oublier. Pas de liens, Chance. Toi, moi et une bonne baise.

Mon sexe frémit. Mon corps réagit à ses paroles.

— Carla, tu n'es pas obligée de faire ça.

— J'en ai envie. Putain, Chance, j'en ai tellement envie. Tu n'as aucune idée de l'effet que tu me fais.

Merde.

Avant que je puisse répondre, elle s'installe à califourchon sur moi et se frotte sur ma queue en train de durcir.

— Je pense que tu es prêt, murmure-t-elle, sa bouche contre la mienne.

Elle m'embrasse et je lui rends son baiser avec réticence. Je ne sais pas si je dois accepter son offre ou la repousser.

— Tu as une capote ?

— Non.

— Pas grave. Ne t'inquiète pas. Je prends la pilule et je suis clean.

Carla fait passer mon tee-shirt par-dessus ma tête et je ferme les yeux de nouveau. Elle m'embrasse sur le torse et mon esprit embrumé par l'alcool imagine que c'est Aubrey.

Aubrey.

Aubrey.

Aubrey.

Carla me repousse gentiment sur le lit. Elle défait la boucle de ma ceinture. Lorsqu'elle libère mon sexe et commence à le caresser, je devine qu'elle va le prendre en bouche. Quelque chose au plus profond de moi se met à hurler: *ne fais pas ça!*

Je me dégage, remets mon caleçon, me lève et me rajuste.

Je passe nerveusement la main dans mes cheveux, le regard sur le sol.

— Je ne peux pas faire ça.

J'attrape mon tee-shirt et le renfile.

— Je suis vraiment désolé.

Carla, les mains sur les hanches, hoche la tête.

— Ce n'est pas grave, l'Australien.

— Ce n'est pas ta faute, c'est...

— Elle. Je sais. C'est elle.

— Je ne suis pas prêt pour...

Elle hausse la voix.

— Tu n'as pas besoin de t'expliquer, Chance.

Elle a l'air triste. Je suis désolé de l'avoir blessée mais ce qui était en train de se passer était mal.

— Je m'habille et je m'en vais.

— Tu n'es pas obligée de partir.

— Si.

Carla se rhabille, puis dépose un baiser sur ma joue.

— Un jour, elle se réveillera et elle regrettera. J'espère que, d'ici là, tu auras rencontré la personne qui est vraiment faite pour toi, parce que ce n'est pas elle.

— Merci, Carla. Pour tout.

— Reviens me voir quand tu auras réglé tes problèmes, d'accord, l'Australien ? J'aimerais m'assurer que tu es heureux.

— Je le ferai. Promis.

Et sur ces mots, Carla disparaît dans la nuit.

Je file sous la douche. Je prends un peu de shampoing et je me branle brutalement. Malgré tous mes efforts pour ne pas penser à elle, c'est Aubrey qui envahit mon esprit. Je la revois en train de se masturber chez moi. Je m'astique plus fort et j'imagine que je jouis en elle et non dans ma main. Quand j'ai terminé, mes pensées vont dans tous les sens, hors de contrôle. Je m'adosse au mur, submergé par l'émotion et par l'orgasme.

Va te faire foutre, Aubrey.

Va te faire foutre.

Je te déteste.

Je t'aime.

Je te déteste.

Je t'aime.

Putain.

Je t'aime tellement.

Chapitre 29

Le dimanche suivant, alors que je suis rentré à Hermosa Beach, je suis toujours sans nouvelles d'elle. Je me refuse à la contacter en premier, surtout sachant ce que je sais. Si elle se fiche de moi au point de ne même pas juger bon de me prévenir, inutile de lui donner la satisfaction de l'appeler.

Je me balade sur la plage non loin de chez moi, suivi par une nuée de mouettes. Je donne des coups de pied dans le sable en me demandant à quoi va ressembler ma vie à partir de maintenant et ce que je vais faire de mes journées puisque je n'ai plus pour but de conquérir Aubrey. Et, plus que tout, je me demande comment je vais pouvoir l'oublier assez longtemps pour tourner la page.

Je m'assieds pour contempler l'océan agité. Le vent fait voler le sable dans mes yeux, quelques surfers rident les vagues au loin. Des gens jouent au beach-volley non loin. Une des filles se précipite vers moi.

— Hé ! On a besoin d'un joueur. Ça te dit ?

Pourquoi pas ? J'ai bien besoin de me distraire.

— D'accord.

Je me lève lentement et rejoins un mec et une nana d'un côté du filet. Je sers bien à plusieurs reprises et je permets à mon équipe de mener.

On finit par faire une pause et l'un des gars va acheter de l'eau à la buvette. Il revient hilare.

— Vous ne croirez jamais ce que je viens de voir.

— Quoi ?

— Une meuf avec une chèvre en laisse.

Je laisse tomber le ballon.

— T'as dit quoi ?

— Une putain de chèvre en laisse ! Avec une nana ultra sexy. Elle ét...

— Où?

Il tend le doigt vers d'où il vient.

Je pars en courant. Une des filles me crie :

— Hé ! t'en vas pas ! On va commencer un nouveau match !

— Jouez sans moi ! réponds-je sans me retourner.

Mon cœur bat trop vite.

Quand j'arrive à la buvette, personne. Je regarde autour de moi, frénétique. Est-ce que c'est une coïncidence ? Une chèvre en laisse ? Impossible. Elle était là.

C'est alors que je la vois.

Aubrey.

Bon sang.

Elle est assise dans le sable avec Méchoui. Elle lui donne de la glace tout en contemplant l'océan. Le vent agite ses cheveux. Elle est d'une beauté à couper le souffle. Paralysé, je reste à la regarder pendant une éternité.

C'est la chèvre qui me remarque en premier. Elle se précipite vers moi, manquant me renverser.

Comme elle ne sait pas pourquoi l'animal s'est enfui, Aubrey se lève, paniquée, avant de découvrir qu'il est dans mes bras.

Elle se lève et époussette sa robe jaune.

— Chance.

— Princesse. Qu'est-ce que tu fais là ?

— Je suis garée devant chez toi. Tu n'as pas eu mon texto ?

Je sors mon téléphone de ma poche et constate que j'ai raté son SMS. Elle a dû m'écrire pendant que je jouais au volley.

— Non, mais je le vois maintenant.

J'essaie de ne pas laisser l'enthousiasme avoir raison de moi : elle peut très bien s'être déplacée en personne pour m'annoncer la mauvaise nouvelle. J'ai beau avoir envie de la toucher, mon corps tout entier se raidit comme pour se protéger.

— On peut aller chez toi ? Je ne veux pas parler ici.

Elle ne sourit pas. Son expression ne fait que confirmer mes pires craintes.

L'effroi m'envahit.

— Bien sûr.

On fait le court trajet en silence. La voiture d'Aubrey est garée devant chez moi. On s'assied sur les marches qui mènent au loft. Méchoui broute l'herbe qui pousse là. Aubrey se frotte nerveusement les mains.

— Vas-y, Aubrey. Vide ton sac.

On dirait qu'elle est au bord des larmes et sa question me désarçonne.

— Est-ce que tu vois quelqu'un ?

— Est-ce que je vois quelqu'un ? Moi ? dis-je.

— Réponds-moi.

— Non, Aubrey. Je n'ai fait que manger, dormir et penser à toi pendant des semaines. Mon ton est presque agressif.

— Pourquoi cette question ?

— L'autre soir, je suis retournée chez moi pour chercher des trucs que j'avais oubliés. Philomena a aperçu ma voiture et elle est sortie pour me dire que tu étais passé. Du coup, je suis allée à ton motel. Il y avait une voiture garée devant ta chambre. J'ai regardé par la fenêtre et j'ai vu une femme en train de se rhabiller. Je pense que c'était la serveuse.

Putain.

De bordel.

De merde.

C'est pas vrai.

Putain.

— Princesse, écoute-moi.

Je lui prends le menton pour l'obliger à me regarder.

— Je te jure que je ne te mentirai jamais. Tu me crois ?

— Dis-moi juste la vérité.

— C'était Carla. C'est une amie. Tu as raison, elle est serveuse dans le bar que j'ai fréquenté. Elle m'a suivi dans ma chambre parce que j'avais trop bu ce soir-là. Elle s'est déshabillée et m'a fait des avances, mais je l'ai arrêtée. Il ne s'est rien passé.

— Vraiment ?

— Je le jure sur la tombe de ma mère. Carla m'a embrassé et a commencé à me déshabiller mais je lui ai dit que je ne pouvais et ne voulais rien faire.

Elle pousse un long soupir.

— J'en avais perdu le sommeil. Je sais bien que je n'ai pas le droit d'être bouleversée après la façon dont je t'ai traité.

— J'ai perdu les pédales, ce soir-là. J'étais dévasté que tu aies décidé de partir pour Boston. J'avais l'impression que ma vie était fichue.

— Boston ? Je n'ai jamais décidé de partir là-bas.

— Quoi ? Mais toutes tes affaires avaient disparu.

— Oui. J'ai déménagé. Mais pas à Boston.

— Philomena a discuté avec Dick pendant que tu faisais les cartons. Il lui a dit que tu le suivais.

— Non. C'est un mensonge.

— Merde, Princesse. C'est pour ça que je me suis bourré la gueule ce soir-là. Je pensais que je t'avais perdue pour toujours.

— Richard espérait que je le suivrais. C'est peut-être pour ça qu'il a menti à Philomena. Il pensait qu'il finirait par me convaincre, surtout qu'il m'offrait un job. Je lui ai parlé de nous le lendemain. Je voulais faire mes valises avant que les choses ne deviennent moches.

— Attends, t'es en train de me dire...

— Je n'ai jamais eu l'intention d'aller à Boston, Chance. J'ai pris ma décision il y a longtemps, mais j'avais encore peur de te faire complètement confiance. J'aurai toujours peur de te perdre parce que je t'aime éperdument. La journée que j'ai passée avec toi ici était tellement normale. Je n'ai jamais été aussi sûre de quoi que ce soit de toute ma vie. Mais je devais rentrer et régler tout ça. Il fallait que j'en finisse avec Dick.

— Tu l'as quitté ?

— Oui. Ça s'est très mal passé. Je lui ai tout raconté.

Il m'a accusé d'avoir couché avec toi et avec ton jumeau, Harry le jardinier.

On éclate de rire. La chèvre sursaute, effrayée, mais ne tombe pas dans les pommes, pour une fois.

— Si seulement j'étais deux personnes, on pourrait faire des trucs à trois. Tu lui as dit que je n'ai pas de jumeau ?

— Non. Une fois qu'il m'a eu traitée de traînée, je n'ai pas jugé nécessaire de clarifier la situation.

— Connard.

— C'est un mec bien, vraiment, mais à partir du moment où tu es arrivé, ce n'était plus possible.

Je pousse un énorme soupir de soulagement et mon esprit se met soudain à assembler les pièces du puzzle.

— Tu as démissionné, pas pour aller à Boston, mais...

— Je n'étais pas heureuse là-bas de toute façon. Et puis, si je voulais venir habiter à Hermosa Beach...

— Habiter ici ?

Un immense sourire étire mes lèvres. J'examine plus attentivement l'Audi d'Aubrey et je remarque pour la première fois qu'elle est pleine à craquer, exactement comme la première fois qu'on s'est rencontrés. La boucle est bouclée.

— Toutes tes affaires sont là ?

— Oui.

Elle pose la main sur mon cœur.

— Mais la seule chose dont j'aie besoin est là.

Je me penche pour l'embrasser de tout mon cœur et je la soulève dans les airs. Les automobilistes qui passent klaxonnent.

Quand je la repose, elle a les larmes aux yeux.

— J'espère qu'on peut garder la chèvre.

— Si quiconque proteste, on déménage. On a besoin d'une maison, de toute façon. Il faut que je te refasse un jardin.

Plus je comprends ce qui est en train de se passer, plus mon souffle se fait court. Je suis submergé par un besoin primaire de prendre possession de ce qui m'appartient depuis toujours. Je ne peux pas attendre une seconde de plus.

— Princesse, j'espère que tu n'as rien de prévu pour les semaines à venir.

— Pourquoi ça ? demande-t-elle, étonnée.

— Parce qu'on a deux ans de baise à rattraper.

Je la prends par la main et elle me suit vers la porte de l'appartement qu'on franchit en trébuchant. Mon sexe, qui sait ce qui va suivre, est incroyablement dur.

J'attrape mon plus grand saladier et je le remplis d'eau afin que Pixy ne se déshydrate pas au cas où on ne quitterait pas la chambre avant plusieurs heures.

— Tiens, la chieuse, je dis en plaçant le saladier devant elle. Moi je compte bien baiser ta mère.

Je regarde Aubrey et je me rends compte que je me sens soudain léger. C'est la première fois que je suis avec elle sans ressentir ni appréhension ni incertitude.

Je la regarde en secouant la tête.

— Je ne sais même pas par où commencer. Je veux te faire tellement de choses.

— Je suis prête à tout.

— Vraiment ?

— Oui.

— Je vais te baiser violemment, alors ? Ça te va ?

Pour toute réponse, elle ôte sa robe. Quand elle enlève sa culotte, je me déshabille à mon tour. Sa façon de me regarder accroît mon excitation. Toute la maîtrise dont j'ai fait preuve ces dernières semaines s'est envolée.

— Que tu es belle, murmuré-je en contemplant son corps nu à la lumière éclatante du jour.

Une fine ligne de poils orne son sexe. Je meurs d'envie de la savourer mais pas cette fois-ci. Plus tard. Pour le moment, j'ai désespérément envie d'elle.

Je mets la main sur sa taille et l'attire à moi. Deux secondes plus tard, ses jambes sont enroulées autour de ma taille et je l'empale sur ma queue affamée.

— Aaaaah !

C'est tellement bon d'être en elle. Il n'y a rien de meilleur au monde.

On n'a même pas bougé. Elle a le dos contre la porte de ma chambre tandis que je vais et viens en elle sans relâche. Je l'écartèle et elle me supplie d'y aller encore plus fort. Je ne sais pas si c'est parce que je l'aime ou parce que ça fait deux ans que je n'ai pas baisé mais jamais aucune chatte ne m'a paru plus étroite, plus chaude, plus humide, plus parfaite ou plus faite pour moi de toute ma vie.

J'agrippe fermement ses fesses et, au bout de quelques minutes, je la sens se contracter autour de mon sexe.

— Jouis, Aubrey. Jouis sur ma queue, Princesse. Vas-y.

— Dis mon prénom quand tu jouis, murmure-t-elle tout contre ma bouche. J'aime quand tu dis mon prénom.

Je jouis en répétant son nom au rythme de mes coups de reins.

— Aubrey... putain... Aubrey... Aubrey... Aubrey...

On reste connectés, front contre front.

— Je t'aime, Aubrey.

— La route a été longue, mais ça valait le coup.

— Chaque seconde.

On reste comme ça un moment avant que je ne la repose sur le sol.

— Tu as faim ?

— Un peu.

— Trouvons quelque chose pour te remplir… en plus de moi. Tu vas avoir besoin d'énergie pour la deuxième manche.

Je remets mon caleçon et lui passe mon tee-shirt par-dessus la tête. J'adore voir ses tétons se dresser sous le tissu. Elle me suit dans la cuisine et place soudain la main sur sa bouche, sidérée.

— Putain, je n'ai pas de taf. Je n'ai jamais été au chômage de toute ma vie.

— Vous avez de la chance, madame Bateman. Je cherche une esclave sexuelle.

— Après ce qui vient juste de se passer, je postule avec plaisir, monsieur Bateman.

— On te trouvera un job qui te passionne, je poursuis, soudain sérieux.

— Tu me passionnes et je rêve de m'occuper de toi.

— C'est réglé, alors. Esclave sexuelle.

— Non, sérieusement, je ne veux pas dépendre de toi. Ce serait vivre aux crochets de ta fortune.

— Bah, c'est moi qui suis assez fortuné pour pouvoir te sauter.

Épilogue

Las Vegas, un an plus tard

AUBREY

Chance et moi sommes devant la petite chapelle blanche dans laquelle a été célébré notre faux mariage trois ans plus tôt. J'ai la chair de poule. J'ai l'impression que c'était hier. Je me sens à la fois nostalgique et triste pour les deux ans que nous avons perdus.

Avec ses cheveux rouges et frisés et sa blouse multicolore extravagante, Zelda est exactement la même que dans mon souvenir.

Elle dévisage Chance, intriguée.

— Vous n'êtes pas déjà venu ?

Il rayonne. C'est son idée.

— Vous êtes très perspicace. Mais cette fois-ci, on a un rendez-vous. Au nom de Bateman. À dix-huit heures.

Il brandit une feuille.

— C'est une vraie licence de mariage. Cette fois-ci, c'est pour de vrai.

Elle claque des doigts.

— Je me souviens ! Vous êtes cet Australien... vos vœux... comment oublier ? J'aurais dû me douter que vous étiez vraiment amoureux. L'un des rares couples auxquels j'ai pensé depuis. Pourquoi vous avez mis tant de temps à revenir ?

— Il y a eu quelques détours sur la fin de notre voyage. Mais on est retombés sur nos pieds, pas vrai, Princesse ?

L'entendre dire ça me laisse un goût doux-amer. Chaque fois que je songe aux deux années que nous avons passées loin l'un de l'autre, je suis envahie par la tristesse. Il me lance un regard adorateur. Comment j'ai fait pour tomber sur un homme qui m'aime autant ?

— Vous êtes prêts ? demande Zelda.

— Oui, réponds-je en souriant, sans quitter des yeux le regard bleu numéro 13 de Chance.

Adele et Harry sont nos témoins. Et comme on est venus en voiture, on a amené Pixy avec nous. C'est la demoiselle d'honneur à titre honorifique.

Cette fois-ci, je suis venue préparée, et je porte une robe que j'ai choisie. Chance est magnifique dans sa chemise en lin blanc aux manches roulées jusqu'aux coudes et son pantalon de costume qui moule son cul délicieux. J'ai abandonné ma carrière d'avocate pour diriger le refuge pour animaux d'Hermosa Beach. Je suis très mal payée mais je me lève avec bonheur tous les matins et je vais travailler dans la joie et plus jamais dans la crainte. Chance gagne toujours pas mal d'argent grâce aux royalties de sa carrière de mannequin/footballeur mais il a aussi ouvert sa propre entreprise de jardinage et il a une foultitude d'employés. Et il fait de l'art recyclé.

Quand je remonte l'aile, la chanson que Chance a choisie me prend par surprise. Il s'agit de *The Long and Winding Road* des Beatles. C'est un choix peu conventionnel mais qui résume parfaitement notre histoire.

On pourrait croire qu'après tout ce temps je ne serais pas nerveuse, mais mes mains tremblent quand la cérémonie débute. Comme la première fois.

— Si quelqu'un s'oppose à cette union, qu'il parle maintenant ou se taise à jamais, dit Elvis.

Comme si elle le faisait exprès, Pixy émet un bêlement.

Chance se retourne.

— C'est bien le moment de faire des histoires, pas vrai, la chieuse ?

— Qui donne cette femme à cet homme ?

— Moi, répond Adele.

Nous sommes devenues aussi proches que des sœurs. C'est un vrai bonheur d'avoir de nouveau une famille.

Je suis très touchée lorsque Chance me prend les mains en disant :

— J'aurais aimé que ma mère te connaisse.

Elvis nous interrompt.

— Vous utilisez les vœux standard ou personnels ?

On répond en même temps, sauf que cette fois, c'est Chance qui dit « standard » et moi « personnels ».

Il se penche vers moi, abasourdi.

— Princesse, tu as écrit tes vœux ? chuchote-t-il. Je voulais juste qu'on se marie le plus vite possible. Je pensais les zapper, cette fois.

— C'est mon tour, dis-je. J'ai quelque chose à dire.

Une fois que Chance a prononcé ses vœux en répétant ce que dit Elvis, je m'éclaircis la voix.

Comment dire avec des mots ce qu'il représente pour moi ?

Je prends une profonde inspiration et j'organise mes pensées.

— Chance, quand on s'est rencontrés, je ne sais pas ce qui m'est tombé dessus. Tout ce que je sais, c'est que pour la première fois de ma vie, je vivais l'instant présent. Tu m'as tellement appris en une semaine. Tu m'as appris à profiter de la vie et à m'amuser. Je suis tombée tellement amoureuse de toi que même quand tu m'as brisé le cœur, j'ai été incapable de t'oublier. Je pouvais juste faire semblant de ne plus t'aimer. Je pensais que je t'aimais à l'époque mais je ne savais pas que ce n'était que le début. Je ne t'ai jamais aimé autant que lorsque tu t'es battu de toutes tes forces pour me reconquérir. Tu t'es assis sur ton orgueil et tu n'as jamais abandonné, même quand tu n'avais plus aucune raison de croire que ça allait s'arranger entre nous. Tu as regagné ma confiance et plus encore. Tu dis que tu aurais aimé que ta mère me rencontre. J'aimerais qu'elle soit là, moi aussi, pour la remercier de t'avoir élevé comme ça. Et dire que si j'avais pris ne serait-ce qu'un virage de plus, je ne t'aurais jamais rencontré sur cette aire d'autoroute du Nebraska. Une seule minute peut changer une vie tout entière. Mais je reste persuadée qu'on se serait rencontrés quand même. Parce que tu es mon âme sœur. La route qui nous a menés jusqu'ici n'a pas toujours été facile, mais elle nous a rendus plus forts et prêts à affronter ce qui nous attend. Il me tarde de vivre la prochaine aventure à tes côtés. Je t'aime, Chance.

Je ne l'ai jamais vu pleurer mais ses yeux se remplissent de larmes et il articule en silence : « Je t'aime, Princesse. »

Elvis nous invite à échanger nos anneaux. Chance a toujours refusé d'ôter la vieille alliance, même quand elle a verdi son doigt. Je glisse à son doigt un anneau en platine pour la remplacer. Chance m'a surprise en m'offrant une bague de fiançailles quelques mois plus tôt, un diamant princesse.

Maintenant, c'est une alliance sertie de diamants qu'il glisse au même doigt.

— Par le pouvoir qui m'est conféré par l'État du Nevada, vous pouvez embrasser la mariée.

Chance me soulève et m'embrasse comme si demain n'existait pas. Ses lèvres sur les miennes, plus le fait qu'il est officiellement mon mari : je suis au paradis. Pixy, qui s'impatiente, commence à bêler tandis qu'Adele et Harry applaudissent.

Chance me pose à terre.

— Ce baiser ! commente Zelda. Maintenant, je sais pourquoi je me souvenais de vous.

Elle prend des photos de nous deux puis avec Adele et Harry.

On a réservé une chambre au même hôtel que la dernière fois et on a prévu de passer une petite lune de miel à Las Vegas. Adele et Harry embarquent Pixy dans leur 4 x 4 et on leur dit au revoir, puisqu'ils rentrent directement à Hermosa Beach.

Une surprise attend Chance juste devant la chapelle.

Il éclate de rire en voyant la BMW noire, même modèle et même année que celle de notre voyage.

— Tu as loué une BM ?

Mon Dieu, cet accent. Je ne cesserai jamais de l'aimer.

— Je sais qu'on avait dit qu'on prendrait l'avion, mais je me suis dit que ce serait sympa.

J'ai demandé à Adele de la décorer et à l'arrière on peut lire, en lettres pailletées : *Jeunes mariés. À nouveau.* Et je suis encore plus excitée de lui montrer ce qu'il y a l'intérieur.

— C'est parfait. Je conduis, madame Bateman ?

— Avec plaisir. J'ai envie d'admirer mon bel époux sans être perturbée.

On s'installe et un grand sourire éclaire ses traits lorsqu'il le voit sur le tableau de bord.

— Monsieur Obama ! Tu l'as gardé pendant tout ce temps ?

— Il faut que je te raconte une histoire. Quand j'ai revendu ma BM, j'avais laissé la figurine à l'intérieur. L'employée m'a couru après pour me demander si je voulais la garder. J'essayais de me débarrasser de tout ce qui me rappelait toi parce que je souffrais terriblement. Tu étais toujours dans mon cœur et tu ne partais pas, alors j'ai jeté tout le reste. Quelques semaines plus tard, j'étais garée à une station-service. Un ado d'une douzaine d'années attendait son père dans la voiture d'à-côté. J'ai remarqué la poupée sur le tableau de bord. Je n'en revenais pas. J'étais certaine que c'était la nôtre. Je lui ai demandé où il l'avait trouvée et il m'a répondu que c'était son père qui la lui avait donnée. J'ai appris après que son père travaillait chez le concessionnaire. Je ne savais pas ce que ça voulait dire mais j'étais sûre que c'était un signe. Je lui ai demandé combien il en voulait. Il a réclamé dix dollars mais j'étais prête à débourser bien plus. Ce jour-là, j'ai pleuré comme une Madeleine.

Et même si j'essayais désespérément de tourner la page, quand tu t'es pointé ce jour-là, j'ai pensé à cette figurine et j'ai compris que l'univers m'avait dit de t'attendre, de ne pas laisser tomber.

Je pleure en songeant à la chance que j'ai eue de l'avoir retrouvé. Et bien plus encore.

— Cette histoire est incroyable, Princesse, dit Chance en essuyant mes larmes. Merci de m'avoir donné une deuxième chance.

Il se penche et dépose un baiser sur mon ventre rond de femme enceinte de cinq mois qui pointe sous ma robe empire en dentelle blanche. Le garçon que nous attendons portera le prénom de son père.

Mon deuxième Chance.

Chance garde la tête sur mon ventre et je lui caresse les cheveux.

—Je t'ai donné une deuxième chance, et maintenant, j'en aurai deux.

Remerciements

Merci à tous les formidables blogs qui nous ont aidées à lancer ce premier livre écrit à quatre mains. Nous vous sommes tellement reconnaissantes de vos efforts pour donner à de nouveaux lecteurs envie de nous lire.

À toi Julie? Tu es notre planche de salut. Merci de nous avoir rejointes dans notre folie sur ce livre!

À Dallison et Kim? Merci pour votre précision et votre attention aux moindres détails qui ont permis à Chance d'être prêt à être découvert par le public.

À Luna? C'est grâce à ton regard que Chance est aussi australien que possible. Nous mourons d'envie de voir ce que tu pourras faire de la chèvre!

À Lisa? Merci pour avoir organisé la sortie du livre et de ton aide.

À Letitia? Toutes tes couvertures sont géniales mais celle-ci bat des records! Merci pour l'avoir rendue aussi parfaite.

À nos agents Kimberly Brower et Mark Gottlieb? Merci pour votre énorme travail et, par avance, à tous les efforts que vous ferez pour que Cocky Bastard soit adapté sur grand écran (on a le droit de rêver, hein?)

À nos lecteurs? Merci d'accepter de nous accompagner et de découvrir Chance et Aubrey. Merci de nous suivre à chaque fois et de votre enthousiasme à chacun de nos livres! Nous ne serions rien sans vous!

Avec tout notre amour

Penelope et Vi.